王を統べる運命の子①

樋口美沙緒

キャラ文庫

この作品はフィクションです。
実在の人物・団体・事件などにはいっさい関係ありません。

目次

口絵・本文イラスト／麻々原絵里依

一　辺境

　フロシフランの国境は、小高い山の頂にあった。

　山から街道を下っていくと、やがて平地に出る。晴れ渡った初秋の空の下、だだっ広い平野は緑の絨毯（じゅうたん）を広げたように美しい草地だった。

　そして国境から一番近い町セヴェルは、古い城塞（じょうさい）都市であり、三年前の戦争の名残で、崩れた跡がいくつも残っていた。

「ほらよ、野良犬（シーバス）。お前の取り分だ」

　町一番の高級宿に着き、馬房にロバを入れると、リオは駄賃をもらった。

　日雇い仕事のロバ引きは、一日歩き通しの仕事だが、もらえるのは銅貨五枚がせいぜいだ。それでも、その日暮らしのリオにとってはありがたい収入源だった。

「ありがとうございます。あの……また帰路で、ロバ引きが必要だったら……」

　頭を下げて訊（き）くと、駄賃をくれた御者は嫌そうな顔をした。

「図々しいやつだな、仕事がほしいやつはいくらでもいる。楽な仕事で稼ぎやがって」

まだ十六歳、まともな仕事を持たないリオは、今日は朝から国境警備隊の宿舎まで行き、なにか仕事はありませんかと訊ねて、セヴェルまでの道をロバ引きの仕事にありついた。半日以上かけて歩き続け、ボロボロの靴の先は割れ、親指の血豆が潰れて痛かった。それでも御者からすると、リオの仕事は楽な仕事なのだ。けれど、なにを言われても仕事は欲しい。

宿舎から出てきた若い国境警備の兵隊たちが、リオを見つけて「まだいたのか、シーパス」「さっさと出てけ。お前がいると臭うだろ」と言い、足下の小石を蹴ってリオの細い足にぶつけた。

リオはそれでもへらへらと笑い、「それじゃ、また御用があったら」と頭を下げた。

今年十六歳になった——たぶん。というのも、リオには親がいないし、幼いころの記憶もない——リオの体は、若い兵隊たちと比べて、大分痩せていて華奢だった。

その体にいつも汚れたボロ布を着て、髪も肌も土と埃で汚れ、何色か分からない。分かるのは瞳の色が不可思議な、すみれ色をしていることだけ。それなので、国境警備の兵隊たちだけではなく、セヴェルの町の住人も、大抵リオを野良犬と呼ぶのだった。

せめて見目さえよければあの体つきだ、胸の乏しい女と思って一夜の慰めにはできるのに、と兵隊たちが下世話に話していることも、リオは知っている。

ひどい言われようだとは思う。

だが怒ったところで飯の種にはならないし、これから先仕事をもらわねばならないから、リオはけっして怒らないようにしていた。

たしかにこぎれいにし、娼館で働けば、客には可愛がられて今より多い賃金をもらえるかもしれない。

セヴェルには小さな娼館があり、リオのような少年も働いている。だがそういう子どもは、みんな病気になって死んでいく。その哀れさを思うと胸が痛んだし、なにより誰かに自分の体の自由を奪われることはひどく恐ろしく思える。だからリオは売春はしない、と決めていた。

（自由がないのに生きても、生きる意味なんてない……）

もっとも今の自分にも、生きる意味があるのかどうかは分からなかった。

セヴェルは小さな町だ。

国境警備の兵隊相手の商売か、そうでなければ街道を行き来する旅人のための宿場町。特産品というと、白ぶどうくらい。町には領事が一人住まうだけで貴族もおらず、ぶどうの農地はすべて国王の持ち物だった。町に住まう人間の多くはぶどう農園で働いている。

城塞都市とは言っても小さなもので、三年前隣国のハーデとの戦争には勝ったものの、町のあちこちには修繕されぬままうち捨てられた建物がたくさんあった。

三年前までの戦争とは、どんなものだったのだろう?

リオは時々考えるのだが、すぐによく分からなくなって思考をやめてしまう。

リオは戦災孤児だった。

三年前、セヴェルの町の近くで倒れていたが、気がついたときには記憶がなかった。町の寺院に詰める導師に助けられ、そのまま育ててもらったが、記憶はいっこうに戻ってこない。覚えていたのはリオという名前だけ。あとは親の顔さえ思い出せなかった。

――記憶を取り戻そうとは思わない？

リオの事情を知る人から、そう訊かれたことがある。

リオがあまりに過去にこだわらないので、不思議に見えるとも言われた。言われて初めて、そういうものなのかとリオは思った。

リオはたしかに、記憶を取り戻そうと努力したことがない。時折考えることはあるが、そうすると理由もなく恐怖に襲われ、ひどい頭痛にさいなまれた。

……思い出してはならない。

頭のどこかでそんな警鐘が聞こえて、リオはだんだんと過去のことを考えないようになっていた。思い出せば、とてつもない恐怖と向き合わねばならないような気がする。だが、過去を恐れて逃げる自分を認めるのも情けなく、あえて気にしていない態度をとっていた。

それに野良犬のリオには、他に考えるべきことがたくさんあった。

（明日の仕事、どうしようか。またロバ引きをさせてもらえたら、国境沿いの兵舎に行ける。町でなにか仕入れて行って、兵隊さんたちに売れるんだけど……）

国境に詰める兵隊たちの一番の関心は、月に一度、町からやってくる慰問の娘たちだ。彼らはその日のために体を清潔にする石けんや、恋の詩を書き留めて渡せる小さな紙なら喜んで買う。紙は余れば、タバコの草を巻けばいい。暇つぶしに回し読みできる本は、特に高値で取引できる。セヴェルのような田舎ではなかなか手に入らないが、一番高く売れるのは艶本だった。

（ああ……全部上手くいったら久しぶりに砂糖菓子が食べられるんだけど……それかお腹いっぱいの肉。……いいなあ、肉が食べたい）

　腹がぐうと鳴るのをおさえ、リオは汚れたシャツをめくり、ズボンの紐に挟んで隠しておいた財布を取り出して、薄汚れた硬貨をそこに入れた。金が増えるとほっとし、嬉しくなる。

　もうすぐ日の落ちる町中には夕映えが照り、鳥が鳴いていた。水路に出ると、痩せたアヒルが泳いでいる。リオはポケットからパンくずを取り出して、アヒルにやった。アヒルはガアガアと喜んで食べ、リオはその様子を覗きながら、

「美味しいか？　お前たちも腹ぺこだったんだな……」

と、呟いた。

　日が暮れる前に仕事を終えてきた町の人たちで、往来は賑わっていた。

　広場には石造りの建物がずらりと並び、食べ物屋や安宿が軒を連ねている。立派な作りの馬車が二台停まっており、道行く人々が何度も振り返っていた。朝、リオはこの馬車を見かけたので、国境まで仕事をとりにいったのだ。扉のところには、都の貴族のものらしい、立派な紋が描かれ、屈強そうな騎士が二人、馬車を見張っている。

この三年で何度か見たことがある、王都からの遣いだ。王都から遣いがあれば、国境の兵舎に詰めている警備隊長が呼ばれる。警備隊長が馬車を繰り出してくるとなれば、荷物を積んだロバが駆り出される。そうすると、ロバ引きの子どもが必要になるという寸法だった。

「王都からの遣いだと。一体なんだってこんな辺境に。まさかハーデがまた、攻め込んでくるんじゃあないだろうな」

道行く人々は、立派な馬車を横目にひそひそとそんな話をしている。

「ハーデはもはや国じゃない、先の戦争で我がフロシフランの王が勝利をおさめ、裏切り者の第二王子も牢獄の中だぞ。前の七使徒は先王に討たれて死んだ。ウルカの神のお怒りに触れたんだから当然だ。攻め込むほどの国力なんぞもはやないさ」

じゃあなんだってセヴェルに？

誰かの言葉に、他の誰かが『王の七使徒』の選定だよ」と答えているのが聞こえてくる。リオはふと耳をそばだてて、町人たちの噂話を聞いた。

「選定なら、もう二年もやってるだろ」

「今度こそ、本物の『王の七使徒』選定だ。じゃなきゃ、こんな辺鄙な場所まで来るもんか」

あたりが薄暗くなってきて、店の軒先には明かりが吊るされる。こっそり話を聞いていたリオは、それを見て、急いで『エルチのおもてなし処』に向かった。

酒屋と食事処、宿屋を兼ねているその店の中は、いくつもカンテラが吊るされて明るく、客が集まって賑々しかった。肉を焼く香ばしい匂いがし、リオの腹はまた、きゅうっと鳴った。

「おじさん、スープとパンちょうだい」

店内に入ってすぐ、仕切りの内側で調理をしている顔なじみの店主に、一番安いものを注文する。振り向いた店主はリオを見るとチッと舌打ちし、犬を追い払うように手を動かした。

「くせーぞ、シーパス！」

中で飲んでいた男の一人が言い、店主に追い出せ、と命じた。

「犬がいると、食い物がまずくなるだろ！」

リオはおとなしく外に出て、店の入り口の壁にもたれていた。しばらくすると、鼻先にふわりといい匂いが漂ってくる。持ち手の蔓がついた、大きな銅製の鍋が眼の前に突き出されて、リオはニッコリして受け取った。

「ありがと、アレナ」

「量はいつもどおりでいいんでしょ？　はい、パン」

店の看板娘であるアレナが、店内に入れないリオのために、頼んだ料理を持ってきてくれていた。リオは大事に握っていた銅貨を一枚アレナに渡し、古びて石のようになったパンを懐に入れた。ところどころ黴びているが、リオに買えるパンはこれがせいぜいだった。

「あんたさ、もうちょっときれいにしといたら？　そうすれば、店にいたって文句は言われないのに」

「水が苦手なんだ。それにそんなに臭くないと思うけど」

わざと嘘をつくと、アレナは呆れた、というように肩をすくめた。十九歳の彼女の背丈は、ちょうどリオと同じくらいだ。顔立ちも可愛らしく、国境警備の兵隊にも人気がある。隊長について来ていた歩兵たちも、お役御免となればこの店に嬉々としてやってくるだろう。

「寺院で洗わせてもらいなさいよ。あんたあそこがねぐらでしょ。大体、ウルカの神に失礼じゃないの、そんな姿で寺院に出入りなんて」

「導師様は寛容なお方だから、なにも言わないし。あ、なあアレナ、野菜くずある？」

話をはぐらかして訊くと、アレナはじろりとリオを睨んだが、一度中へ引っ込み、店のくずかごを持ってきてくれた。

「わっ、いっぱいある。もらっていい？」

「いいけど、あんたには誇りってものがないのかしら」

ちょうどそのとき、店の中からアレナを呼ぶ声がした。アレナは振り向いて、はーい、と返事をしている。くずかごはそこに置いといて、と言い残し、アレナは店へ戻っていった。

（……誇りでご飯が食べられたらいいけどさ）

アレナには言わなかったことを、心の中だけで思う。

（誇りじゃご飯は、食べられないんだもんな）

なんでもしなきゃ。

リオの頭の中にはいつも、じわじわと突き刺すような焦燥がある。生きるために。明日もあさっても生きるために、なんでもしなきゃならない。くずかごからごみをもらうことや、余計なことは言わないでいるというのも、生きるための処世術だった。

店から出てきた酔っ払いが、リオを見て「シーパス！　金がほしけりゃいい女を連れてこい！　そしたら肉を投げてやるぞ」と嗤った。

リオは反応しないように努めた。貧しい自分が生きていくためには、怒ったり泣いたり、悔やんだりしているような余裕はない。けんかなどして傷を作れば、それはすなわち病気や死に繋がる。できるだけおとなしく、できるだけ無駄なことはしないのが、生きるための知恵だった。

腰にくくりつけた麻袋へ、リオはまだ食べられそうなものを入れた。にんじんやジャガイモの皮、身の剝がされたあとの鶏の骨……くずかごの奥にキラキラとしたものが見え、手を突っ込んでみる。拾い上げると、それは大きめの、ガラスの破片だった。緑色のガラスは出来損ないらしく、ところどころ濁り、角が鋭利だったが、明かりに透かすと炎の色を映して美しかった。

「磨いたらきれいかも……」

（きれいなものを持っていても、意味なんてないけど……）

意味はないけれど、緑のガラスはよく知っているある人の眼と同じ色をしていた。

リオは破片をそっと、懐にしまった。と、また通りを行く人の話し声がする。

「広場の馬車、ちらっと聞いた噂じゃ、使徒選定の候補者を探しに来たんだってよ。隣町のトゥシエにも都から遣いがあったらしい」

聞いた連れ合いが、声をあげて嗤っている。こんな田舎町に使徒がいるものか。いや分からないぞ、大昔には、平民から出世したやつもいる。それこそ、夢のような話だな……。

酔っ払い二人の背中を見送ると、リオはそっと足音を忍ばせて、『エルチのおもてなし処』を離れた。


町のはずれにはこの町に一軒だけの寺院があり、リオはそこへ帰っていった。

大きな三角屋根に、白い漆喰の壁。

闇の中に薄ぼんやりと浮かぶその建物の敷地に入り、礼拝堂の裏に回る。

広めの裏庭には水路が流れこんでおり、沢のようになっている。水が貴重なこの辺境で、建物内に水路があるのは高級宿と領事館の他は、寺院だけだった。

貧しい土地で寄進も少ないが、寺院は国の建物であり、それなりの敷地と備えが用意されている。月明かりが差し込んで明るくなった庭では、蔓草や柳の葉が風にそよぎ、樺の木の枝先で、吊るした木の枝がカラコロと鳴っていた。

リオは汚れた上着とズボンを脱ぐと、水路から桶に水を汲んで頭からかぶった。冷たい水に皮膚が粟立つ。顔と髪の汚れを落としてから、水路を覗き込んだ。

月明かりの反射で、水路は鏡のようになっていた。水面には、いっそ青ざめて見えるほどに白い肌の少年が映っている。

青銀色の髪に、きらめくようなすみれ色の瞳は、夜明けの空を思わせた。睫毛は長く、大きな眼を縁取っている。ほっそりと伸びた腕や撫肩は中性的で、どこか艶めかしかった。

(冗談じゃない。こんな顔見られたら、すぐに娼館に連れていかれる)

美醜に興味はないけれど、自分が一般的に見て美しいことは、なんとなく分かる。けれどこの美は危うさでもあると、リオは知っていた。

一度だけ、顔や体を汚さずに外に出たとき、すぐに男に襲われた。股間を蹴り上げて逃げたが、以来リオは寺院の中でしか、素顔を晒さないようにしていた。

ふーと息をつき、脱ぎ捨てた衣服を礼拝堂の裏口によけてから、リオは別のボロ着に着替えて、小さな二階建ての小屋の前に立った。そこは導師の寝所となる部屋だ。扉を開くと錆びた金具がギイギイと音をたてる。「ただいま」と声をかければ、「リオ兄ちゃん！」と子どもの歓声があがった。小さな子どもたちの顔が見え、その向こうでは温かな暖炉が一つ、薪を燃やしている。

リオはとたんにほっとして、微笑んでいた。朝から張っていた緊張が、やっとほどけるのを感じた。

細長い部屋には大きな木のテーブルがあり、そこには子どもが集まっていた。リオが部屋に入ると、子どもたちはわっと駆け寄ってくる。

下は三歳から上は十三歳まで、十一人もの子どもたちだ。年の幼い子どもたちにぎゅっと抱きつかれて、リオは腰を屈めると、「みんな、いい子にしてたか？」と訊いた。

「してたよ！　僕とニレはぶどう畑の手伝いで、三ルナもらったんだ！」

七歳のヤンが得意げに言い、部屋に置いてある壺を持ってきた。小さな子どもたちは働いて稼いだわずかな賃金を、その中に貯めている。大人が働けばその十倍はもらえる。ぶどう農園で働くといっても、それは正式に雇われたわけではない。サボりたい小作人が勝手に子どもを敷地に入れて働かせているだけだし、役人に見つかれば子どもでも牢屋に入れられる。だが、仕事がないよりはマシだった。

ろくに食べていないヤンとニレがやっともらった金を、無駄遣いもせずきちんと貯めたことを思うと、菓子の一つも食べたかったろうに……と感じて、リオは切なくなった。

「ヤン、ニレ、えらいぞ。ただ、いつもどおり導師様には内緒にな。町の連兵に知られたら怒られるから。みんなも、導師様に心配かけたくないだろ？」

そっと言うと、子どもたちは大真面目な顔で、うん、と頷く。頭を撫でてやると、二人の子どもは顔を見合わせて嬉しそうに笑った。

「あたしはリーシャと森で木イチゴを摘んだの、今度ジャムにするわ。砂糖はないけど……」

十歳のアニタが言う。リオはアニタを抱きしめて、「砂糖なんて入れなくても、アニタとリーシャのジャムは世界一甘いよ」と保証した。子どもたちの報告を一通り聞き終えてから、リオは持って帰った銅鍋を掲げた。

「みんな喜べ！　今日はあったかいスープとパンがある！」

スープは鍋の中で、まだ美味しそうな湯気をたてている。古布にくるんだパンも取り出せば、子どもたちは嬉しそうに飛び跳ねた。

「やった！　兄ちゃんすごい！」

「おしごと上手くいったのっ？」

「めちゃくちゃ上手くいったぞ。リーシャ、皿出して」

十三歳になる無口な少女に声をかけると、彼女は嬉しそうに頷き、幼い子どもの手のひらくらいの、小さな木皿を十四枚出してきた。おしごとなにしたの、どんなだったの、と訊いてくる子どもたちに、多少見栄と嘘をおり混ぜて今日一日の話をしながら、リオはスープを十三に分けて盛った。

「俺はいいよ、食べてきたから」

少しでも子どもたちに分けるため、嘘をついた。導師様は？　と訊くと、リーシャが「お祈りに、北のお宅へ……」と言う。導師はこの町にはただ一人。病人や怪我人がいると、どんな時間でも赴いてウルカの神に祈りを捧げる。

フロシフランはウルカの神に守られた国であり、導師はその神の遣いだ。ウルカの神の声を本当に聞けるのは、フロシフランの王だけだが、その王にかわって長い祈りの言葉を説き、伝え、唱えるのは導師の仕事だった。

フロシフランでは導師への国からの給金は、中央から外れれば外れるほど少なくなるので、セヴェルに住まう導師は、けっして豊かとは言えない。

それでも導師一人なら、十分生活ができる給金だった。

セヴェルは医者もいない貧しい町だ。三年前の戦禍はまだ残り、戦に巻き込まれて親を亡くしたみなしごたちが、この寺院に集まっている。リオもそのうちの一人だった。

以前まで、寺院にいた年長者たちは、みな出稼ぎに他の町へ行ってしまった。

今やリオは、寺院に残った最年長者だった。導師はできるだけのことをしてくれるが、数が多いので、寺院の子どもたちは常に腹を空かせている。

「おいしーっ、ぼく、スープが一番好き！」

町の店では一番安い食事を、子どもたちはまるで世界一のごちそうのように喜び、食べ始める。そんな子どもたちを見ていると、リオは胸が痛み、切なくなった。一番小さな三歳の子どもに、五歳の子どもが自分のスープを分けてやっていたりするのだ。

（自分だってまだ、小さいのに……）

幼い子どもがわがままも言えずに耐えている姿を見ると、リオは胸がかきむしられるようだった。もっと食べさせてやりたい、お腹いっぱいになるまで、美味しいもので満たしてやりたい……そんな望みと一緒に、たった一杯のスープと、小さなパンを与えるだけで精一杯の、己の無力さに歯がゆい気持ちになる。

（もっと、なんとかしなきゃ……）

スープの匂いを嗅いでいると腹が鳴りそうで、リオは腰をあげた。

「リーシャ、導師様が帰ったらスープとパンを差し上げて。俺はこれ、セスにあげてくる」

年長の少女にそう伝えると、リオは皿を持って、狭い部屋の奥にあるはしごに足をかけた。

はしごを上った先の屋根裏は、両側の壁が傾斜している。

ひんやりと冷え、埃と草の匂いがする。天窓から漏れる月明かりで、狭い室内一面に作られた藁のベッドが照らされていた。

闇の向こうで誰かが咳き込み、それから、

「リオ……？」

と、小さな声が聞こえた。

「セス、スープ食べられるか？」

声がしたのは屋根裏の一番奥だ。腰を屈めながらそこへ行くと、闇に慣れた眼に、青白い顔をして寝そべる、少年の姿が見えた。

十六歳、リオと同い年のセスは、この年の初めから原因の分からない病に冒されて、秋が来る今になってもまだ臥せっていた。

ありがとう、と言いながら体を起こすセスを手伝ってやる。背中に手を当てると、痩せ細り、骨と皮のようになった哀れな体が分かって、リオはハッとした。

毎日触れているのに、毎日、その細さに愕然とする。やり場のない悔しさ、打ちのめされるような無力感を感じた。

けれどセスは賢そうな緑の瞳で、静かにリオを見上げるだけだった。

「今日は……ロバ引きの仕事にありつけたんだ。言ったろ？　都からの早馬を見たって。間違ってなかったんだ、あれは王都からの使者だ。たぶん隊長様は帰りもロバを引かせてくださると思うから、そのときはたくさん儲けてくるからな」

セスの膝にスープの皿を置き、得意げに言ったが、セスは「リオ……」と悲しそうな眼をした。その眼はリオの顔から、やがて足下へ移動する。リオは慌てて、壊れた靴と血まみれの親指を手で隠したが、聡いセスには意味のないことだった。

「ひどい仕事して……何度も言ってるのに。寺院のことはいいから、そろそろ別の町に出て、まともな仕事に就く時期だって」

「それはセスと一緒に探しに行くって、約束しただろ」

「病気になる前の約束なんて、無意味だよ」

セスはきっぱりと言い、「半分はリオが食べなよ。どうせなにも食べてないんでしょう」と、心配そうに続けた。

セスはじっと、リオを見つめている。青白い月の光が差し込むと、セスの緑の瞳は宝石のように輝いて美しい。嘘をついても見透かされる。そう分かって、リオは「野菜くずをもらったから平気」と小さな声で正直に言った。セスは呆れ、結局スープを分けることになった。

寺院の他の子どもたちは、年長のリーシャでさえリオの虚勢に気づかないし、怪我も悟られなかった。けれどセスだけは別なのだ――出会った三年前からそうだった。

リオはため息をついて、「セスには敵わないな……」と呟いた。

それでも、温かいスープを分けてもらうと、その温もりに体がほっと休まるのを感じた。もらった半分を、たった四口でたいらげてしまう。

「すぐに見栄張って……本当は食いしん坊のくせに」

見ていたセスが、くすくすとおかしそうに笑っている。そのセスはもう、腕も棒のように細く、わずかなスープを食べるのにもひどく時間がかかるようになった。

食べ終えて暇になったリオは、静かに食事をするセスの横顔を、ただじっと見つめた。軽い木の匙すら重たそうだ。

食べさせようか？　と訊きたかったが、そんなことを訊いたら、セスはたぶんリオの親切を不躾だとたしなめるだろう。静かに、けれど毅然とした口調で。

——リオ、誰かを哀れむときは、慎重でなければならない。

ときにそれは、相手の領分を侵すことだから。

きっとセスは、そんなふうに言うだろうと、リオは想像した。

セヴェルのような田舎にあって、セスがなぜこんなにも品が良く聡明なのか、リオは不思議だった。

セスは戦災孤児ではない。生まれてすぐ、寺院の入り口に捨てられていたらしい。時々リオは、セスは本当はどこかの貴族の子どもではないか……と考えることがある。一度セスに言うと大笑いされたが、リオは今でもその考えを捨てきれないでいる。

(だってセスは、この町のどんな子どもより賢いんだから……)

セスは十六歳なのに、話すことは老いた導師と同じくらい思慮深い。

三年前、寺院に転がり込んだとき、リオは名前以外なにも覚えていなかった。

それこそ、匙の持ち方から、文字の読み方まで思い出せず、毎日がただ恐ろしかった。世界中が敵のように思え、生きていることが不安でたまらなかった。けれどセスは、そんなリオを弟のようにして守ってくれた。

そうして根気よく、生活の仕方、町での振る舞い、仕事の見つけ方、読み書きまで教えてくれた。もともとは知っていることだったのかもしれない。リオは教えられると、すぐにそれを覚えてゆき、およそ一巡年で大体のことができるようになっていた。リオは良い生徒だね、とセスに褒められると嬉しかった。

セスはなにも覚えていないリオに、年も、誕生日もくれた。

——僕と同じ年をあげる。誕生日もあげる。リオは七の月生まれの十三歳。僕らは家族で、兄弟。あとはお金と食べ物さえあれば、リオはなんでも持ってるよ。

十三歳から三年、リオはいつもセスにくっついて回った。リオにとって、セスは親鳥そのものだった。雛が親を真似るように、リオはあらゆることをセスから学んだ。

年下の子どもたちの愛で方や、腹が立ってもけんかをしない方法、導師様に悲しい思いをさせずに嘘をつくやり方、この世界の成り立ちも、嬉しいことや悲しいことも、リオはセスから教わった。そうしてセスがリオにしてくれたように、年下の子どもたちを愛するようになったし、ひどいことを言われても、じっと耐えて利をとる賢さを身につけた。

導師様や寺院の子どもたち、セスは、なにも持たないリオにとって人生のすべてになった。

十六歳になったら町を出て、一緒にきちんとした仕事を探しに行こう。年に一度セヴェルにたっぷりの仕送りができるように。

二人でそう約束したのは、ほんの一巡年前だ。

今年の初めにセスが倒れてからも、リオはいつかセスの病気が治り、その約束が果たせることを期待して、いまだにセヴェルにとどまっている。だが本当は、それではだめなことを知っている。セスの病気は医者に診せなければ、たぶん治らない。だがその手立てがないのだ。医者は二つ隣の町まで行かねばおらず、そこまでセスを連れて行くには容態があまりに悪い。街道をまっすぐ行っても、おそらく徒歩だと十日はかかる道のりだ。医者に来てもらおうと思うと、馬を借り、宿や食事も用意せねばならなかったが、それだけの蓄えは当然ながらなかった。

「美味しかった……ごちそうさま」

ずいぶん時間をかけて食事をとり終えたあと、セスはよろよろと藁のベッドに横たわった。青ざめた顔には生気がなく、このまま闇の中に消えてしまいそうに見える。心臓がいやな音をたて、リオは襲ってくる不安を感じないようにした。

「セス、今日さ、広場にでかい馬車が二台停まってたんだ。あれ、王都からの馬車だって聞いたよ」

半分眼を閉じかけているセスに、無理矢理話しかけた。

負担になるかもしれない、早く寝かせてあげなきゃ、そう思う気持ちとは裏腹に、ここで眼を閉じたら最後、セスは二度と眼を覚まさないのでは……。

そんな怖い考えが頭をよぎって、思わず話を続けてしまう。

「都では、王様が『王の七使徒』を選ぶことにしたんだって。兵隊さんが話してた」

使徒ってなに？　と、リオはセスに大真面目に訊いた。記憶がないリオには、耳なじみのない言葉だった。セスは小さく笑い、子どもを見る親のような眼で、「使徒っていうのはね、リオ」と、説明してくれた。

「王様に仕える、七人の特別な家来のことだよ。使徒に選ばれれば第一貴族と同じ身分になれる。彼らはそれぞれウルカの神と契約して、王様と神の力を分け合うんだ」

難しい話だ。リオは首を傾げた。

セスは「要は、王様を守る力のある、選ばれた人たちってこと」と、簡潔に結んだ。

「王都からの遣いは、七使徒選定のために来てるって、町の人が話してたよ」

そう言うと、セスは「ああ……」と納得したようにため息をこぼす。

「戦争が終わってからもう三年、戦時中に先の王様が崩御なされて、新しい王様の使徒はまだ、決まっていないそうだからね。早く使徒が決まらないと、国の治世もままならない」

中央だけでは人材が足りなくて、この辺境までも探しに来たのではないかと、セスはまるで見てきたかのように話した。

「へえ……人材を探してるなら、セスも名乗り出たらどうだろ。俺よりずっと頭いいし。使徒ってなにするのか知らないけど……そうだよ、セスならきっと、王都に行って仕事できるよ」

思いつきで口にしただけのことだったが、リオはとても良いことを考えついた気がして、前のめりになった。

遠い都の王様がなにを探しているかなど知らないし、興味もない。使徒と言われても、やっぱりよく分からない。

だが王都の偉い人が今、セヴェルの町にいるのなら、セスを医者のところへ連れていってもらえるかもしれない。そんなふうにリオは思う。

けれどセスはひっそりと笑って、「リオ……そんなことは起きないよ」と言った。

「『使徒』はね、多くは武術に秀でるか、あるいはエーテルが特殊なんだ」

「……エーテル？」

耳慣れない言葉に首を傾げると、セスが細い腕を持ち上げて、リオの胸にそっと触れた。頼りないセスの手の下で、リオの心臓がとくとくと脈打っている。

「この中にあるもの。魔力とも言うかな。邪気を払い、魂を浄化する……少なくとも使徒に選ばれるようなエーテルの持ち主は、病に冒されることなんてないからね。……でも、リオは可能性があるかも。名乗り出たらいい。都に連れて行ってもらえるよ」

リオはなにも言えなくなり、黙り込んだ。胸のうちに、悲しみと怒りが広がってくる。咄嗟にすがった希望を、すぐさま取り上げられたようで悲しい。それは病になってからというもの、セスがリオに見せる、突き放すような態度への悲しみ。そして怒りだった。

——一緒に町を出ようって約束したじゃないか。

なのにどうしてセスは、俺だけで行けっていつも言うの。

（……一人でなんて、行けない）

記憶も家族もないリオには、この寺院と子どもたち、セスしか、持っているものがない。その中で一番大事なものを置いていくなんて、絶対にできない。

憤りとともにこぼれそうになる言葉を抑える。

「……僕の病は治らない。自分で分かるんだ。でも後悔はないよ、十分に生き抜いてきたもの。リオ……きみは僕のぶんもしっかり生きるんだ。誰のためでもなく、まず自分のために」

セスの言葉を聞いても、リオには飲み込めない。

鼻の奥がツンと酸っぱくなり、奥歯を嚙みしめて立ち上がると、リオはもうセスのほうへ振り向かないようにした。セスはおやすみとだけ言い、そのまま眠ってしまったようだ。

階下に下りて子どもたちと話す気にもなれず、リオは天窓から屋上へ出た。夜空には月が浮かび、そよ吹く風は底冷えして冷たい。寺院の屋根の向こうに、セヴェルの町に灯るわずかな明かりがぽつぽつと見えた。

（しっかり生きるって。自分のために生きるって……なんだよ）

そう思ったとたんに、こらえていた涙が目頭に盛り上がり、頰を伝った。

家族も、兄弟も、友だちもなく、たった一人で生きることになんの意味があるのだろう？

……治すんだ、治すんだ、治すんだ。俺は絶対、セスの病気を治す。

くじけそうな気持ちに負けないように、必死に胸の中で繰り返す。

そうしてこの広い世界の、もっと美しく、もっと自由な場所にセスを連れて行き、生きることの本当の幸せを、セスにも寺院にいる子どもたちにも教えてあげたかった。

それがどんなものなのか、リオにもさっぱり分からない。経験したことがないからだ。けれどたぶん、この世界のどこかには、きっと生きる意味や幸福が存在していると信じたかった。

領事館の時計塔が、大きく鐘を鳴らした。

消灯の合図だ。どこの家でも、この鐘の音を聞けば火を消さねばならない。町のはずれから中心に向かって、徐々に明かりが消えていく。

明かりがすべて消え、月まで雲に隠れると、あたり一帯が真っ暗闇に閉ざされた。

（俺の、人生みたい）

ふと、リオは思う。どこまでいっても道が見えない。明日が闇に閉ざされている。セスの病は治せない、どんな場所でどう働いても、今以上の暮らしにはなれない。貧しさと生きづらさからは逃げられず、死にたいわけではないけれど、生きている意味もよく分からない……。

生きるのは、明日のパンのため。

でもそのためだけに生きることは、たぶん空しい。

やがて心が鈍磨して、空しささえ覚えなくなったら、自由と、残り滓のような誇りさえ売って、より多くのパンを得るためだけに自分は体を鬻ぐのではないか……そう思うときがある。

顔をあげると、はるか西の空に、白い光が星のように輝いていた。

それはウルカの神の光だった。神々の山嶺に、晴れの日も雨の日も――正しき王がフロシフランを統べる限り、尽きぬと言われる神の明かり。

暗闇の中でも燦然（さんぜん）と輝く、たった一つの希望。この世に神と奇跡があるという、揺るがぬ証（あかし）でもある。

（生きる意味なんて、なくたって生きていける。だけど……）

それでも生きていく理由がほしい。

野良犬みたいな人生にだって、意味があると信じたい……。

リオは屋根の上で跪（ひざまず）くと、両手を組んで頭を垂れ、よく知らぬ神に祈った。

「……神様、ウルカの神様、どうか、セスを助けて」

空っぽな自分の命を、全部捧げても構わない。

セスを、ここにいる子どもたちを、幸せにしてほしい。

夜更けの道を、導師が帰ってきて、屋上にいるリオに眼を留めて声をかけるまで、リオはずっとそう祈っていた。

二　遣い

あくる日の朝、リオが寺院の庭で昨日もらってきた野菜くずや鶏の骨を煮ていると、空にドンドン、と重たい音が響いた。領事館から臨時で鳴らされる、太鼓の音だ。

「農園のお休みの合図だー」

「えっ、今日お休み？　じゃあ仕事どうしよう……」

リオの周りで、思い思いに朝の支度をしていた子どもたちが、驚いている。空はよく晴れ、雨雲もないのになぜこんな日が急に休みになるのだろう？　と、リオは不思議に思った。

今は九の月。ぶどう畑は忙しい時節だ。

「おかしいね。昨日町中を回ったときには、農園が休みとは誰も言ってなかったのだが……」

朝の礼拝から戻ってきた導師も首を傾げている。水路の底から泥を掬いだし、顔と髪になすりつけて、リオは導師に「ちょっと様子を見に行ってきます」と声をかけた。そのときだった。

「ウルカの神の導師、フェンヤミンどの。いらっしゃるか」

寺院の外門から、大きな声がした。導師は立ち上がり、礼拝堂の脇を抜けて外門へ回った。

リオは子どもたちに向かって静かにするよう伝えると、礼拝堂の壁に張り付き、こっそりと声の主をうかがった。

「これはこれは兵隊様……」

老いてはいるが長身で、長い白髪がすらりと垂れた導師の背中の向こうに、ふっくらと肥った領事館勤めの連兵が立っていた。この町では領事の次に偉いのが、彼ら連兵になる。もっともウルカの神の遣いである、寺院の導師はまた特別な位置にある。

「ここで預かってる孤児の中に、十五を超えた男子がいたと記憶する。急いで、町の広場にやってくれるかね。王都のお役人様からの、大切なお触れでな」

「王都のお役人様？」

導師が訊ねると、左宰相様だ、と兵隊が少し小声になって言った。

「昨日から広場にいらしている馬車は、左宰相様のものでしたか。ですがまさか、ご本人がいらしているわけではありますまい」

いつも落ち着いている導師も、少し驚いたような声音だった。それもそのはずで、リオはよく知らないが、昔セスから教わった話が本当なら宰相は王に次ぐ宮廷内の官職の名前だった。たしか二人いて、左宰相、右宰相という。

兵隊は「そんなことは後で子どもに聞け」と言い、必ず男子をよこすようにと念を押した。

「こちらには二人該当する者がおりまして、一人は病に臥せっております。向かわせるには手伝いがいるかと」

「ああ、病人のほうはいらん」

兵隊は忙しそうに首を振り、導師の言葉を遮った。

「『王の七使徒』候補者選びのために参られているのだ。それも『鞘（さや）』候補者だ。己の病も浄化できぬなら見込みはない。とにかく、早く頼むぞ。この町の十五歳から二十五歳までの健康な男子は、一人残らずとの仰（おお）せだ」

兵隊は次の家に伝令へ向かわねばならないらしい。最後のほうは歩き出しながら導師に言い置き、去って行った。黙り込んで動かない導師に、リオは後ろから声をかけた。

「導師様。俺、行ってきますね。よく分からないけど、偉い人の命令なんでしょう？」

本当は気が進まなかった。大勢人が集まる場所に出て行くと、リオは大抵いやな顔をされるからだ。しかし兵隊に言われたことを守らなければ、導師に迷惑がかかる。

顔も髪ももう汚してある。お役人の言いつけが終わったら、仕事を探してきますとリオは門に立った。導師は眉根を寄せて、心配そうにリオを見下ろしている。

「リオ、お前、使徒がどういうものかは分かっているのかね？」

優しい、穏やかな声で訊ねてくる導師に、リオは正直にいいえと首を振った。昨夜セスに聞いた話では、使徒とは七人いる王の特別な家来で、かなり偉い立場だそうだ。なんにせよ、自分には縁がないものには違いなかった。

「でも都から来てる人に会えるなら、セスの病気のことが分かるかも。ぶどう農園の働き口をもっと増やせないか、聞けるかもしれないし」

望みは薄いが、よほど優しそうな人ならそうしてみようとリオはのんきに言った。

こんな国のはずれに住み、まして記憶もないリオにとって、都の偉い人など遠すぎる存在だ。だからこそ、気軽な気持ちがあった。導師は眼を細めてじっとリオを見つめている。優しげなその瞳には、どこか不安そうな影がうつろっていて、リオは不思議に思って眼をしばたたいた。やがて導師は、小さく祈りの言葉を唱えて、己の唇とリオの額に指で触れた。ウルカの神の加護を授ける祈りだった。

三年間、リオが出かけるときは必ず、導師はこうして祈って送り出してくれた。額がふんわりと温かくなり、リオは行ってきます！　と元気よく言って、広場へと駆け出した。

外門を出てから、思わず一度寺院を振り返る。心配そうに立って見送る導師の周りに、子どもたちが集まってきて、リオ兄ちゃんどこ行くの？　などと訊いている。

礼拝堂の裏手に見える、今にも崩れそうな煉瓦（れんが）造りの小屋を見やり、リオはセスのことを思った。そうしてすぐに帰ってくるからね、と胸の中だけでセスに伝えた。

町の広場へ行くと、まだ早朝だというのに大勢の人が集まっていた。昨日馬車が停めてあった場所に大きな天幕が張られ、その周りに若い男たちがぐるっと渦巻き状に列を作っていた。

セヴェルのような小さな、働き口の少ない町にこんなに若い男がいたのかと驚くほどだ。

天幕には白い竜を描いた王家の青い旗がひらめき、兵隊たちが何人も立っている。物見高い見物人が、広場の端に集まって、好き勝手に噂をしていた。

「あんたまで呼ばれたのね。そりゃあそうか、なにしろあの子たちまで来てるんだもの」

思ったよりも仰々しい様子に尻込みして立ち尽くしていると、『エルチのおもてなし処』の看板娘、アレナが店から出てきて、呆れ顔で話しかけてきた。

アレナが『あの子たち』と言って顎をしゃくったほうを見ると、黒い布を頭からすっぽりかぶった少年たちが数名、おどおどした様子で列に並んでいた。娼館で働いている男娼だ。彼らは昼間めったに町中に出てこないので、リオも驚いた。

「……本当に一人残らず呼ばれてるんだね」

「そら、さっさと並ばないと日が暮れるわよ」

アレナに発破をかけられて、リオはそれもそうだと最後尾に並んだ。自分が最後かと思ったが、しばらくすると二十歳過ぎの青年が二人、眠たそうな顔で後ろに立つ。彼らはセヴェルの住人ではなく、国境警備隊の兵隊たちだった。よく見ると、警備隊の中でも二十五歳以下の青年たちは、軒並み列についている。

「めちゃくちゃだ、セヴェルまでいらっしゃるなら国境まで来てくだされぱいいものを。夜中に呼び出されて、一睡もせずに十二人も警備を留守にさせるなんて……国境の守りをおろそかになさるとは、さすが急ごしらえの宰相どのだよ。短慮が過ぎる」

リオの後ろの兵隊が、小さな声で愚痴っている。どうやら該当年齢の兵隊たちは、夜中のうちに国境の城塞からセヴェルまで移動させられたらしい。

（使徒の候補者選びって……そこまでしてやることなのかな？）

リオにとっては得体の知れない使徒探しよりも、国境の警備が手薄になって大丈夫なのかという不安のほうが大きい。

戦争は終わったとはいえ、セヴェルの町のあちこちにはまだ戦の名残があり、隣国からの逃亡者も絶えない。本当か嘘か、かつてこの国を戦に陥れたのは魔女だと言われており、戦に敗れたあとの魔女が、時折姿を見せてはフロシフランの国内で悪さをするという、怪談めいた話も不気味に囁かれている。そのため、町の人間は警備隊に頼っている。

「そう言うなよ、宰相様に気に入られたら、王都に配置替えしてもらえるぞ」

「けどさ、主催は左宰相のベトジフ様だろう。今王都では右宰相様優勢と聞くぞ。大体探してるのが『王の鞘』なら、軍人の出る幕はない。男娼向きの仕事だ」

（……王の鞘……ってなんのことだろう？）

リオは兵隊たちの会話に聞き耳をたてていたが、まったく分からなかった。生まれたころからの記憶があれば、ごく常識的な知識なのかもしれない。きっとセスなら知っているだろう。

分かったのは、今訪れている都の偉い役人にも、王都の政治にも、国境警備の兵隊たちは不満があるということだけだ。

（でも、なんにしろ今日ここにいらしてる偉い人は、いずれ王都に帰るんだ。国境警備の隊長様よりも、宰相様のロバ引きができれば、隣町までだけでもいい仕事になるんじゃないか？）

やがてセヴェルの領事が天幕から出てきて、これより候補者を探すと宣言した。

並んでいた男たちは一人ずつ天幕の中に入っていき、しばらくして出てくる。ほとんどの者は首をひねりながら、怪訝そうな顔をして広場に集まる無関係の見物人の群れへまざった。リオが見ている限り、天幕の裏へと別に案内されたのは、たったの二人だ。

出てきた男たちは町の人間に「どんなことをしたんだ？」と訊かれているが、「さあ、妙なものを持たされて、すぐに違うと言われて……」と、要領を得ない回答だ。落ち着きなく視線をさまよわせて「そんなことより、あんまり大声で騒ぐと首をはねられるぞ」と声を潜める者もいる。

待っている間にリオは腹が減ってきた。初めのころは熱心に見ていた町の人間も、半時が過ぎるころには飽きたらしい。見物人もまばらになっていた。そのうち、農園に出てもいいとお達しがあり、解放された男子たちはそれぞれ仕事に戻っていく。

――またはずれか、一体お前のその腕は信用できるんだろうな。

天幕まであと二人、というところまで来ると、中から声が聞こえた。男にしては甲高い、きつめの声音が耳に届く。

――王都からこんな田舎まで来たのに、一人も見つからないなんて恥さらしもいいところだ。

(……この声が、都の偉い人かな? どうも仕事が頼めそうな人じゃないなあ)

キイキイとかしましくわめいている様子に、リオの前に立っていた少年が怯えながら天幕の中へ入っていった。しばらくの沈黙のあと、とっとと出ていけ! という怒鳴り声がし、少年が慌てて転げ出てくる。

「次!」

声をかけられて、リオはおそるおそる中へ入った。

天幕の中は広々としていて、眼の前には大きな椅子が置かれていた。そしてそこには豪奢な衣装を身にまとった小男が一人、座っていた。狐のようなつり目。尖った鼻と出っ歯。ごてごてした衣装に、細長い帽子。小さな鼻の下には、きれいに撫でつけた髭がある。

「この薄汚い子どもはなんだ?」

さっき外で聞いていた声は、その男のものだった。

じろりとリオを見る眼が意地悪そうで、思わずリオは固まった。男の横には領事と、国境警備隊の隊長が立っており、ぺこぺこと頭を下げながら、

「左宰相様、どうぞお許しを」

と言った。それでリオはこの小男が、間違いなく王都の左宰相なのだと知った。偉い人とは

いっても、宰相ほどの地位の人間が来ているわけがないと思い込んでいたので、リオは内心びっくりした。

（もしかして『使徒』探しって、すごく重要なことなのかな……）

ぼんやり考えていると、大きな椅子にふんぞり返っていた宰相が、声を張り上げた。

「この私の前に連れてくるのに、埃の一つも払えなかったのか？　薄汚い子どもだ」

「申し訳ございません、これは孤児でして、まあなんというか、野良犬でございますゆえ」

「一応、条件に当てはまる者はみな、とのベトジフ様のお達しでしたので、念のため参らせた次第で」

おろおろと言い訳する領事と隊長に、ベトジフというらしい宰相は舌打ちし、無言で顎をしゃくった。すると端に控えていた男が、すうっとリオの前に出てきた。

まるで影のように静かだったので、たった今の今までリオは天幕の内側に、その男がいることに気がついていなかった。

男は長身で、肩幅が広かった。黒い長衣を着て、頭には頭巾をかぶり、口元も同じ布で覆い隠している。手までもが黒い革手袋の中で、見えるのは眼出しから覗く、森を映したように深い緑の瞳だけだった。

（……セスと同じ眼の色）

緑の眼というと、親友のことが真っ先に思い浮かぶ。思わず見入って瞬きすると、男は大きな、丸いガラス玉をリオに差し出した。昨日、リオがくずかごから拾った緑の破片とは比べものにならないほど澄んだ、完璧な透明度のガラスだった。

「持ちなさい」

と、謎の男が言う。低いが通りのいい声だ。その感じからすると、男はまだ若そうだった。

「早くせよ!」

ベトジフがイライラと声をあげ、隊長が「お待たせするな、シーパス!」と怒鳴った。こんなものでなにが分かるのだろう? 不思議に思いながら、リオはガラス玉を手に持った。

透明な玉は、数秒間はなにも変わらなかった。

思わず手元の玉を覗き込むと、泥で汚したリオの顔が逆さまになって映っている――。

そのときだった。玉の奥に白いもやがちらついた。なんだろう。よく見ようとさらに覗き込む。瞬間、あたりは真っ暗闇になり、リオの手の中から玉は消えていた。

(……え? なに?)

上も下もない真っ暗な空間がどこまでも続いている。これは夢だろうか?

リオは慌てた。持っていたはずのガラス玉も天幕も、見慣れぬ王都の偉い人も消えていた。

それだけではない。下を見ても横を見ても、自分の体が視界に映らない。声を出したつもりが、聞こえない。

けれどなにもない時間はほんの数秒だった。恐怖を感じるより先に、闇の向こうがぼやぼやと赤く染まり、やがて遠くになにかの像が結ばれる。

――火事だ。

そう気がついたのは、赤いものが風に揺らめき、火の粉を散らしていたからだ。

山の中、大きな城塞が崩れ、そこが炎に焼かれている。甲冑(かっちゅう)姿の騎士たちが、長衣をまとう者たちの集団に切り込んでいく。あちこちで、血しぶきがあがった。

けれどそれらは不意に立ち消える。するとそこに残ったのは、城塞の瓦礫(がれき)の下敷きになって倒れている少年だった。

銀青色の髪に、細い手。瞼(まぶた)を閉じ、息も絶え絶えに転がっている。おそらく十二、三歳の子どもだ。

銀色の甲冑を身にまとい、青いマントを肩から下ろした騎士が一人、その少年に近寄って、彼のそばに跪いた。騎士は大きな手のひらで、少年の頬を撫でる。少年の、閉ざされていた瞼がぴくりと震えて開く……。長い睫毛に縁取られたその瞳は、夜明けの空のような、すみれ色をしていた。

……俺だ、とリオは思った。あれは俺だ。俺の姿だ。

少年がなにかを囁き、騎士が答えたのを、リオは見た。声が聞こえた。

……構わない。お前がそれで生きられるのなら。

静かな、優しい声で騎士が言ったのを聞いた。騎士の顔はよく見えない。だが背も肩幅も広く、男らしく鍛えられた見事な体つきをしている。

……俺の名前は――。

少年はじっと、騎士の言葉を聞いている。まるで子守歌を聞くように、眠たげな瞳で。やめて、とそのときリオの意識の中で声がした。やめて、言わないで！

……俺に与えちゃだめ！

金切り声が耳を突き、瞬間崩れた城塞も、炎も、騎士も少年も見えなくなった。かわりに眼が眩むほどの白い光が視界を覆う。

（なに？　なにが起きたの……）

胸が引き裂かれるような悲しみを感じ、リオはわけもなく泣いていた。罪悪感で胸が苦しい。けれどその間にもあたりの様子は変わり、気がつけばリオは白い光の中に立っていた。そうして眼の前には、聖なる獣の姿があった。

それは長い首に、小さな頭。頑強な胴に太い四つ足。鋭い爪と、大きな羽根の白い竜だった。森を映したような緑の瞳が、じっとリオを見つめている。

（……この竜）

知っている、と思った。そのとき、女の声がした。

――見つけた。

地を這うような低い声に、ぞくりと背が強ばり不意に長い白昼夢が終わった。

リオは天幕の下、ガラス玉を持って棒立ちになっていた。

眼の前には長衣の男が立って、リオを見下ろしている。

ベトジフは驚いた顔で椅子からややずり落ちていたし、国境警備の隊長と、セヴェルの領事は石のように固まっている様子だった。

手の中にあるガラス玉は紫色に光ってきらきらと瞬き、時折火花が散るように光の粒が空中に舞った。リオはどうしてか、全身汗みずくだった。息が乱れ鼓動も速い。指先が震え、なにかとても怖いものを見てしまったという気がしていた。

「……ここにいたのか」

吐息よりも小さな声で、黒ずくめの男がそう呟いた。

だが顔をあげるのと同時に、男はベトジフを振り返ったので、今聞いた言葉を確かめることはできなかった。

「極めて純度の高いエーテルです、それも膨大(ぼうだい)な量が発動しています」

男が言い、リオの手からガラス玉を取り上げた。玉はリオから離れると、緩やかに光を失って、また透明な球体に戻った。

「ベトジフ様、いかがしますか」

ベトジフは我に返ったような顔になった。

「た、待機させよ！」

扇を持った手でベトジフが天幕の外を指すと、都勤めらしい騎士が、天幕の隅から走ってきて、二人がかりでリオを連れ出した。

「え？　ちょっと、なに？」

リオは困惑した。天幕の裏手に連れて行かれると、そこには二人の先客がいて、彼らは不安そうな顔で粗末な長椅子に並んで座っていた。空いていた場所にリオも促されて腰を下ろす。

（なにがなんだか……待機って……なに？）

隣に座っていたのは、こぎれいな顔をした少年だ。頭にかぶった黒い布で、男娼だと分かった。彼はリオと眼が合うと、おずおずと訊ねてきた。

「あの……きみも、ガラス玉が光ったの？」

「え、ああ……。そうかも」

頷くと、少年はほっとしたように少しだけ目元を緩めた。

「驚くよね、あんなにちょっと光っただけで待たされて。一体これからなにを言われるんだろうね……？」

──ちょっと光っただけ？

いいや、光は強かったし、なにより妙な幻を見た。きみは見なかったの？　と訊こうとして、なぜか言葉が出てこなかった。頭の中でついさっき、黒衣の男が言っていた「エーテル」という言葉が回った。

――『使徒』はね、多くは武術に秀でるか、あるいはエーテルが特殊なんだ。

昨夜セスから聞いた言葉を思い出す。いやな汗が額ににじんだ。心臓が脈打つ。なんの根拠もなく、悪い予感がした。椅子の縁をぎゅっと握りしめて、リオは早く帰りたいと思った。セスのところへ、導師のところへ、子どもたちのところへ、寺院へ、自分が唯一知っている生きる意味のある場所へ。

そうでなければ、とてつもなく遠いところに連れて行かれてしまう。

なぜだか、そんな気がしたのだ。

待っている時間は途方もなく長く感じられたが、そうでもなかったようだ。日が真南に上るより前に、天幕の周りからは見物人がいなくなった。結局、リオの後からは誰一人待機によこされることはなく、やがてやって来たのは先ほどの黒ずくめの男一人だった。

「お前たちは帰りなさい」

黒衣の男はリオ以外の二人にそう告げた。男娼の少年が心配そうにリオを見たが、男が怖いのだろう。ぺこりと頭を下げると小走りに広場から出ていく。残されたリオは、不安で胸が早鳴るのを感じた。

「名前は？」

男は、緑の瞳をじっとリオに向けている。リオは数秒黙っていた。

「あんたの名前は？　先に教えてくれたら言う」

そうでなければ野良犬（シーバス）で結構。朝からずっと命令され続けて、妙な反抗心が頭を持ち上げている。不安から普段はけっして言わないように気をつけている憎まれ口をつい叩（たた）くと、男はわずかに瞳を細めた。

（バカ。なに刃向かってるんだ）

リオはすぐに悔やんだ。急に体が恐怖で震えた。生意気な口をきくなと言って、腹を蹴られるかもしれない。実際そうされたことは何度もある。

無意識に体が身構え、リオはじっと男を見上げていた。だが男は布の内側で「なるほど」と、呟いただけだった。怒った様子のない、淡々とした声音だった。

「俺の名はユリウス。ユリウス・ヨナターン。宰相様に雇われた魔術師（コゼニク）だ」

落ち着いた話し声。怒鳴られなかったことに驚いて、リオは思わず眼をしばたたいた。

それどころか、名前と仕事まで教えてくれた。

「魔術師……」

リオは物語の中でしか存在を知らないその職業の名前を、少し戸惑いながら繰り返した。

男は緑の眼に、なんの感情も浮かべていない。その美しい色に、リオはやっぱりセスの賢そうな瞳を重ねた。

「……俺は、リオ。……寺院の孤児だから、仕事はその日その日で違う。まだ帰っちゃだめなの？　俺、今日の食い扶持を稼がなきゃなんないんだ」

少しだけ警戒を解いて、リオは名乗った。ついでに困っていることを訴えたが、魔術師は「宰相様がお呼びだ」と言い、ついてくるように指示した。

偉い人には逆らわず、仕事をもらう。それがリオの信条だが、ついていくのは嫌だった。なにが起きているかよく分からず、怖い。

だが逃げたところで意味があるとも思えない。渋々立ち上がり、リオはユリウスに従った。

リオが連れて行かれたのは、警備隊の隊長も泊まっている町唯一の高級宿だった。

漆喰の壁に赤い屋根、中に入ると広々とした通路があり、その奥に、大きな扉が一つ。扉の前には都からの兵が二人、立っている。

扉が開き、リオは中に通されたが、緊張でその場に立ちすくんでしまった。

リオが普段生活している寺院の小屋を三つ合わせてもまだ足りないほど広い部屋では、先ほどの宰相、ベトジフが大きな椅子に座っていた。小男はごてごてした装束のまま、長いキセルをくわえ、その先端を噛んでいる。

「汚い小僧だ。ユリウス、出発までに洗っておけよ。私の馬車に乗せるのだからな」

ベトジフはリオを認めると、上から下まで舐めるように視線を投げ、甲高い声でわめいた。命じられた魔術師は、なにも言わずに了承の礼をしている。

（出発？　馬車に乗る……？　この、ベトジフ様の馬車に……？）

リオはわけが分からず、不安な気持ちでユリウスを見上げた。宰相の両隣に控えている国境警備の隊長と領事が、「本気ですか、左宰相様」と驚いている。

「これはみなしごですよ、出自も知れないただの野良犬です」

「うるさい。みなしごでもなんでも、エーテルの反応があったのだから仕方ない」

領事の言葉に、ベトジフは噛みつくように言った。

「これまで国中を旅しても、あれほど反応のある子どもはいなかった。『使徒』候補のほとんどは、憎いラダエの手先だぞ。だが幸い、『鞘』の候補者はいないも同然だ。この汚い犬に賭けるしかなかろうよ」

キセルに草を詰めながら、ベトジフはため息をついた。

「ユリウス・ヨナターン、お前がそれでいいと言ったのだろ。お前の見る眼を買ったのだから、責任はとれるということだな」

宰相はリオの隣に立つ、長身の魔術師を睨んだ。

魔術師というのは、どういう立ち位置なのだろうか？

実は相当に、偉い人間なのだろうか？

先ほどからベトジフに怯えている領事や隊長と違い、ユリウスはきつい言葉で宰相に睨まれてもびくともしなかった。

「この子どもには、武術のたしなみはなさそうですが、体内のエーテルは、質、量ともに比類なきものです。陛下のエーテルと馴染むのならば、見込みはありましょう」

淡々とした言葉に、リオは内心困惑した。

(馴染むってなにが？　……俺のことなのに、勝手に話が進んでる……)

かといって、説明しろと声をあげる勇気もない。

出発は明朝、犬の支度はお前がせよとだけ言うと、ベトジフはリオを部屋から追い出した。

追い出されたリオは、まだ帰してもらえない。ユリウスに連れられて、今度は洗い場へ案内される。宿の女中が大きな盥二つに湯を作っており、ユリウスは新しい服を、と他の女中に言付けている。もやもやとたつ湯気を見ながら、ようやくリオは口を開いた。

「あの。……あの、いつ俺は寺院に帰れるの？　これ、体を洗ったら賃金がもらえるのか？」

そんなわけはないだろうと思いながらも、疑問を口にする。頭巾の隙間から、ユリウスの眼が静かにリオを見下ろした。黙れガキ、とも言われなかったし、その眼には軽蔑の色もない。

続きを話してもきっと怒られないと感じ、リオは勇気を出して続けた。

「……『使徒』って、俺にエーテルがあるって、なにかよく分からないけど、あの宰相様が俺を馬車に乗せるっておっしゃってた。……仕事で、ロバを引くんじゃないんだよな？　俺、都に連れて行かれるの？　なんのために……どうして？」

話しているうちに、余計に混乱してくる。いや、本当は薄々分かっていた。リオは物知らずだが、バカというわけではない。

三年前、フロシフランは隣国ハーデとの戦争に勝ったが、その戦争は突如この国に現れた魔女と、その魔女にそそのかされた第二王子が仕掛けたものだったという。謀反人となった王子は、前王の腹心の部下を味方につけた。しかし、結局は正当な後継者であった、現フロシフラン国王の前に敗れた。

そのとき、王国は多くの人材を失ったとされる。それまで宮中の高官を務めていた者たちが、みな敵側についたからだ。

現在、フロシフランには王はいるが、それ以外の体制が整っていないと聞く。

そして昨日のセスの話では、王の特別な家来、『使徒』が不在のようだった。

ウルカの神の加護を得て、ハーデの土地を取り戻し、フロシフランを盤石な国に。

そんな願いは、セヴェルのような辺境の居酒屋や、国境警備の兵舎でも、盛んに言われる愚痴なので、リオもなんとなくは聞いたことがある。

だがそんな王国の実情に、自分が関わることがあるはずはないと、リオはこれまで気にしたこともなかった。

「……俺、『使徒』になれって言われてるんだよね？　無理だよ、なんでそんな話になるの？　王様の『使徒』って、強い人とか、偉い人がなるものなんじゃないの？」

これはなにかの間違いだと言ってほしくて、ユリウスに訊く声が震えた。ユリウスは静かだった。湯の準備ができたと言って、女中が洗い場から出て行った。

「リオ……と言ったな。まず、『王の使徒』は七人いて、確かに武術に秀でる者が望ましいが、役目によっては、それよりもどのようなエーテルの持ち主かが重要だ。それが『王の鞘』だ」

「……エーテル」

「魔力ともいう。生まれながらのものと言っていい」

丁寧に説明しながら、ユリウスは長衣の袂から、先ほど天幕で見せたガラス玉を取り出した。玉は天窓から差し込む陽光を反射させてきらめいている。そのとき、ふとその玉の中心が緑色に光り始めた。

「見ていろ」

魔術師に言われて、リオはガラス玉を見つめた。玉の中心からにじんだ緑は、やがて玉を真緑に染める。やがて玉は形をなくした。緑色のもやのようなものが玉から立ち上り、それは瞬く間に蔓草の形になり、くるくると回りながら伸びていった。ユリウスの黒衣をもやの蔓が這い、天井と床にも這った。緑の蔓はリオの足下にも伸びてくる。ぎくりとして固まったところで、蔓は白く輝き、風に煽られた砂埃のように一気に霧散して、消えていった。

「今のは俺のエーテルを使って見せた、簡単な幻影だ」

ユリウスが言い、ガラス玉を手のひらの上で転がした。それはもう、ただの透明な玉に戻っている。あまりの鮮やかさに、リオはただただ息を呑んでいた。

「訓練をすれば、魔力は今のように自在に出し入れでき、形を好きに変えることもできる。こんな玉などなくともな」

言いながら、魔術師は衣の中にガラス玉を戻した。

「お前はまだ、自分のエーテルがどんなものか知らないだろう。当然、操ることもできない。だがこの玉を渡したとき、お前は全身を発光させた。……覚えていないようだな？」

リオは呆気にとられたまま、力なく首を横に振った。額に、じわりと汗がにじむ。

「……知らない。俺、あのとき幻を見て——」

「幻？　どのような？」

緑の眼を一度すがめて、ユリウスが訊いてくる。それは、とリオは口ごもった。

炎に包まれた城塞と、騎士。倒れている少年……おそらくリオだろう。

だがそのことは、どうしてか言ってはいけないことのような気がした。なぜかは分からない。ただ心臓が、どくどくといやな音をたてている。あの光景について考えようとすると、鈍く頭が痛んだ。思い出したくない。考えたくない。そんな気持ちが、胸に湧いてくる。うつむき、リオは「白い竜……白い竜がいた」とだけ答えた。

「白い竜か。……それはウルカの神だったか？」

そっと訊かれて、リオは思わず顔をあげた。そうだ、なぜ今になって気がついたのだろう。

リオは三年、寺院で暮らしている。礼拝堂には、ウルカの神の姿を描いた色ガラスがはめ込

まれている。そこにはたしかに、白い竜の姿があった。

「……そうです、たぶん。だって寺院の色ガラスと同じだった。だけど、どうして？」

「俺もすべての人間の夢や幻を知るわけではない。だが、お前のエーテルが常人のそれとはまるで違うことはこの眼で見た。だからこそ、宰相様はお前を王都に連れていかれる」

「……王都に？　でもそれじゃ、寺院は……導師様や、子どもたち、セスは……」

「寺院には帰れない。だが出発は明朝だ、まずは風呂を使い、身なりを整えたあとでなら、俺がベトジフ様に口利きをしてやろう。取ってくる荷物もあるだろう。ついでに別れを済ませるといい」

ユリウスという魔術師は愛想はないが、非情というわけでもないらしかった。

そればかりか多分、セヴェルにいる大半の大人や、国境警備の兵隊たちよりも、ずっと話の分かる人かもしれない。汚い見てくれの貧しいリオのことを、この魔術師は一度も軽侮しないし、訊いたことには必ず答えてくれている。だがすぐに、また混乱に襲われる。

（……じゃあ俺は明朝には、セスと離れるということ？）

王都は遠すぎる。

そんな場所から、寺院に仕送りはできるのか。大体、使徒候補として選定されている期間、どうやってお金を稼げばいいのだろう？

今日、明日、食べるもののことでいつも悩んできた。選定されるかどうかも分からない役目や使い方を知らないエーテル、そして未来のことよりも、残していく家族の食べ物や、セスの病のことのほうがずっと心配だった。

（どうしよう。俺は……どうすれば？）

逆らえないことは分かっている。顔から血の気が引き、呆然と立っていると、「見た幻はそれだけだったか？」とユリウスに訊かれて、リオは顔をあげた。

「……例えば、女の姿を見たりは？」

リオは玉を持ったときの、白昼夢を思い返した。女の姿は見ていない。声は聞いたけれど。

（……見つけた、って言われたっけ）

あれは誰の声だったのだろう。なんと答えたものか迷いながら、見ていないと言った。嘘ではないはずだが、少し後ろめたい。

ユリウスは数秒の沈黙のあと、「そうか」とだけ呟いて、洗い場を出て行ってしまった。よく洗うようにと、一言だけ付け加えて。

残されたリオは結局、言われたとおり湯を使い、全身をきれいに洗った。

石けんを使って体を洗うのは三年ぶりだ。三つの盥のうち、二つはすぐ泥水のように濁った。ようやくきれいにし終えると、残った湯につかって、しばらくの間これからどうするかを考えていた。

(逃げようか)

ちらりと、そう思った。このままこっそり宿を抜け出し、寺院に帰ってしまおうか。洗い場には窓が一つある。分厚い壁のせいで大分小さいが、それでもここは一階だし、抜け出せそうだ。逃げられる、逃げようか……そうじゃない、逃げたいのだ。

逃げて、寺院に帰りたい。

(……そんなの、無理だ)

だがすぐにぶるぶると首を振って、それはだめだと言い聞かせた。

(相手は都の偉い方だ。領事様や隊長様もいる。セヴェルの町のどこにいたってきっと見つかるし、俺が逃げたら導師様や、みんなに迷惑がかかる……)

ベトジフという宰相は、情の深い男には見えなかった。わがままで、怖い人に見えた。逃げだしたら相応の罰を下されるだろう。寺院の子どもたちも、どうなるか分かったものではない。最悪、聖職者である導師にまでなにかされる……。

洗いたての膝を抱きしめて、リオはうなだれた。

(だめだ。できない……。こんなとき、セスならどうする? 俺がセスだったら、どんなふうに動くだろう――)

今はきっと寺院の屋根裏で寝ている親友のことを、リオは思い浮かべた。賢い友人なら、無駄な抵抗よりも現実的な利をとるはずだ。

　不安や混乱は、いったん置いておくことにした。これが現実だとして、明朝出発するまでの間に片付けねばならない問題が二つある。寺院の子どもたちを食べさせることと、セスの病気を治すことだ。

（使徒候補って言ってたんだから、あくまで候補だ。俺が選ばれるって決まったわけじゃない。他にも候補はいるはずだし）

　じっと考えていると、だんだん気持ちも落ち着いてきた。拘束される日数分の、賃金をもらえるか聞いてみよう。リオはベトジフの奴隷ではないのだから、雇ってもらってもいいはずだ。とはいえ、ベトジフはリオの言葉に耳を貸しそうにもない。

（……あの魔術師。ユリウス・ヨナターンなら、せめて話は聞いてくれるかも）

　ユリウスの地位は知らないが、ベトジフに口利きはできそうだった。

　ついさっき、リオを寺院に連れて行ってやると約束してくれたのだし。とはいえ初対面の大人だ。どこまで信用できるかは分からない。

　権力を持つ大人にとって、自分などノミ虫みたいにひ弱なことを、リオは骨身にしみて分かっている。鼻であしらわれることを想像すると体が震えたが、いくら悩んでも仕方がない。勇気を出すんだ、とリオは小さく呟いた。

　洗い場には真新しい綿の服が用意されていた。平民の平服だったが、リオには十分すぎた。

よく見ると、新品の靴も置いてある。履いてみるとぴったりだった。

(なんで寸法が分かったんだろう……)

不思議に思いつつ、洗い場にかかった小さな鏡を覗き込むと、銀青色の濡れた髪に光を含んだ貴石のような、すみれ色の眼の自分がいた。

(この顔で出ていって、誰かに見られたらまずいかな……)

無意識に、また小さな窓を見ていた。

と、すぐ後ろから「洗えたか?」と声がして、リオはびっくりして飛び上がりそうになった。まるで気配を感じなかったが、振り返るとユリウスが立っていた。

長身の魔術師は、リオの姿を見ると数秒黙り込んだ。が、それだけだった。

「二階にお前の部屋を用意してある。悪いが、お前が着ていたものは処分させてもらうぞ。ずいぶんくたびれていたからな」

ユリウスはそう言うと、これはお前のものか? と、緑のガラス片を差し出してきた。昨日、居酒屋のくずかごからくすねたものだ。「あっ」と小さく叫んで、リオはそのガラス片を慌ててユリウスから取り返した。と、魔術師は眼を細め、静かに続けた。

「逃げようと考えるのは無駄だ。左宰相様は容赦のないお方だ。お前がいなくなれば、寺院にいる他の子どもが折檻に遭うだろう」

リオは息を呑み、じっとユリウスを見つめた。考えていたことは、簡単に見透かされている。

それどころかたった数秒で、無意味だと思い知らされた。瞬間、リオは腹のあたりにぐっと、力をこめた。勇気を出すんだ、ともう一度自分に言い聞かせる。

「……あんたに、お願いがある」

腹を決める。声はわずかに震えた。

小僧が生意気な、とぶたれるかもしれない。自分の考えや要求を、こんなに率直に、導師や仲間以外に伝えたことなどない。

「俺は王都へ行って、ベトジフ様の言いつけを全部守って、できる限り使徒になれるよう頑張る。だから……賃金がほしい。そしてそれを、寺院に仕送りしてほしいんだ。それから、寺院には病気の子どもがいるから、俺の支払いでもいいから、医者を頼みたい」

全部かなえてくれるなら、あんたたちの言うとおり、おとなしく王都へ行く。

と、リオは言い切った。

自分をぶつ手が飛んでくるかもしれない。そう覚悟して唇を引き結んだ。

だがユリウスは無礼だと怒ることなく、ただ眼を細めてしばし考え、やがて頷いた。

「なるほど。案じなくていい。使徒候補として拘束される間、お前には王都に務める連兵と同じ身分がつき、同じ額の賃金が支給される。支払いは今日から発生している。友人のもとへも、医者をよこすよう手配しておく。費用は前借りということにしよう」

あっさりと要求が通った。あまりにも淡々としたユリウスの対応に、リオは拍子抜けした。

ガラス片を握っていた手から、一瞬力が抜ける。

「……ほんとに聞いてくれるの？」

思わず気の抜けた声が出たが、内心では半信半疑だった。

嘘だ、そんなに上手い話があるわけがないと思う。

だがユリウスの瞳を見ても、そこにはなんの感情も映っておらず、信じていいのか悪いのか、まるで分からなかった。

「……あんたが言えば、ベトジフ様は聞いてくれるの？」

重ねて確認すると、ユリウスは肩をすくめた。

「いや、あの方は気まぐれなお方だ。聞いても忘れてしまうだろう。ベトジフ様は、お前の生活や過去、金の使い方や給金の額などにも、興味を示されないだろうからな。だが、俺が手配するから案ずることはない」

嘘をつかれているとは感じなかった。だが、そこにはなんの根拠もない。寺院の外に一歩出れば、大人はみんな平気で嘘をつく人間だらけだ。

侮られ、無視され、約束を破られる。そんなことは当たり前のようにあった。それでも腐らず生きてこられたのは、導師という一番身近な大人が、純粋で優しく、温かい人柄だったからだ。この世には、信じられる大人も存在している。……だが、どうやってそれを見分ければいいのかは、リオには分からない。ましてユリウスは今日会ったばかりだ。

「……分かった。あんたは俺の話を聞いてくれる。だけど……どうやったら俺はあんたを信じられる？　なにをもって、俺はあんたの言葉が嘘じゃないって思えばいいんだ？」

じっと、これ以上ないほど強い意志をこめて、ユリウスを見つめた。

ほんのわずかな嘘すら見逃さない。そんな気持ちだった。

今ここにセスや子どもたち、自分の将来がかかっていた。

ユリウスはしばらく黙っていたが、やがて「そうだな……」と、呟いた。それからおもむろに、口元と思しき場所に、布の上から手を当てた。

「たしかに、信じるのは難しいだろうな。お前は非力だ。知力も、武力も、金もない。だがこちらは違う。権力、武力、金。お前やお前の身内を意のままにするものをいくらでも持っている。……俺が嘘をついていても、お前にはどうにもできない」

緑の瞳をすがめると、ユリウスの眼には長い睫毛の影が映った。リオは緊張し、ぎゅっと拳を作った。やっぱり、ただいいようにされるだけなのか……そう思ったときだった。ユリウスが静かに手を下ろし、ゆっくりとリオに近づいてきた。

「先ほどのガラス片を見せてみろ」

そう言いながら、魔術師は自分の胸元へ手を入れた。なにかされるのではと警戒して、半分体を後ろに倒しながらも、言われたとおりリオは手を広げて出した。

握っていたガラス片が、鈍く光っている。ユリウスが胸元から手を引き抜くと、その指には真鍮の細い鎖が絡まっていた。

　ユリウスはそっと、鎖をリオの手に握らせた。

「……セヴェルの寺院の子ども、リオ。脆弱なお前だが、たった一つ、お前は俺の魔術よりも、ベトジフ様の騎士団よりも、王都の戦車や大砲よりも強大な力を持っている。それは、お前の命だ」

　リオは眼を見開き、息を詰めた。思ってもみなかった言葉。

（俺の……命？）

　吹けば飛びそうなリオの命。生きる意味すら自分で疑うこの命が、王都の権力者や巨大な武力よりも強いと言われても、リオには実感がない。けれど、言い切るユリウスの瞳には意志のこもった強い色があり、リオはなぜかそれに引き込まれていた。

「お前は類い稀なエーテルを秘めている。ベトジフ様はお前のその命が必要だ。どんな財宝よりも。そしてお前を無事王都へ連れていき、『使徒』選定に間に合わせるのが、俺の仕事。俺は仕事をやり遂げねばならない。つまり俺にとって、お前の命はなによりも大事だ」

　なによりも、ともう一度、ユリウスは念を押した。

「お前はいつでも、己の命を楯にし、剣にして戦える」

　ユリウスが、黒い手袋に覆われた大きな手のひらを、リオの手の上にかざした。温かな熱が一瞬手のひらに広がり、次になにかがまばゆく発光した。

思わず眼をつむり、後ずさる。だが光はすぐに収束した。眼を開けると手の上へ、美しいガラス製の、小さなナイフが載っていた。切っ先は鋭く尖っているが、透明度の高い緑は宝石のように輝いており、上端に留め具と、鎖の輪が繋がっていた。

「……これ、さっきの鎖とガラスから、あんたが作ったの？　魔法で？」

驚きで、心臓がドキドキしている。思わずナイフを手に取り、ためつすがめつすると、ユリウスは「隠し持っていろ」と言った。

「不満があるときは、そのナイフをここに当てろ」

静かな口調で、ユリウスは伸ばした指を、そっとリオの胸に当てた。長い指に押さえられた皮膚の下で、心臓が、どくどくと血を流している。

いつでもどんなときでも、と、魔術師は潜めた声で続けた。

「どんなことがあっても、その命を手放すな。……夜明けの空と同じ瞳を持つ子ども、リオ」

リオは息を止めて、ユリウスを見つめた。

やがて離れていくユリウスの指を、リオは無言でただ、見つめていた。そのとき、心臓が強く鼓動し、体が熱くなるのを感じた。それは眼の前の男によって引き起こされた反応だったけれど、一体どういう感情のせいなのか自分でも分からなかった。

ただリオは、この得体の知れない魔術師が……リオに対して、本当のことしか話していないと感じたのだ。辺境の町の野良犬。なにも持っていない、空っぽな自分に。

（……俺には、生きる意味があるの？）

そう訊きたい気がした。けれど口に出すのは躊躇われた。リオはナイフを身につけ、まっすぐにユリウスを見上げた。ここから先、彼は仕事をくれる相手だった。

「約束は紙に書いて。それから、寺院のみんなとは、手紙でやりとりもさせて。いい？」

ユリウスはもちろん、と頷いた。

「本来の契約書は王都に戻ってからだが、仮のものを用意させよう。書簡を取り交わすことが許可されている。俺の使いに手伝わせよう」

分かった、とリオは答えた。

「……あんたを信じるよ。王都の魔術師、ユリウス・ヨナターン。……俺は俺の仕事を、きちんとやり遂げる」

そう言い切った瞬間、大きな決断をしてほっとしたのと同時に、悲しくなった。寺院で待っているセスは今、どうしているだろう？

三年前、記憶もなく目覚めた自分を覗き込んでいた導師の優しい眼と、好奇心に満ちた親友の瞳が、ふと思い出される。

なにも覚えてない。名前は、リオ……。

そう呟いたあとただ悲しくて、堰を切ったように涙をこぼしたリオへ、セスは笑った。

——大丈夫。……きみは生きてる。悲しみがあるのは、失った記憶の中で、誰かに愛されていたことがあるから。その証だよ。
思い出せない過去に愛があったと、セスは一番初めに教えてくれた。
きみは愛を知っていると、セスは強く言ってくれた。
……生きることに意味なんてないけれど。
この世界には、生きる価値があるよ……。
優しく囁いたセスの声が、今でもまだ、リオの耳の奥には響いている。

三　街道

リオは幌馬車の荷台に乗り、ぼんやりと後ろに続く道を眺めていた。

街道はかなり進んでもほとんど景色が変わらず、だだっぴろい草地に時折森や丘、あるいは農園が見えるくらいだった。

辺境の町セヴェルから旅立って、七日が経過していた。

左宰相ベトジフの一行は、大人数だった。

まず早馬の騎士が二人。彼らは交代で先行し、道中の安全と次の都市までの距離を測る役だった。それからベトジフの豪奢な馬車。三頭の馬に引かせた馬車は美しく、彩色も華やかだ。

もっとも、リオは乗せてもらったわけではないので、遠目に見るだけだ。

ベトジフは一人で乗っており、馬車の周りを五人の騎士が取り囲んでいる。そのすぐ後ろに、馬に乗ったユリウスが続き、さらにその後ろに、リオを乗せた幌馬車が続いていた。幌馬車にはリオの他に天幕や食料が載せられており、リオはその片隅にいた。馬車の周囲には騎士が二人。後ろには五人ついている。だからリオが景色を見ようと顔を出すと、馬を駆る騎士が見える。

彼らは能面のような無表情で、リオがなにをしていても一切感情を見せない。無駄口も叩かない。眼が合えばすぐに野次を飛ばしてきた国境警備の兵隊たちとは、まるで違っていた。

（はあ……退屈……）

しゃべる相手もいないし、もちろん忙しくやるべき仕事もない。

都市につけばユリウスに手紙を頼めるが、それももう書いてしまった。

セヴェルを経って二度ほど、寺院の導師とセスから返事をもらった。リオは結局、出発の前に寺院へ戻るのをやめた。帰れば決心が揺らぐかもしれなかったので、別れの言葉は告げないままベトジフの馬車に乗ったのだ。

最初の手紙に旅立つ理由と、もらえる賃金と仕送りのことを書いて、ユリウスに頼んだ。彼は一羽の烏を呼び寄せて、手紙を運ばせた。返事があるのかどうか疑っていたが、二日後に、同じ烏が手紙をくわえて戻ってきた。中を開けると、導師とセスの筆跡で、ヨナターンという人物から多額の寄進があったこと、隣の町から医者が来たこと、支払いはすべて済ませてあったことが書かれていた。

――ありがとう、リオ。どうか、旅の無事を祈っています。

セスの短い文章に、涙がにじんだ。そしてユリウスが、約束を守ってくれたのだと知って安堵した。あとの憂いはもうなにもかも王都に着いてからのことになったが、なにしろなにも分からないのだから、考えようがなかった。

(そうだ。次の街で本を買ってもらえないかきいてみよう……)

ベトジフの隊に加わって七日が経つが、リオが一団の中で気軽に話せるのはユリウスだけだった。左宰相はリオと眼も合わせない。本当に自分が必要なのかと、不思議に思うくらいだ。野良犬(シーパス)と呼ばれることもないが、関心を持たれることもない。

(まあ、そのほうがいいんだろうな……)

伸びてきた前髪を、リオはそっと指にすくって思う。

本来青銀色のリオの髪は、今は真っ黒に染まっていた。眼も同じ色になっている。王都に行くと決めた日、ユリウスがリオに「その容姿は目立ちすぎてよくない」と魔法で色を変えてしまったのだ。伸びたら色が戻るのでは、と思ったが、生え際の髪も黒い。ユリウスいわく、一種のまやかしだそうだ。おかげでリオは、騎士たちからも空気のように扱われている。

時折馬を休ませるために休憩がとられると、必ずユリウスが道に下りて、太陽の位置から距離を割り出し、先導する騎士を呼び寄せて馬の足を速めたり、遅めたりと調整する作業が入った。

そんなとき、わずかでも口がきけないか……とリオは思うのだが、そんな時間はないようで、結局ユリウスに話しかけるには、街に着くのを待つしかなかった。

そしてその日の昼下がり、

「フロシフラン国左宰相、ベトジフさま」

と、先導の騎士が名乗りをあげた。

街に着いたのだ。リオはそっと幌の中を移動して、御者の肩越しにこっそりと都市を見た。着いた都市はセヴェルの何倍も大きく、視界に収まりきらない。丘の上に大きな城があり、それを囲むようにして高い城壁が取り巻いていた。

なにか急に、胸の奥に空しさのような恐れのようなものが湧き、リオはまた物音をたてないようにして幌の中に隠れた。無意識に、ため息が漏れる。

旅に出て、見知らぬ街を訪れるとき感じるのは、自分がいかにも小さく物知らずで、頼りない存在だという感覚だった。

（もしこれがセスと一緒の旅なら……）

思っても仕方のないことを、リオはつい考えてしまう。

（きっと、どんな街だろうってわくわくできたかもしれない。でも今は、安全な場所に逃げたい気持ちだ……）

広い幌の中で、リオは膝を抱えて小さくなっていた。

広場に馬車が停まると、そこには既にこの街の領主が迎えに来ていた。

セヴェルから王都へ近づくにつれて、街はだんだん大きく、立派になっていくのがリオにも分かった。

「左宰相様、お戻りをお待ちしておりました」

領主らしきでっぷりと肥った男が、ベトジフにそう声をかける。セヴェルは国王の直轄領地で、役人の領事がいたが、大きな街の多くは貴族の領地で領主がいるらしい。

幌馬車からそっと降りていくと、馬を下りたユリウスに、「リオ、こちらへ」と呼ばれた。

領主はベトジフに「収穫はありましたか」と訊ね、ベトジフはちらりとリオを見やった。

「おやこれが……そうですか、なるほど。平民の子どものようですな……」

肥った領主はリオを見ると、期待外れ、という感情を隠しもせずに呟いた。使徒選定に連れていく「収穫」が思ったよりも地味で、しかしベトジフの手前あけすけに貶すわけにもいかない、という反応だ。

「次のテアモラからは水路でしょう。あと一息です。今宵は我が家でおくつろぎください」

領主は手を揉みながら、ベトジフを馬車に案内した。リオとユリウスは、またべつの馬車に乗せられる。そうしてこれから、丘の上に建つ城へ行くのだ――ベトジフは常に、どこの街でもその街一番の権力者の家に泊まるようだった。

「ユリウス、この手紙を出しておいてくれる？」

リオはやっとユリウスと二人きりになれたので、寺院への手紙を託した。ユリウスは分かった、とだけ言う。なにか本がほしい。移動の間退屈だから。それとここはどのへん？　王都まであとどのくらい？　訊きたいことや言いたいことはいろいろあったが、なんだか口から出てこない。見知らぬ街にいる緊張感のせいで、リオは黙り込んでいた。

丘の上の大きな城へ入ると、すぐに部屋へ案内され、またユリウスと別れる。部屋に騎士の一人がやってきて、食事を机に置いてくれた。

「あの……ユリウスの部屋はどこですか？」

騎士たちとは七日も一緒にいるが、いまだに親しんではいなかった。宿泊中、彼らはリオの部屋の前を交代で護衛してくれている。にもかかわらず、話したことはほとんどない。

「お隣です。ご用があれば呼んで参ります」

丁寧な物言いだが、眼には冷たさがある。なぜこんな子どもにへりくだらねばならないのかと、そう思っているのかもしれない。リオはいいえ、あとで自分で行きます、と答えた。騎士は部屋を出て行ったが、扉の外に立っている気配がある。

リオはため息をつき、大きな寝台とテーブル、椅子、鏡など、家具一式のそろった部屋で一人食事をとった。柔らかいパンとスープ、羊肉の煮込みだ。セヴェルでは食べたことのないような豪華な食事だった。

「こんなパン、子どもたちが食べたらびっくりするな……」

硬いパンしか食べたことのない、寺院の子どもたち。懐かしく可愛い顔をいくつか思い出すと、リオは落ち込んでしまい、美味しい食事の味も分からなくなった。

（……俺、弱ってる。たぶん、一人ぼっちに慣れてないから……）

記憶を失ってはいても、この三年リオには寺院の仲間と導師がいた。一人きりになった今、リオは日に日に弱り、緊張し、怯えが増している。食べ終えた食器をテーブルの片隅に寄せ、胸元から緑色のナイフを取り出して眺める。

（……淋しいよ。セス）

心の中だけでそう思う。不安が胸いっぱいに広がってくる。

（せめてこの世界のどこに自分がいるかだけでも分かったら、勇気が出るのかな）

窓からは夕焼けに染まり始めた街が見える。橙色の光が緑の刃の中にこもり、まるでガラスの内側で、炎が燃えているようだった。

（やっぱり、ユリウスに本を頼もう。なにか、これからのために勉強になるようなもの）

気持ちを奮い立たせて、リオは立ち上がった。

そっと部屋の扉を開けると、廊下にいたはずの騎士がいなくなっていた。日が落ちる前なので、リオのために火と灯りをとりに行ってくれたのだろうと思う。

「ユリウス、いる？」

隣室の扉を控えめに叩いて訊ねる。しかし返事はなく、人の気配もなかった。

（ベトジフ様と一緒に食事しているのかも……）

リオは毎回部屋で食事をとらされるが、ベトジフは街の主と食事をとる。ユリウスはよほど高名な魔術師なのか、そこに同席することも多いようだった。あの黒ずくめの姿で、どうやって食事をしているのかはリオには分からない。

広い城の造りは分からなかったが、まっすぐ続いている廊下なら迷うこともないだろうと思い、少し先まで歩いてみた。やがて小さな階段に出くわす。階下がほのかに明るいことに気づいて、リオは数段下りてみた。階段は緩いらせん状になっている。最初の湾曲のところで立ち止まると話し声がする。リオはつい、手すりに体を寄せて聞き耳をたてた。

「それは賊なのか、それともラダエの刺客か。どちらなのだ、ユリウス・ヨナターン」

イライラとした声は、ベトジフのものだ。

盗み聞きしていることを知られたら怒られると、リオは思わず頭を引っ込めそうになったが、続くユリウスの声に好奇心が勝った。

「何羽か鳥を使って偵察しましたが、はっきりとは分かりません。ただ刺客だとしても、もとは賊でしょう、右宰相様が金をやっている証拠は出てこないでしょうね。新式のよい武器をそろえておりました。弾薬庫も持っています。我々の隊が狙われる可能性は十分あります」

「それでしたらジシュカの一団に違いありません。テアモラへ行く途中、大抵の商隊は狙われるんです。東から西へ向かう商隊は、往路に水路を使わないですからな。賊がいることを知りません。大体、もとはハーデからの逃亡者の集まりだとか。ですがベトジフ様の一行を襲うなど大それたこと、よもやしますまい。恐れ多い第一貴族の馬車ですぞ」

ユリウスの淡々とした分析に、街の領主がおべっかを交えながら付け加える。左宰相は「黙ってろ、ハインク」と領主を一喝した。

「ラダエの手先なら必ず私の馬車を襲うに決まっている」

「いえ、左宰相様、魔女の手先という可能性もありますぞ」

そのとき、領主が小声で怯えたように付け足した。ベトジフは舌打ちし「黙っていろと言ったろう。それともあの女が、このあたりをうろついていたという証言でもあるのか」と唾棄した。怒りながらも、ベトジフの声音にはどこか恐怖が滲んでいる。

「いいえ……しかしながら、魔女はまだ生きていると言うではありませんか」

領主の声を遮るように、ベトジフは「ユリウス！」と魔術師を呼んだ。ユリウスは落ち着いた様子で、「今のところ、魔女の気配はありません」と答えた。

とたんに、部屋にいた者たちが安堵の吐息をこぼすのが聞こえた。

「騎士長と明日のことを相談します。宰相様はどうぞお食事に。連中が狙ってくるとしたら、街道から逸れた山中でしかありえません。出方は分かっておりますから、ご安心を」

ユリウスが言うと、ベトジフは領主と一緒になって部屋を出て行ったようだった。リオは詰めていた息をそっと吐き出し、足音を忍ばせて階段を下りた。

「リオ。盗み聞きは感心しないな」

しかし下りきる前にユリウスに声をかけられて、リオはドキリとした。

開き直り、今度はすたすたと下りていく。そこは窓もない小さな小部屋になっていて、いくつか酒樽（さかだる）が置いてある他は、ランプが一つ灯（とも）っているだけだった。騎士長も今はおらず、ユリウスだけだ。

「ユリウス、ご飯食べてないの？　……俺、本を頼もうと思ってあんたを探して……あの、今さっき聞こえたんだけど、明日、道で賊が出るのか？」

ユリウスは呆（あき）れたように息をつくと、酒樽に腰掛けた。

「おそらくな。だが案じなくていい。対策は考えてある。お前は必ず王都へ連れていくから、いつもどおりにしていろ。……それで、どんな本がほしい？」

ユリウスは賊のことを、詳しく教える気はないらしかった。

リオもなにを訊けばいいかが分からず、結局当初の予定どおり、ほしい本について伝えた。なにか勉強になるものをと言うと、ユリウスは顔を覆った布の下で、かすかに笑ったようだった。

「あとで届ける。部屋に戻っていろ。お前を見張っていた騎士が、慌てて騒ぎだす前に」

言われて、リオは素直に戻った。ユリウスが注意したとおり、部屋へ入るとランプを持ってきたらしい騎士が、物入れや寝台の布団などをすべて開けて、リオを探しているところだった。いつも無表情の騎士が珍しく青ざめていたので、リオは思わず笑ってしまった。

本を頼みにいっていたと謝ると、騎士は不機嫌そうな顔で、しかし悪態一つつかずに部屋を出て行った。

（相手にはされてない。でも、俺のことはやっぱり必要なのかな……）

それが嬉しいかというとよく分からないが、自分が「ここにいる」という仕事には意味があるのだと確認できて、少し気が楽になった。

太陽はとっくに沈み、暖炉に火がくべられている。炉の前の暖かな毛織りの上に座ると、手になにかが触れた。見ると、分厚い紺地の装丁が施された本が一冊置いてあり、粗末な紙きれに走り書きが載っていた。

『旅の慰みに。ユリウス』

いつどうやって、この本を届けたのだろう？　ついさっきまでたしかになかったはずなのに。それに頼んだのだって、たった今のことだ――。

リオは驚いたが、ユリウスは魔術師だ。こんなことは簡単なのかもしれなかった。そっと開くと、湿った紙の匂いがし、文字がぎっしりと詰まっている。扉には、『フロシフランの土地、その成り立ち、神と王』と書かれていた。セスが喜びそうな内容で、読ませてあげたくなる。

扉には、絵が載っている。最初、リオはそれがなんの絵か分からなかった。絵というより図だ。横長の芋虫のような形に、文字がたくさん書かれている。……やがてその中に「セヴェル」という文字を見つけて、リオはひらめいた。

「これ、地図だ！」

知識はあったが、地図を見たのは人生で初めてだった。

思わずかぶりつくように、この七日で訪れた街の名前を地図上に探した。それは東から西へ、順番に並んでいる。

「……ドニツェ、ツァーリン、ロイベ……明日行くテアモラはここ」

テアモラという街の横には、川らしき線が描かれていた。テアモラからは水路、とこの街の領主が言っていたのは、この川のことかもしれない。川の先には一際大きな文字で、『フロシフラン』とある。王都だ。

不思議だったのは、セヴェルは国境にあるはずなのに、実際には東の真ん中あたりに描かれていることだ。だがしばらく地図を眺めて、そこからさらに東は、現在ハーデと呼ばれる国の土地だと分かった。ということはこの本は、フロシフランがハーデと分国する前に書かれたものなのだろう。とはいえ前書きを少し読んでみると、本の出版年はそれほど昔ではなく、せいぜい二十年ほど前の書物だ。

「そういえば、セスが言ってたっけ。ハーデは数年前にできた国だって。戦争で負けたから、いずれまたフロシフランとハーデは、同じ国になるはずだって……」

親友の言葉を思い出し、それが正しい知識であると確認する。世界はこんな形をしていて、自分は今どこにいて、どこへ向かっているのかが分かると、不思議としぼんでいた気持ちが膨らんできた。

――リオ、知識は闇の中を照らす灯りだよ。

不意に、セスの言葉が脳裏に蘇る。

無知は闇だ。知識は灯りになって、足下を照らしてくれる。けれど歩くために本当に必要なのは、一歩を踏み出す勇気と、どこへ向かうか決める知恵。それを考える思考。

セスはそんなことを言っていた。寺院の粗末な蔵書を、セスはすべて暗記していた。リオに、本の読み方を教えてくれたのもセスだ。

勇気と知恵は、どうしたら身につく？　そう訊いたリオの胸に、セスはそっと手を当てて微笑んだ。

――それはね、最初からリオの中にある。まずはそのことを、信じる。そして考えるんだよ。自分の頭でね――。

手元の本を見つめ、セスの言葉を思い出していると、なにかできるかもしれないという期待が久しぶりに怯えや孤独よりも強くなる。

……旅の慰みに。

そう書いてある紙切れを見て、なぜだか笑みがこぼれた。すごい魔法使いだ。リオが一番ほしかったものをくれるなんて。そう思った。

紙切れを大事に本の表紙に挟み、リオは毛織りの上に寝転ぶと、ページをめくった。

翌早朝、リオは定刻どおりに支度をして、部屋を出た。空は薄曇りで、時々小雨がちらついている。幌馬車に乗り込むと、ユリウスが近づいてきて、「リオ、これを着ていろ」と、暖かな毛織りの外套(がいとう)をくれた。タールをしみこませた革の長靴も渡され、今履いている簡単な布靴から履き替えるようにと指示された。リオは言われたとおりに着替え、いつもの、幌馬車の一番後ろの場所に座り込むと、昨日もらった本を広げて読んだ。

やがて領主に見送られて、ベトジフの一行は街を出た。

「王の使徒がベトジフ様ご推薦の者から選ばれましたら、ぜひ後見人に私の名前も連ねていただけますよう」

と、領主が言っている声が聞こえたが、それは自分に関係しているのだろうか?

リオにはよく分からなかった。相手にしないベトジフの袖をひき、領主は声を潜めて、「先の戦争から、街道沿いの都市はどこも人の行き交いが減りましてな……これでは生活もままなりません」と言った。

「陛下には伝えておく。使徒さえそろえば、往時のフロシフランに戻ろうというものだ」

ベトジフは領主を退けながら、そんな返事をしていた。

小雨が降っているせいか、空気はひんやりとしていた。リオは夢中になって本を読んでいたので、時が経つのが分からなかった。

ふと違和感を感じたのは、幌馬車の後ろを護っている五人の騎士たちが、隊列を変えたからだった。後ろは三人になり、二人が幌馬車の手前についた。どうしたのだろうと顔をあげたとたん、馬車は大きく揺れた。車輪が石にあたり、がたごとと揺れている。見ると、馬車は街道からはずれ、でこぼこした道へ入っている。周りは雑木林だった。

後ろに残った騎士たちを見ると、あたりを警戒している様子だ。リオはむやみに胸がざわめいて、本を懐にしまった。

(……賊が出るって、言ってたっけ)

昨夜、こっそり聞いたことを思い出す。顔をあげてよく見れば、今日は早馬の騎士も先行しておらず、二人そろっている。雨の音、馬の蹄や馬車の車輪の音……それ以外には草の揺れる音すら聞こえない。それでも襲ってくる何者かが、林の中に隠れているのだろうか？

リオは息を潜め、じっと耳を澄ましていた。そのとき、前方でドン！ と砲弾の音が聞こえた。馬が嘶く。騎士の誰かが、「ヨナターン！」と叫んだ。冷たいものがリオの背筋をぞっとかけた。

砲弾が当たったのが、ユリウスだったら？

そう思った瞬間、雄叫びをあげて四方から髭面の男たちが飛び出してきた。手にはフレイルや剣、手斧を持っている。騎士たちは長槍を出して応戦したが、相手は三十人ほどいる。多勢に無勢だ。

（ユリウス……っ、ユリウスは……！）

前方の様子を見ようと、腰をあげた瞬間だった。荷を暴け！　という銅鑼声とともに、先端に重たい石のついた縄が飛んできた。避けようとしたが、その縄はリオの腕に巻き付く。

「ガキに絡まったぞ！」

「構うな、引きずり下ろせ！」

リオは縄に引っ張られた。踏ん張っても、屈強な男のほうが力は強い。幌馬車の縁に座り込み、無理矢理かじりつく。ダメだ、落とされる、馬車から落ちたらたぶん、男や馬たちに踏みつけられて死ぬだろう……そう思った瞬間リオは縄につり上げられ、空に放り出されていた。体は雑木林に落とされ、ひどい痛みが背を襲った。

「ガキは邪魔だ！　殺せ！」

誰かが言い、リオは必死に起き上がった。前も後ろもよく見えない。立ち上がろうとしたが立ち上がれず、肩を蹴りつけられた。倒れ込んだ視界に、自分にまたがる男の影と、振り上げられた短剣が見えた。

（死ぬ！）

覚悟したときだった。誰かの腕に引っ張られた。リオにまたがっていた男が、なぜか血を吐いてその場に倒れ込む。

ヨナターン！　とまた、誰かが叫ぶ。リオは誰かに抱えられ、ふわりと浮遊する。

「術を解放する！　走れ！」

耳元で誰かが叫ぶ。そのときリオは、自分が高い枝の上にいることに気がついた。魔術師の――ユリウスの腕にしっかりと抱かれて。

突然地面がうごめき、尖った枝のようなものが無数に地中から突き出して、賊だけを林の奥へと弾き飛ばした。同時に、騎士も御者も馬に鞭を入れる。馬は高く嘶いて、狂ったように山道を走り去る。そしてユリウスは、リオを抱えたまま飛んだ。

「あっ、うああっ」

落ちると思ったリオは叫んだが、すぐに口を押さえられた。

「黙っていろ、賊に気づかれる」

気がついたときには、べつの枝に乗っている。ユリウスは獣のような身のこなしで、素早く木々を渡っていく。賊たちが道に戻ってきて、「追え！　追え！」とわめいている声は、やがてまったく聞こえなくなっていた。

リオが地面に下りられたのは、山道もなにも見えなくなり、深い山の奥へユリウスと二人、かなり入り込んでからだった。全身に痛みがあったが、ユリウスに手を当てられると、体の中でなにかがうごめくような気配があり、ついで痛みが消えていった。

（……魔法？）

傷も癒やせるのかと驚いたが、他に訊くべきことがありすぎた。

「……ここどこ？　ベトジフ様たちは？」

あたりはどう見ても、人の気配のない山奥だった。ユリウスは「あとで合流する」とだけ言って、ぴゅうと口笛を吹いた。小雨はいつの間にか止んでおり、薄曇りの空から一羽の猛禽が下りてきた。羽根を広げると、ゆうにリオを超えるほど大きい。白い頭に、赤褐色の羽根。ルビーのような赤い瞳。アカトビだ。トビは慣れた様子でユリウスの腕にとまると、魔術師の頬に小さな頭をこすりつけた。トビは小さな声で鳴き、ユリウスは頷いて聞いていた。言葉が分かるのだろうか。思わず眼を瞠ると、猛禽は首を動かし、大きな眼をリオに向けた。赤い瞳とまともに視線がぶつかって、リオはぎくりと息を詰めた。

「……ベトジフ様は無事賊から逃れたようだ。山を抜ければ危険は去る。テアモラには夕刻前に着くだろう」

アカトビからなにか情報を得たのか、ユリウスはそう言った。一行が無事だと知って安心はしたが、リオはまだ山の中にいる。

「じゃあ俺たちもテアモラを目指すの？　山越えするってこと？」

ユリウスはトビの首を撫でてやり、なにか書いた紙を持たせて飛び立たせた。

「いや、テアモラは避ける。水路もまだ安全とは言いがたい。お前は道中で行方不明になったことにして、別の経路から王都へ連れていこうと、騎士長と話はついている」

「……それって、どういう……」

リオはいやな汗が、額に滲んでくるのを感じた。わざわざ自分を、別の経路で運ぶ意図が分からなかった。

「あの……もしかして昨日言ってた、右宰相様が俺の命を狙ってるっていうの、本当なの？」

『使徒』選定に、入れたくなくて？　だがユリウスは眼を細め、「相手が宰相ならば、まだ可愛いものだが……」と呟いただけだった。ユリウスが歩き出したので、リオは慌てて追いかけた。あたりは冷えており、地面は雨で湿っていたが、あらかじめもらっていた外套と靴のおかげで寒さも歩きにくさも感じない。

（……他に誰かが、俺を狙ってるってことなの？）

山の中を突っ切り、開けた場所に出ると、そこには馬がいた。鞍と荷物が載っている。鞍にベトジフの家紋はなかったが、それは確かにユリウスの馬だった。

「無事だったか？　よく言うことをきいてくれた。いい子だ」

ユリウスは馬の鼻を撫でて、褒めている。

「……魔法でここに来させたの？」

「そうなるな」

「さっき、賊が出たとき、土から枝がたくさん……あれも魔法？」

「俺の職業をなんだと？」

ユリウスは珍しく、おかしげな声を出した。リオは黙った。

魔法ってすごいんだな。これからどうするつもり？　魔術師ってみんなユリウスみたいなの……そんな言葉が頭の中に溢れたが、どれも一番言いたいことではなかった。体はまだ強ばって、心臓が痛い。ようやく絞り出した次の言葉は、自分でも予想外に声が震えていた。

「……砲弾の音がしたとき、誰かがヨナターンって呼んだから……俺」

あんたが、撃たれたのかと思って……。

「だったらどうしよう。もしそうだったら、どうしようって……思って」

声がますます震えていた。どうしてか喉が痛くなり、目頭が熱くなる。そのときリオは、自分をバカだと思った。

（俺、ユリウスのこと……いつの間にこんなに……頼ってたんだろう――）

ユリウス・ヨナターン。顔も知らないこの男に自分がひどく心を寄せていることに、リオは気づかされて戸惑った。思わずうつむくと、大きな手のひらに頭をそっと撫でられた。

ゆるゆると視線をあげると、ユリウスは眼だけで微笑んでいた。緑色の瞳の中に、不安そうな自分の顔が映っている。ユリウスの瞳には、どうしてかほんの少しだけ悲しそうな色が載っている。だがそれはほんの一瞬のことで、リオにはユリウスがなぜそんな眼をしたのか、まったく分からなかった。魔術師はリオの頭から手を離した。それから、

「野営の場所を探すぞ。山の夜は厳しいからな」

とだけ、言った。

少し山を下りたところで、小さな沢のそばに出た。

「ここにする」

ユリウスは大きなオークの下の、あまり濡れていない場所を選んで、馬から荷物を下ろした。

リオは馬に水をやるように言われ、手綱を渡された。

ロバ引きの仕事をしていたので、馬の扱いも少しは知っている。リオは馬の鼻を撫でて安心させてから、少し下った場所にある沢へ下りた。馬に水を飲ませながら自分でも飲んだ。道の途中でクローバーが群生していたので、気の済むまで馬に食べさせるため、近くの木に繋いで一人で戻った。すると、オークの木の下に三角形の布のテントが建てられており、リオは驚いた。

「こんなもの持ってたの？　……兵隊さんたちが時々夜警のときに使ってるの見たけど、寝たことなかった」

「今まで泊まった宿地の寝台と比べれば、寝心地は期待しないほうがいい」

「平気だよ。俺、そんなに育ちよくないし」

テントが珍しく、リオは少しはしゃいだ気持ちになった。空は晴れていたが、大分暗くなってきている。日が落ちる前に、火がないと危なそうだ。

「薪を拾ったほうがいい？　雨で湿気てるから、火がつかないかな……」

「いや、湿気なら飛ばせる。拾ってきてくれ」

役割があるのが嬉しく、リオは勇んで薪を拾った。時折物音がすると不安になった。が、それは賊ではなく、葉が落ちる音だったりした。両手いっぱいに枝を持って戻ったが、どれも湿っていた。受け取ると、ユリウスはそれをナイフで削った。

「なにしてるの？」

思わず隣に座り、じっと手元を覗き込んだ。

「中の乾いたところを削りだしている。火種ができれば湿った薪にも火がつく」

「魔法で湿気を飛ばすんじゃないの？」

てっきりそうするのだと思い込んでいたので訊くと、ユリウスは顔をあげてリオを見た。

「……そうだな。お前は魔力の持ち主だ。いずれ術を学ぶかもしれないから言っておこう。魔術とは、自然界の法則の中で行うものだ。なんにでも使い、便利にしていいというわけではない」

自然界の法則と言われても、リオには難しかった。

「つまり、自力でできることは自力でやるという意味だ。沢のそばにススキがあっただろう。なるべく乾いた穂を摘んできてくれ。もう日が落ちる、急いで」

言われて、リオは慌てて立ち上がり、沢へ下りた。たしかにススキが大量に穂を揺らしている。背の低い穂はあまり濡れていない。胸元から、ガラスのナイフを取り出して切ってみると、きれいに穂がとれた。たくさん摘んでから、馬を引いて戻る。

「火口を作る。真似て作ってみろ」

隣に座ると、ユリウスがススキの穂をくるくると回して、小さな椀のような形にした。真似て作る。苦戦したが、ようやく同じような形になると、ユリウスが微笑み、「上手いじゃないか。明日も野営ならそれを使おう」と言った。優しく頭を撫でられると、不思議と胸の奥が温かくなった。

削り出した乾木を小さく組み、木の皮や余った穂などを中に入れると、火打ちの石と金で、火口に火をつける。リオは自分でもできるよう、それらをじっと見て覚えた。やがてたき火は燃えだし、勢いが強まると、湿った薪にも火が移った。手をかざすと、指先が思った以上に冷えていたのが分かった。熱に体がほっと緩む。

「賊ってもう、大丈夫なのかな。火を熾こしたら見つからない？」

心配になって訊くと、ユリウスは「いや、やつらの根城からはかなり離れている」と言う。

「それにあれはただの山賊だ。お前を気にしていなかっただろう。だからすぐに荷馬車を追っていったが、騎士の早馬には追いつけない。余計な戦いは山賊には命取りだ。おそらくとっくに引き返して、次の獲物のために休んでいるだろうな」

ふうん、とリオは頷いた。

（なら、俺を狙ってるってなんの話だったんだろ。気にすることじゃないのかな……）

ユリウスは懐から小さな紙切れを取り出すと、そこに一滴、自分の血を垂らしている。リオはびっくりして、その所作を見つめた。血はみるみる紙に広がり、日が落ちはじめた薄闇の中では、それは赤より黒に見えた。魔術師は紙に火をつけ、空に放った。小さな紙切れは一瞬で灰になり、虚空に散らばって消えていく。

「……今のなに？」

そっと訊くと、「魔除（まよ）けだ」と返された。

「今は麓（ふもと）にいるが、山の高いところは死者の場所だ。血を捧（ささ）げるかわりに一晩泊まらせてもらうという合図だよ」

死者の場所。そう訊くと急に怖くなり、リオは背後を振り返った。ユリウスは荷物からパンとチーズを取り出して、切り分けてくれた。これまでの旅に比べると、粗末な食事だった。だがユリウスと並んで食べると、豪勢な肉よりもずっと美味しく感じた。保存食なのだろうパンは、寺院で食べていたものよりはマシでも、柔らかくはない。

ユリウスは頭にかぶった黒い頭巾をとるでもなく、布の下からパンを差し込んで食べている。その姿がなんだか奇妙で、リオは声をたてて笑ってしまった。

「あんまり笑うな。大きな声を出すと、死者が怒ってやってくるぞ」

真顔で忠告され、「えっ」と青ざめる。こわごわと後ろを振り向いていたら、ユリウスは小さく吹き出した。見れば、目元をニヤニヤと笑わせている。からかわれたのだと分かり、リオは真っ赤になった。

「嫌なやつ！」

「魔術師とは総じて嫌なやつだ」

言い合いも楽しくなり、結局リオは笑っていた。緊張がすっかり解けて、腹も膨れてきたあたりで、頭上を見上げると雲が晴れ、満天の星が見えた。

「きれい……」

立ち上がり西のほうを見やると、一際白く輝く星があった。それはウルカの神の光だ。ここからも見えるのだと思うと安心し、リオは跪くと囁くように祈った。

「ウルカの神様……セスや寺院の子どもたち、導師さまをどうぞお守りください……」

それから、ふと顔をあげてユリウスを見る。リオは「ユリウス・ヨナターンとその馬もお守りください」と、付け加えた。

「親切なんだな」

祈り終えるとユリウスが言う。リオは「魔術師は神様に祈らないんだろ」と答える。それはたしか、なにかの本で読んだ悪い魔術師の知識だ。ユリウスは頭巾の中で顔をしかめ、「俺は良いほうの魔術師だが」と言う。

「じゃあユリウスはお祈りするの？」

「ウルカの神は寛大だ。祈らなくても心は伝わる」

「そういうの、減らず口って言うんだよ。うちの寺院の五歳児が、同じこと言ってたよ！」

おかしくなって笑った。お祈りをすっぽかす子どもに、導師が手を焼いていた、懐かしい記憶が蘇る。懐かしく、愛しい記憶だった。

「……良い場所だったようだな。お前が暮らしていた寺院は」

ひとしきり笑ったあとユリウスに言われて、リオは「うん……そうだね」と囁いた。貧しくて、生きていくのが辛かった。それでも子どもたちは可愛かったし、導師は大事にしてくれた。セスはいつでも、リオの心の支えであり、導きでもあった。

「俺ね……記憶がないの。三年前、セヴェルの近くで倒れてて、拾われて……戦災孤児で、でも思い出そうとしたことがないんだ。思い出そうとすると怖くなるから、きっと過去の記憶の中に、すごく辛いことがあるんだろうなって思う」

でも、セスは違うって言うんだよ、と、リオは続けた。どうしてこんな話をしているのか、自分でも不思議だった。ユリウスはじっと黙って、話を聞いてくれている。

「……俺が眼を覚ましたとき、なんだか悲しくて泣いてたから、セスは過去、俺が愛されてたって言うんだ。……ほんとかなって思うけど、そう言われたらなんだか嬉しかった」

セスはね、生きることに意味なんてないけれどって、言ったんだよ。

リオは膝を抱いて、独り言のように漏らした。

たき火が爆ぜて、闇の中に火の粉が舞う。

「……でも俺は記憶がなくて空っぽで……なにも持ってないから、生きる意味がほしいって、ずっと思ってる。――もし俺が『使徒』に選ばれたりしたら、意味があるってことになる？」

そっと訊ねると、ユリウスはしばらく黙っていた。けれどやがて「そうかもしれない」と、囁いた。気がつけばとろとろとした眠気に襲われていた。うとうとと頭を揺らしていると、すぐに察したユリウスに、「テントで寝ろ。毛布がある」と言われる。リオは眼をこすりながら首を横に振った。

「でも、火の番……交代でしなきゃ……」

「今日はいい」

そんなのだめだよ、ユリウスも疲れてるだろ、と言ったが、無理矢理テントに連れて行かれた。

横になると、ごわごわとした毛織りの布で、ユリウスが包んでくれた。

眠りに落ちる寸前、昼間、賊に殺されかけたことを思い出した。強い力で引っ張られ、なんの抵抗もできないまま、振り下ろされそうになった刃。そのあと男は、血反吐を吐いて倒れた……。息が乱れ、わなわなと体が震える。

「大丈夫だ」

耳元でユリウスが囁き、リオの背中を、ゆっくりと擦ってくれた。

「お前のことは、俺が守ってやる。誰にも殺させない」

ユリウスはリオの隣に寝そべり、あやすように背を叩く。体が密着すると、自分より大きな、男らしい体をぼんやりと感じる。するとまるで穏やかで大きく、温かな生き物にすっぽりと抱かれているような気がした。うつらうつらしながら、リオは「明日から……」と囁いていた。

「ユリウスと、二人きりで旅するの？」

「そうだ。不安か？」

静かに訊いてくる緑の眼を見返す。ううん、とリオは答えた。

「……ううん、なんだろ。なんか、楽しいよ……俺、ずっと、二人がいいな……」

胸の奥から嬉しさが泉のように湧いてきて、心を満たしてくれる。

ユリウスがいれば、大抵のことはなんとでもなる気がする。こんなふうに気軽に話せて、一緒に食事ができるなら――豪華な城に泊まるより、野宿のほうがずっといい。ユリウスはわずかに眼を見開いたが、リオはその表情を見る前に眼を閉じて、眠ってしまった。とろけていく意識の中で、大きな手が髪を撫でてくれるのを感じた。誰かがため息混じりに呟く。

「……とても殺せない、リオ」

誰の声だろうか？　眠っているリオにはそれはもう、夢に思えた。

――絆されている場合か？

またべつの声が聞こえてきて、リオはやはり夢だなと思った。

それはテントの向こうから聞こえた。話しているのは、昼間ユリウスが使役していた、あの大きなトビだった。トビはまるで人間のようにたき火にあたりながら、片足ずつ交互にあげて、大きな爪を温めている。横にはユリウスが座り、火かきをしている。

「俺はあの子を殺すつもりはないよ……」

――このまま呪いを放っておけば、お前は死ぬぞ。早く殺せ。

トビはそう言い、ユリウスは憂鬱そうに――顔は布に覆われて見えなかったが……膝に頬杖をついた。緑の瞳の中に、ちらちらとたき火の炎が燃えている。ふと、リオは妙な既視感に襲われた。

この眼をどこかで見たはずだ。ずっと前。たしかそのときも、炎の中だった。

だが、不思議な夢はその後瞬く間に消え去り、あとはもう夢も見ずに、リオはぐっすりと眠ってしまった。

朝ぼらけの薄明るさのなかで、リオはふっと眼を覚ました。

テントの内側は、夜の間についた露でいっぱいだった。淡く湿った毛布を剝いで外へ抜け出すと、濃い霧の中で、ユリウスが一人、残った炭火を消しているところだった。

「起きたか？　すぐに出るぞ」

言われて頷きながら、周囲を見る。だが、アカトビはいなかった。馬は放され、少し離れたところで、おとなしく草を食んでいる。

顔を洗ってくると言って、リオは沢へ下りた。水面に顔を映すと、黒髪に黒い瞳の、自分が映っている。そっと髪に触れ、リオは小さな声で呟いた。

「……死ぬって誰が？　……ユリウスが？　それとも、俺？」

俺は殺されるの？　誰に？　……ユリウスに？

答えは返ってこない。振り向いて土手の上を見るが、霧が濃く、そこにいるはずの魔術師の影ひとつ、分からなかった。

四　農村

ユリウスと二人旅になってから五日間は、ひたすら森の中を進んだ。葉の落ちた地面を踏みしめて歩き、日が落ちる前にテントを張った。火の番は交代でしよう、とリオは提案したが、いつも気がつくと寝入ってしまい、翌朝ユリウスに謝ることになった。

初日に見たあの奇妙な夢——ユリウスがアカトビと話していた夢だ。あの夢はもう見なかったし、アカトビが飛んでくることもなかったが、あのとき感じた違和感と疑問は、ただ歩くだけの日々の中で膨れ上がっていった。

(俺を殺す話をしてた?)

夢うつつに聞いた言葉は、そんな話だった気がする。

今ユリウスに襲われたら、リオは呆気(あっけ)なく死ぬだろう。だが、ユリウスが本当にリオを殺すつもりなら、もうとっくに殺されているだろうとも思った。そうされていないのは、なにかべつの目的があるか、あの夢がやっぱりただの夢だったということになる。

(ユリウスに訊いてみようか?　いや、でも……それは命取りになるかもしれない)

悶々と悩み、不安なまま過ごしながらも、リオは結局ユリウスを信じていた。眠る前に抱きしめて、「お前のことは、俺が守ってやる。誰にも殺させない」と言ったのも、やはりユリウスだった。あのとき、リオは心底安堵した……。

「……あのさ。この旅、いつかは町に出る？」

五日目の夜、硬いパンと干し肉の食事をしながら、リオは訊いた。ユリウスは野草と木の実、採取したきのこをスープにして火にかけているところだった。暗闇の中、ユリウスの瞳に炎の色が映っている。

「なぜ？」

火を見ながら訊き返してくるユリウスに、リオはわずかに緊張しながら、それでも正直な理由を伝えた。

「紙がほしいんだ。紙と、ペン。いろいろ……勉強したことを書いておきたい」

なにを勉強したと言うのだ。そうなじられるかと身構えていたが、ユリウスはちらりとリオの顔を見たあと、顎のあたりへ指を置き、ふむ、と息をついた。

「そうだな。もうそろそろ王都も近い。人のいるところに出てもいいだろう。明日は農村に寄ろう。この時期なら行商も来ているはずだ。紙とペンも手に入るだろう」

あっさりと許しが出た。小さな木の椀にスープをよそい、ユリウスはリオに手渡してくる。ありがとうと受け取ってから、リオはほっと息をついた。

(本当に王都に向かってたんだ……。やっぱり、ユリウスが俺を殺すなんてありえない……)

いやいや、まだ油断はするな、と心の中で忠告する声がある。同時に、土と草の味がするスープを飲みながら、それでも信じていたいな、と思った。

信じていたい。そうでなければ、またひとりぼっちになってしまうと、リオは思った。

遠く離れたセヴェルの、セスや子どもたちのために生きようと思っていても、今この瞬間近くにいる誰かを好きでありたいというのは、ごく自然な感情だ。

(それにユリウスは、俺の命を大事だって言ってくれた)

——俺にとって、お前の命はなによりも大事だ。

初めて出会ったとき、ユリウスはリオにそれを教えてくれた。あの言葉を聞いたとき、自分の命には価値があるような気がしたのだ。それがたとえ、ユリウスの仕事と役割のためだとしても、あの言葉を、嘘だとは思いたくなかった。

薪がはぜて、火の粉が散る。ユリウスの瞳にも、それがきらめいて映る。

(……でも、じゃあ、俺にとってのユリウスってなんだろう)

考えてみたが分からなかった。

仕事の相手?

それとも心細さを解消してくれる、都合のいい相手だろうか。もっと深い気持ちを寄せている気がするけれど、顔も知らない男相手になにを思っているのかと問われたら、うまく言葉が見つからない。

　食べ終わってから、闇の中をそっと歩き、近くの沢で木の椀を洗っていると、考えごとをして上の空だったせいか、突き出た石の切っ先に手を擦って、血が出てしまった。

「痛……っ」

　思わず小さく叫び、手を引っ込めたときだった。

「どうした……⁉」

　すぐ耳元で声が聞こえて、リオは驚いた。離れた場所で火の番をしていたはずのユリウスが、火かき棒を投げ捨てて素早くリオのそばに跪いたからだった。

「手を切ったのか」

　冷たい水にかじかんだ手をとられて、リオは息を詰めた。闇に慣れた眼に、ユリウスの緑の瞳が映る。その眼にはほんの一瞬だけ、焦燥が見えた。傷口を確認し、さほど深くないと気づいたあと、その焦燥は溶け、ユリウスは明らかにほっとして見えた。

　引き寄せられた手に、魔術師の気息を感じた。温かな熱がふわりとリオの手を包み、気がつけば、手の傷はきれいに消え、痛みもなくなっている。おそらく、ユリウスの魔法だった。

「あ……木の椀が……」

　リオは慌てて振り向いた。沢の中に椀を取り落としたままだった。このままでは流されてしまう。探そうとしたが、暗いのでもうよく見えない。だがリオはユリウスに「いい。それよりおいで」と、優しく腕をひかれていた。

大きな手に手を握られると、黒い手袋ごしでもその体温が分かった。どうしようもなく顔が熱くなり、胸がドキドキした。

明るい場所まで誘導されて、大きな手が離れると、どうしてか妙な淋しさが、胸の中に残る。もうしばらく触れていてほしい。そう思うのは、なぜなのだろうか。

ユリウスは火のそばに座り直して、「もう寝ろ」と言った。リオは火の番をすると言ってみたが、この数日毎回そうだったように、今日もまた断られた。ユリウスと旅をしていて、リオが寝ずの番をしたことは一度もないし、ユリウスがそれに文句を言ったことも一度もなかった。

自分でも知らず知らず、服の下に隠しているガラスのナイフを握りしめていた。ユリウスに初めてもらったものだ。魔術師の横顔は凪いでいるけれど、ついさっき沢の縁まで来てくれたユリウスは、たしかにリオを心配しているように見えた。

「……」

少し、勇気が必要だった。もしも邪魔に思われたらどうしよう。

けれど意を決して、リオはユリウスの横に滑り込むように座った。魔術師が、問うようにリオの顔を見る。けれどその眼差しを見つめ返すほどの勇気は出なくて、リオはうつむきがちに「どうして」と、囁くようなか細い声を絞り出した。

「ユリウスは、俺に優しくしてくれるんだ？……それが、仕事だから？」

いいや、仕事だとしても、不思議だった。王都に連れていくのがユリウスの役目なら、リオをもっと、積み荷のように扱っても構わないはずだ。おそらくベトジフや、ベトジフの騎士たちはリオを荷物の一つくらいにしか思っていなかった。生きた荷物。生きていないと困るが、ことさらその体を大事にするとか、親切にするとか、ましてや普通に会話をしたり、心配することなど不要だと彼らは考えていたはずだ。

ユリウスを信じたい。いや、もう信じている。ただ普通に話を聞いてくれ、普通に接してくれる姿に、信じすぎてはいけないと思いながら信じている。彼の素顔すら知らないのに。

「特別優しくした覚えはないが」

返ってきたユリウスの答えは、素っ気ないものだった。

「冷たくしたいとも思っていない。普通に接しているだけだ」

淡泊な答えに、リオは思わず膝を抱え込んで、小さく笑ってしまう。

「……そうかなあ。俺、優しくされたことが少ないから、ユリウスに優しくされると……なんだか、胸がいっぱいになっちゃうよ」

ユリウスの振り向く気配に、リオは恥ずかしいことを言った気がして、妙に焦った。

「あ……もう寝るね。おやすみなさい」

慌てて立ち上がろうとする。と、ユリウスが静かに、「三年間……」と呟いたので、リオはユリウスを振り向いた。

眼を合わせると、ユリウスはほんの一瞬だけ、瞳を揺らしたように見えた。だがそれは、見間違いだったかもしれない。次の瞬間には、ユリウスはいつものように感情に乏しい、落ち着いた眼をしていたから。

「記憶がない間、お前は寺院の仲間に……優しくされてきたのでは？」

損得の関係なく、親切にされたことならあるだろうと、ユリウスはそう訊いているのだとリオには分かった。自分だけが、リオにとって特別ではないはずだと。

リオはしばらく答えに迷い、浮かせた腰をもう一度落ち着けてから、「でも、寺院のみんなは俺と境遇が似てたから」と続けた。

「導師様はちょっと違うけど、それこそ、導師様は誰にでも等しく優しかったし……。だけど、町では強い立場じゃなかった。弱い人の側だった。ユリウスは王都の魔術師で……きっと、偉い人だろ？　なのに」

言葉を切り、リオは自分の気持ちを探った。上手に気持ちを言えなくて、また苦笑する。

「あのさ、優しくされることもだけど、優しくすることも……生きるのに、必要な気がして」

考えながら、自分の気持ちに合う言葉を探した。

優しくされたい。そして、優しくしたい。生きるためには。それが、生きる意味の近くにある。そんな気がする。

寺院の子どもたちに仕送りをしたいとか、セスの病気を治したいとか、それは愛ではあるけれど、生きるのに必要な希望でもあった。リオは寺院の仲間たちを、そういう対象に選んだけれど、それは他に選ぶ相手がいなかったからかもしれない。そしてセヴェルの町に、大人は大勢いたけれど、大半の人間はリオを優しくする相手には選ばなかった。

「選ばれないのが普通だった。俺なんて、なんにも持ってない。空っぽで……だから、ユリウスが優しくしてくれると、驚いちゃうんだ……」

ユリウスが大事にしてくれると、とリオは呟いた。

「俺みたいな人間でも、大事にされてもいいんだって、思える……」

言っているうちに恥ずかしくなり、頬が赤らむ。傷を心配されたというだけで大げさかもしれない。

（ユリウスにとっては普通のことなのに、俺は舞い上がってて、バカみたいだ）

冷静になると自分が愚かに思えて、リオは慌てて立ち上がった。

「俺、変なこと言っちゃったや」

しかしユリウスは笑っていなかった。じっとリオを見つめている。緑の眼の中に、今日も焚いた火が映って揺らいでいる。もう寝ますと宣言して、テントの中へ飛び込もうとしたとき、ユリウスが「リオ」と名前を呼んだ。振り向くと、魔術師はまだリオを見つめていた。

「……命を得て三年、お前は幸せじゃ、なかったか？」

静かに訊かれて、リオは眼をしばたたいた。

命を得て三年？　それはどういう意味だろう。

記憶をなくして、目覚めてから……という意味だろうか。

分からなかったが、答えようと自分の心を振り返る。セスや導師の顔、寺院の子どもたちの顔。辛かったことも、嬉しかったことも思い出せる。

「……幸せ、だったよ」

ちゃんと。と、付け足す。たぶんそれは真実だと思う。

ユリウスはリオの答えに眼を細めると、火の粉を散らすたき火のほうへ、顔を戻した。

「ならいい。おやすみ」

魔術師はただそれだけ返し、あとはもう、リオのほうを振り向かなかった。


あくる朝、眼が覚めて朝食を済ませると、ユリウスはリオを馬に乗せた。これまでずっと歩いて旅をしていたので驚いたが、ユリウスも馬上の人になる。

「王都では馬術も習うことになるだろう。見て覚えておくといい」

そう言われて、リオは鞍に掴まり、巧みに手綱を操るユリウスの所作をじっと見た。だが森の中は道が悪く、何度も尻が浮いては落ち、しがみついているのがやっとだった。

森が途切れて細い道が現れると、広い牧草地や農地が見え始めた。遠くのほうに、民家がぽつぽつと建っている。牛や山羊がのんびりと草を食んでいるところへくると、素っ気ない木の看板がたてられており、『レドニ』と書かれていた。おそらく村の名前だ。

「……城塞じゃないんだ」

牧草地の先へ進むと、村の全体が見えてきた。藁葺き屋根の質素な平屋が多く集まり、小さな集落を作っている。中心地には赤瓦の屋根の、大きな建物が一つ見える。

「お前はセヴェル以外の町は知らなかったな。街道沿いの街はどれも、戦災地だ。つまり城塞になる。王都や、いくつかの大きな都市は、城塞都市よりもはるかに大きいが……それ以外はどこも、こういう小さな集落だ」

ユリウスの説明を聞いて、リオは周りを見渡した。集落に通じる道は細く、セヴェルが接していた街道とは比べものにならない。セヴェルはだだっ広い草地の中にあったが、村は開墾した農地や牧草地を除けば、森に囲まれていた。

「ここは王様の直轄地じゃないの？」

「このくらいの小さな村は、たとえば王都で言えば騎士身分の領主の持ち物だな」

騎士というものがどのような身分なのかが分からないので、リオはへえ、と答えただけだった。やがて村に近づくと、耕作している人々が顔をあげて珍しそうにリオとユリウスを眺める。民家が建ち並ぶ村の中へ進んだところで、小さな子どもたちがわっと駆け寄ってきた。

「馬だ！　馬！」

はしゃぐ子どもたちに、ユリウスは馬を止めて鞍から滑り下りた。

「我々は旅の者だ。行商人は来ているかい？」

丈の高い背を縮めて、ユリウスは優しく訊いた。黒ずくめのユリウスに、少し怯えた顔をしていた子どもたちも、瞳をあわせるとほっとしたようだ。広場にいるよ、と教えてくれた。

子どもたちは、寺院にいるみなしごたちと同じような年頃だった。彼らはみな親があるようで、ユリウスが立ち上がると笑いながらそれぞれの家に駆けていったが、着ているものは寺院のみなしごよりもボロだった。

リオも不慣れながらなんとか鞍から下りると、ユリウスと一緒に民家の中を歩いていった。

「あんたたち、どっから来たの？　馬なんて珍しいね」

角の民家から、野菜を抱えた女性が顔を出して声をかけてくる。

「国境のほうから来ました。仲間とはぐれてね、森で賊が出たので」

ユリウスは慣れた様子で返す。リオは黙っていたが、女は子どものリオよりも、全身真っ黒のユリウスのほうが気になるようで、上から下までうさんくさげに見て、「呪い屋かい」と眉をしかめた。

「コゼニクです。簡単な薬くらいなら処方できますから、御用があれば宿にどうぞ。明日の朝までいます。宿は広場ですか？」

「行商の人？」

「宿は居酒屋だよ。薬を売るなら注意しないと、締まり屋の領主が税金をとりたてにくるよ」

「お代は結構ですよ、持っている薬草が足りなければ、お宅のものをいただきますが」

気前よく言ったユリウスの言葉が気に入ったのか、女性は顔をほころばせた。なら村のみんなにも言っておくよ、と明るく笑い、居酒屋への道も教えてくれた。噂は瞬く間に広がったらしい。家々の間を歩いているうちに、何度も呼び止められて「咳に効く薬はあるか」「腰の貼り薬はあるか」などと訊かれた。ユリウスは大抵根気よく、親切にそれに答えていた。

「魔術師って医者でもあるの？」

「少し違う。薬は作れる。売ろうとすると領主に眼をつけられるから、ここでは売らないが」

こっそり訊くと、そんな答えが返る。やがてこぢんまりした広場に出ると、行商の荷馬車が出ており（引いているのはラバだったが）村人が集まって、商品を手に取っていた。

荷馬車は幌がなくひどい見かけだったが、大きさだけは馬二頭分くらいあった。荷物の上に年季の入った毛皮をかぶせてあり、売り物は路上に敷いた布の上に広げている。商人らしき男は浅黒く日に焼けた肌をしており、噛みタバコを噛んで暇そうにしていた。

「行商を見るのは初めてか？」

ユリウスに訊かれて、リオは頷いた。戦争が始まるより以前は、セヴェルにも行商人が多く立ち寄っていたようだが、リオが記憶をなくす前のことだ。

「本来、国と町は商人が作る。残念ながら、フロシフランは今その状態にないが」

ユリウスは独り言のように言うと、馬の手綱をリオに預けて、敷布に近づいていった。リオは勝手が分からないので、後ろからそっとついていく。商人は顔をあげると、「あんた、魔術師か？　それとも魔術師のフリした詐欺師か」と顔をしかめた。村人たちと違い、ユリウスの職業をすぐに見抜いた。ユリウスは構わず、並んだ品物の中から丸められた羊皮紙を一枚手に取り、すうっと開いた。途端に、商人は笑みを浮かべてユリウスに近寄ってきた。

「あんた、なかなかの目利きだな。さては都の人間か。そいつはちょっとしたお宝だぞ。三百ルナで売ってやる」

羊皮紙になにが描かれてあるのかと、リオも気になって後ろからつま先立ちになったが、村人たちも興味が湧いたように振り向いている。だがユリウスはすぐにそれを丸めてしまい、鼻で嗤う仕草をした。

「なにが三百ルナだ。こんな測量のいい加減なもの、三十ルナでも高い」

「なんだと」

商人は機嫌を悪くしてユリウスを睨み、その手から羊皮紙を奪い取ってしまった。

「やっぱり魔術師じゃねえ、いかさま野郎だな。お前に売るものはねえよ」

リオは紙とペンがほしかったので、ユリウスと商人がけんかになっては困る。すぐ後ろでハラハラしていると、ユリウスは男の荷馬車をじろじろと見やり、「そこの通行証、四年前のもののようだが」と言った。

魔術師が指さしたのは、荷馬車に貼ってある鉄製の薄いプレートだった。なにか文字のようなものが彫られているが、彩色ははげていて分からない。商人はかっと顔を赤らめると、「仕方ねえだろう」と言った。

「ここのところ戦だなんだで、王都に行っても通行証が出るのに一年がかりだ。こっちは年の半分を北コーカスに使うんだぞ。そんなに待ってられるか」

ユリウスは布の上から顎のあたりへ指をのせ、ふむ、と息をついた。一緒にいるうちに、これがなにやら切り出すときの、ユリウスの癖の一つなのだとリオは気づいた。

「ならばここに通行証があるが……俺には無用だ。やってもいいがな」

懐から、薄い銀のプレートを取り出したユリウスにリオはドキリとしたが、驚いたのは行商人のほうだったらしい。眼を瞠り、アッ、と口を開けて大きな声をあげる。噛みタバコがぼろっと男の口からこぼれた。

「お、お前、どこでそれを……」

「要るならやろう。ただし、もっとまともに測量したものと引き換えだ。コーカスの大市に行っていたなら持っているだろう」

商人は慌てたように荷馬車に乗りあがり、毛皮の下から布で包んだ羊皮紙を取り出してきた。

「『北の塔』の物見の賢者様方に売ろうと持ってたもんだ。これなら十分だろうっ？」

喉から手が出るほどに通行証がほしい、という顔で男はユリウスに迫った。

渡された羊皮紙を確かめて、ユリウスは一つ頷くと、商人にプレートを渡した。彼はプレートを裏返し、「すかし彫りがある、本物の通行証だ」と感動したように呟いた。

「紙と筆記具ももらっていくぞ」

「ああ、ああ、好きなものを持っていけ。おい、店じまいだ、お前らは家に帰れ帰れ」

ユリウスは敷布の上からいくつか品物をとったが、商人は気にしなかった。リオはその様子に驚いて呆然としていた。商人は広げていた売り物を荷馬車に積み直している。村人たちが「なんだい、急に」「まだ見てるよ」と文句を言ったが、「こっちは王都の通行証があるんだ。こんなちんけなところで商売してられるか」と息巻いている。

喧噪から逃れるようにユリウスは静かにその場を立ち去り、リオも馬を引いてそれに続いた。広場に面した村で一番大きな建物の裏に、ユリウスは入っていく。

「あの人になにをあげたの？　それにあの人、なんで急に店をたたんじゃったの？」

人気がなくなったところでそっと訊くと、「王家直轄の機関で発行される通行証だ。行商人にとっては命綱のようなものだな」と返ってくる。なぜそんなものをユリウスが持っているのかと思ったが、この魔術師なら、おかしくないのかもしれない。

「戦争が始まる前は、王都にさえ立ち寄れば、審査はあったがそれなりにたやすく入手できた。だが今は、大きな商隊に配るので精一杯だ。王家の各機関が瀕死の状況だからな。さっきのような個人の行商人ではなかなか手に入れづらい」

「……通行証をもらったら、村を慌てて出る理由って？」

「都市で商売したほうが儲けになるだろう。北コーカスはフロシフランより北に二つ国を越えたところにある、大きな市だ。そこで仕入れたものは上質だが高価で、こういう村では売れない。それであの通行証を渡した」

ユリウスが持っていたものをリオに渡した。それは紙束とペン、それから謎の羊皮紙が一枚。

「その紙を広げてみろ」

言われて、リオは紙束とペンを懐にしまい、丸まった羊皮紙を広げた。広げたところで、思わず大きく息が漏れた。

それは——美しい絵具で彩色された、見事な、フロシフランの地図だったのだ。かなり詳細に文字が書き込まれており、情報は近隣諸国のことにも及んでいる。

「地図！」

思わず叫んでしまう。まずセヴェルを探した。位置はもう覚えていたのですぐに見つかった。地図の上に通ったことのある町の名前を見つけて指を滑らせる。テアモラへ行く途中で道が消え、森の絵が出てくる。森をぐるりと回って北に出たところで、

「レドニ……」

この村の名前まで書かれていた。王都はもう少し西側。しかし、もうそれほど離れてはいない。体からどっと緊張が抜けていくのが分かった。どうしてか、心臓がドキドキと鳴り始める。

（……王都に近づいてる。ユリウスはちゃんと、約束を守ってくれようとしてる……）

魔術師を信じていいのだ。そう思うと安堵で体が震え、リオはうつむいて地図を胸に抱いた。

「ありがとう……王都について賃金をもらえたら、代金は返すから……」

頭を撫でられて顔をあげると、ユリウスはもう先に立って歩き始めていた。

リオはその背中に、急いで追いついた。


宿泊する部屋は二階にあった。小さく寝台も一つだったが、野宿に比べれば十分すぎるほどの設備だ。食事は一階の居酒屋でできると言われ、リオは夕方、ユリウスと一緒に下りた。食堂は広く、既に村人らしき男たちが数人集まっていた。彼らはよそ者のリオとユリウスを無遠慮に眺め、「あんたら、どっから来たんだ」と話しかけてもきた。どう答えていいか分からずにいると、ユリウスが穏やかに「国境のほうからです。薬草をとりに行った帰りに、賊に遭って荷物をとられまして」と話した。

「ハーデからの逃亡者が増えて、あそこの山賊は急に大きくなったからな。村でも困ってるんだ」

男たちは納得したように相槌（あいづち）を打つ。

（……ユリウスはいつも一言で、相手の警戒を解いてる。それって、たぶん話し方が上手いん

だ）

それはおそらく自分とはかけ離れた世界で生きている多くの人間の気持ちを、ユリウスが理解しているからではないか……と、リオは想像した。

（俺が初めてユリウスと出会ったとき……セスや寺院の子どもたちのことを話したら、すぐに理解してくれたっけ）

考えてみれば、普通生活に困ったことのない王都の魔術師が、国境に住まうみなしごの気持ちや事情が分かるだろうか？　だがユリウスは多くを説明しなくても、リオがなにを望んでいるかいつも知っている。

（行商人がなにをほしがってたかも知っていたし、俺が……地図を喜ぶのも知ってた。……ユリウスはどうやって、そういうことが分かるようになったんだろう）

ぼんやり考えていると、主人がパンとスープを運んできた。

「今年は小麦の取り立てが厳しかったんでな、出せるものはこのくらいだが我慢してくれ」

無愛想にそう言い置き、主人がさがる。パンは硬く、リオがセヴェルで食べていたものと変わらない。スープは温かかったが、中に入っているのは野菜くずばかりだった。味はセヴェルの、『エルチのおもてなし処』でもらっていた一番安いスープのほうがまだ美味しい。

「ちょっとごめんよ。あんたかね、旅の薬屋ってのは……」

しばらくすると店の中に中年の女性が入ってきた。げっそりと痩せ細り、足下がふらついている。ユリウスは立ち上がって、自分の隣の椅子へ女性を座らせた。まだそれほど年老いてないだろうに、女性の眼は落ちくぼみ頬もこけて肉がない。

「薬が必要ですか？」

「咳が止まらなくて……金はいらないと聞いたんだけど……」

「ええ。商売の許可はとっていないので。待っていてください。煎じ薬を持ってきましょう」

ユリウスは食事を途中で放って、二階へとあがっていった。女性は不意に激しく咳き込み、体を折るようにした。リオは思わず立ち上がり、女性のそばに膝をつくと、その背中をさすった。触れた瞬間、浮き出た背骨と薄い皮膚、肉のないやつれた体を手のひらに感じて、胸がぎくりと痛んだ。

「ああ……ありがとうね。あんた、薬屋さんの助手かい」

咳き込みながら、女性が訊いてくる。リオはそうです、と嘘をついて、少しでも楽になるよう彼女の背をさすり続けた。

「悪そうだな、アデル。安心しろ、なにかあったら、畑や子どもたちは村で面倒みてやるから」

男たちが親身に声をかけて、女性はうっすらと微笑んだ。

「……これも魔女の災厄かねえ。早く王様が退治してくださるといいんだけど」

アデルが言うと、男たちは顔を見合わせ、魔女は死んだって言うから平気さ、と言ったり、いや、亡霊がうろついてるのさ、と言ったりした。魔女の話をするとき、彼らはみんなどこか怯えたように小声になり、視線をうろうろと移ろわせた。その様子はまるで闇の隙間から、魔女が聞き耳を立てていないか、警戒しているかのように見えた。

やがて二階から下りてきたユリウスが、女性に布袋を出した。袋の中には刻んだ草が入っており、煎じて飲むらしい。やり方を説明しているうちに、また二人ほど村の住人がやって来て、ユリウスに薬を頼んだ。小さな子どもを連れた母親や、足を引きずった男なども続々と入ってくる。

ユリウスは一人一人に合う薬を出してやり、惜しげもなくただで与えた。リオは食事を終えたあと、役に立てそうもないし、食堂が人でいっぱいだったので二階に戻ることにした。

火鉢とカンテラに火を入れて、部屋の机に地図と、長い間懐にしまったきりにしてあった本と、今日もらった紙を出して広げ、今までユリウスから聞いて学んだことを少しずつ思い出しては書き付けた。野宿の仕方、魔除けの方法、火のおこし方や、行商人の通行証、農村の生活について……。

「知らないことだらけだ……」

本を開いて、パラパラとページをめくってみる。これをすべて読み切れば、この国のことが少しは分かっているだろうか……？

（この国に生きている人のことは？　分かるのかな……）

ついさっき、咳の薬をもらいに来た女性のことが、ふと頭をよぎる。リオは彼女の背を撫でた、自分の右手を見つめた。

ユリウスが部屋に戻ってきたとき、リオは疲れて机で寝ていたらしい。扉の開く音ではっと眼を覚ますと、ユリウスがすぐ横に立っていて、リオが紙に書き付けたことを覗いていた。

「わっ、あ、薬、終わったの？」

書いている内容がどれも稚拙なので見られたのが恥ずかしく、リオは慌てて隠しながら訊いた。ユリウスは袋を床に下ろし、「ああ」と返事をした。

「大変なんだな、あんなにいっぱい患者がくるなんて……」

「医者のいない村だからな。かといって薬師もいないようだ」

「そうだよな、セヴェルにもいなかったから、病気になると大変で……」

紙と本を整理しながらそんなふうに言いかけて、けれどリオはこの村とセヴェルを一緒にしていいのか、分からなくなった。不自然に会話を切ったリオを、ユリウスが振り向く。リオはうつむき、視界に入る右手を見つめた。

「さっきの女の人……背中をさすったら、セスみたいに痩せてた」

右手に蘇ってくる骨と皮の感触には、覚えがあった。セヴェルで今年の初めから寝込んでいる、セスの体と同じように痩せた体。

「……あの女の人には家があって、仕事や家族もあるみたい。なのに、みなしごの俺たちみたいに貧しいんだね」

　こんな村は普通だろうか？　世界中にいくつもあるのだろうか？　セヴェルでも当たり前に転がっていた不幸せや不運は、他の町や村でも普通だろうか？

　リオは顔をあげていた。たまらない、やるせない気持ちが胸の奥から湧いてくる。

「ユリウス、王様はなにをしてるの？　どうして……どこの町へ行っても、みんなそんなに幸せそうじゃないんだろう。戦争は三年も前に終わったのに」

　ユリウスが小さく身じろぎし、じっとリオを見つめる。体の奥から熱い感情がこみあげてきて、その正体がなにか分からないままリオは続けた。

「俺には記憶がないから、三年前のことはなにも知らない。でも眼が覚めたとき、初めて会ったセスは俺に言ったんだ。……生きることに意味なんてないけれど」

　――この世界には、生きる価値があるよ……。

　セスの柔らかな声音が、今でも鮮明に思い出される。この世界には、きっと生きる価値がある。そう信じて生きてきた。

「王様って……自分の国民にそれを信じさせるのが、仕事じゃないの？」

　気がつくと立ち上がり、責めるような口調になっていた。ユリウスに言っても仕方がない。冷めた思考がそう言うのに、止まれなかった。そのとき不意に、リオは自分の中に湧いてくる熱い感情が怒りだと気がついた。

（なにに怒っているんだろう）

分からない。遠い存在である国王に、腹を立てたことなんて今までなかった。けれど今は、王を責めたい気持ちが胸にある。

「王様はこの三年間、なにをしてたの？　村は貧しくて、病気の人は困ってて、孤児はたくさんいて、行商の人は商売できなくて、逃亡者は賊になって、偉い人たちは威張ってる」

仕事を怠けてない？　とリオは呟いた。

「王様だって大変なんだろうけど……ウルカの神が認めても、フロシフランがこんな国のままじゃ、俺は王様のこと、好きになれないよ――」

言ったあとで、はっと我に返った。言い過ぎた。不敬罪だと言われて、牢屋に囚われても仕方がないことを口にした。青ざめて手で口を押さえる。思わず窺うようにユリウスを見つめると、魔術師は静かな面持ちで、ただ一言、

「そうだな」

と、リオの言葉を肯定した。

怒らないの？　と思ったが、そう訊ねるより先にユリウスはリオの前へ進んできた。

薄暗い部屋の中、照明はカンテラだけだ。その光を受けて、ユリウスの睫毛の影が緑の虹彩に浮かんでいる。

大きな手のひらが、そっとリオの頬に触れた。なめらかな手袋の感触。革ごしに伝わる温か

な体温に、口に当てていた手をはずす。ほんの数秒見つめ合っただけで、どうしてか心臓が高鳴った。ユリウスの瞳にはリオの顔が映り込み、その眼の深い色に吸い込まれてしまいそうになった。

と、ユリウスは優しくリオの頰を撫でて、手を下ろしてしまった。

「明日は……馬を走らせてここまで行く」

するりと横を抜けて地図を指さすユリウスに、リオはなぜだか拍子抜けした。しかし気持ちを切り替えて、「え？　え、あっ、どこ？」と確認した。

見ると、ユリウスが指したのは王都のすぐ間近にある、川沿いの都市、『ストリヴロ』だ。距離を見れば、都市を二つか三つ飛ばしていることになる。

「こ、こんなに一気にいける？」

「馬の足に簡単な術式をかける。乗っていても違和感はないが、実際には三倍の速さで行ける」

そんなことができるなら、どうして今までやらなかったのだろう？　思わずそう思ってユリウスを見ると、魔術師はリオの考えを見透かしたように肩をすくめた。

「かけられる馬には負担になる。旅程のすべてを術でどうにかできる距離ではなかった」

ストリヴロからは、王都はすぐのようだった。

「王都に着いたら……やっと俺、仕事ができるね」

呟くと、ユリウスはそうだなと答えたが、その声音はわずかに曇って聞こえた。普段感情を見せない魔術師には珍しいことだ。思わず顔をあげる。ユリウスは隣に立ったまま、じっとリオを見下ろしていた。

「――なに？」

さっきから、ユリウスの様子がおかしい気がする。頬に触れてきたときもそうだが、今も、彼からもの言いたげな空気を感じた。

「リオ……、ストリヴロからは、同行者がいる」

おさまっていた動悸(どうき)がまた少しずつ速まってきて、リオは息を呑(の)んだ。

「また……ベトジフ様たちと一緒になるってこと？」

高慢な宰相のことを思い出して訊くが、ユリウスは否定した。

「……いや。ベトジフ様は既に王都に入られた。他の連れだ」

連れって誰？　とは思ったが、そんなことよりも、ユリウスはどこまで一緒に来てくれるのかと不安になった。急に頼りを失うような、そんな不安が胸に広がっていく。

「お前に伝えておくべきことがある」

静かに切り出したユリウスの瞳は、いつもと変わらず落ち着いていた。それでもリオはつい構えてしまい、小さく肩を強(こわ)ばらせた。

「……俺はお前の容姿を魔術で変えているな。お前は青銀色の髪に、夜明けの空のような、すみれ色の瞳だ。だが人には、黒髪黒眼に映る。それは俺が解かない限りは有効だ」

なにかと思えば、容姿の話だった。なぜだろう？

よく分からないまま、とりあえずリオは頷く。

「少し話題が変わるが……お前も知ってのとおり、三年前まで、フロシフランはハーデと戦争をしていた。そもそもこの戦争を仕掛けたのは、たった一人の」

そこでユリウスは一度、言葉を切った。冷静なこの魔術師には珍しく、その瞳が逡巡で陰っている。

「……たった一人の魔女だ」

「……みんながよく話してる？」

そう訊き返すと、ユリウスは頷く。

「八年前、その魔女は突然現れて、王家の深部に居座った。そしてたった二年で、当時玉座にあった前王の七人の使徒、二人の宰相、大勢の官吏を味方にし、第二王子を従えてフロシフラン東部を占拠した。それがハーデという国だ。……そこからおよそ三年間、前王とその第一王子であった現国王は、魔女と戦い、からくも勝利を手にした」

それはリオが、よく知らない歴史の話だった。魔女というものがどんな人物で、なにをしたのか、リオはあまり気にしたことがなかったが、どうやら今現在使徒が不在であるのも、魔女の仕掛けた戦争のせいなのかもしれない……と、ふと思い至る。

「戦いのさなかに前王は急逝(きゅうせい)した。多くの犠牲が出たことで、国は荒廃し、現王の使徒選定すら終わっていない――、原因となったその魔女は……銀色の髪に、夜明けの空のような……すみれ色の瞳をしていた。……そう、お前と同じ髪、同じ眼の色だった」

心臓が、ドキリと大きく飛び跳ねるのを感じた。圧迫されたように胸が痛み、足が震える。言われたことの意味を理解するのに、数秒かかった。

「……ユリウスは、俺とその魔女が似てるって……、言いたいの？」

ユリウスはじっとリオを見つめ、「いや」と、言葉を濁した。それから眼を逸らし、

「いいや、お前はあの女とは似ていない」

と、呟いた。

（……今、ユリウス、嘘ついた？）

なぜかそう思った。根拠はない。けれど、ユリウスが意味もなく眼を逸らすとは思えなかった。心臓がいやな音をたてはじめる。ふと脳裏に、森に泊まった初日に見た奇妙な夢のことが浮かんだ。アカトビとユリウスの会話。リオを殺せ……と言っていたトビの言葉。

「だがお前には、過去の記憶がない」

静かな声で、ユリウスがそう続ける。

「今まで、不思議に思ったことはないか？　記憶がない間の自分はどういう人間で、なにをしていたのか……考えたことは？」

「……それは、考えたこと、ないわけじゃないけど、でも」

うつむき、しどろもどろに答える。

「貧しかったし——寺院には子どもがたくさんいて、俺は食べ物を探さなきゃいけなくて、それで……考えても、思い出せないし……」

本当に？

心の奥で、声がした。本当にそうだろうか？　普通記憶を失っていたら、もっと思い出そうと努力するのでは？　なぜ一度もそうしようとしなかったのだろう。

（だって、思い出したらいけないと思った）

頭が痛くなってくる。唇を噛みしめて、リオは震えた。

（思い出したくない。思い出したら……死んじゃう）

誰が？　体が一気に冷たくなる。視界がぐらつき、倒れそうになる。そのとき「リオ、もういい」と強い声がして、リオは我に返った。

顔をあげるとすぐ眼の前にユリウスが立っていて、リオの頰を両手で包んでくれていた。温かなその熱に、体の中で膨れ上がっていた不安が少しずつ収まっていく気がした。

「お前を責めるためにこの話をしたわけじゃない。過去のことも、思い出さなくていい」

きっぱりと言われて、リオは眼をしばたたいた。

「え……？」

「俺が言いたかったのは、使徒選定の候補者の中には、魔術に秀でたものや、膨大な魔力を持つ者が集まっている。常人には分からなくても、俺の術を見破る者もいるかもしれない」

「……。俺の容姿が、本当の容姿に見えるってこと？」

そうだ、とユリウスは頷き、リオの頬から手を離した。

「そしてお前と、魔女の関係性を疑う者もいるかもしれない。妙なことを言ってくる人間もな。……だから、誰のこともあまり信じるな」

(信じるなって……ユリウスらしくない)

言い聞かせてくるユリウスに、違和感を感じた。この魔術師は人を信じるななどと、言うような男だったろうか？

思わず黙り込んでいると、眼の前のユリウスの体が不意に揺らいだ。一瞬なにが起きたのか分からずに眼を瞠る。いつもまっすぐに立っているユリウスが、膝から崩れ落ちたのはそのときだった。

「ユ、ユリウス⁉」

慌ててかがみ込むと、口元を覆う布の下でユリウスが荒く息をついているのが分かった。カンテラの灯に照らされた、白い顔は青くなって見える。その肌は妙に汗ばんでいる。それが眼出しの場所からだけでも分かった。

「なんでもない、離れろ」

答えるその声がかすれていて、リオは息を呑んだ。離れられるわけがなかった。背中に手を当てると、さっきまで温かかったその体が氷のように冷えているのを感じて、リオはぞっとした。

「ユリウス、べ、ベッドに……なにか薬を……」

「いい、リオ。離れてろ、すぐに落ち着く――」

ユリウスはそう言った。けれど上手く立てないのだろう。膝をつき、胸を押さえて舌打ちした。その大きな体ががくりと傾ぐ。刹那リオは眼を疑った。ユリウスの広い背中から、真っ黒な煙が立ち上るのを見たのだ。それは瞬く間に大蛇になり、ユリウスの体にぐるりと巻き付いて締め付けた。

「……っ、……っ、ユ、ユリウス……っ、蛇が……」

蛇は真紫の瞳をしている。冷たく眼を細めて、長い舌をちろちろと出す。リオは恐ろしくなって身を竦めたが、咄嗟に蛇から庇うようにユリウスへ抱きついていた。広い背中から立ち上る黒煙を手で払う。だが大蛇は消えなかった。

「……いい、リオ。これはただの幻影だ。……そのうち消える」

苦しそうな声で、ユリウスが言う。大蛇はせせら嗤うような眼で、リオを見下ろしている。

「ユリウス、苦しいの？　これなに？　なにか……呪い？　俺、どうしたらいい？」

自分の体に蛇を移せればいいのに。そう思い、リオはユリウスの背中に胸をくっつけたが、

煙は体をすり抜けるだけだった。前のめりにうつむいていたユリウスが、やがて体を起こし、

「リオ……」と、囁いた。

「なにもしなくて……いい。しばらく、こうするだけ……」

腕をとられたあと、リオはユリウスの腕に、きつく抱きすくめられていた。心臓が大きく音をたてた。リオの首筋に鼻を押しつけたユリウスが、大きく息を吸い込むのを感じた。背中に腕を回すと、大蛇の影はすうっと消えていく。リオはホッとして、ユリウスの背中にぎゅっとしがみついた。

氷のようだった体に、次第に熱が戻ってくるのが分かる。合わせた胸に、ユリウスの心臓の音が聞こえて、リオは安堵のため息をついた。

「優しいリオ……」

そのとき、ユリウスが囁いた。静かな、けれどどこか痛みをこらえるような声音だった。

「お前を本当は、セヴェルから連れ出したくなどなかった……。できることなら、俺は」

そのあとの言葉を、ユリウスは飲み込んだようだった。震える息だけが、耳元に聞こえる。

リオは眼を瞠った。どういう意味か訊きたかったけれど、訊いてはいけないような気がして、声が出せない。

静まりかえった夜だ。火鉢の中で炭が燃えて、崩れる音がした。

五　金の都

　ユリウスが言ったとおり、翌朝早く馬に乗って走り出すと、夕刻前には広い街道からこれまで見たことがないような巨大な都市に着いていた。

　都市が見えてから、ユリウスは馬の足にかけた「速く移動ができる」術を解いたらしい。昨夜聞いたとおり、乗っている間その速さはほとんど感じなかったが、術が解かれるとほんの一瞬周りがやけにゆっくりと動いているように見えた。ほどなくしてその違和感は消え、リオは大きな商隊や立派な鎧（よろい）を着た騎士団などが、街を出入りする賑（にぎ）わしさに驚いた。

「ストリヴロは王都に次ぐ第二の都市だ。金山を所有している。領主は王家に連なる第一貴族だが、簡単に言うと金持ちの都市だ」

　そう説明するユリウスは昨夜の不調などなかったかのようにいつもどおりで、リオはあのとき見た大蛇も、あのときユリウスに言われた言葉も夢だったのかと疑うくらいだった。

「通行証を」

　門兵に言われて、ユリウスは懐からなにか、金のプレートを出して見せた。とたんに兵の顔がさっと青ざめ、彼は背筋をただすと敬礼の姿勢をとった。

「失礼いたしました！　領主様を呼んで参ります」

「いや、構わない。先に伝令を出してある」

馬に乗ったまま街へ入ると、都市はどこも人に溢れ、店は繁盛し、人々の笑い声や歌う声があちこちから聞こえた。

「知らなかった……こんな街もあるんだね」

人々が幸せそうな街。街角や路地を見ても、宿なしやボロを着た子どもが見当たらなかった。道は清潔で、小さな子どもたちが背中にかごを背負ってごみ拾いをしていたが、そんな彼らもそれなりにきれいな服を着ていて、飢えた様子もない。

修道院や寺院にも、人がたくさん訪れている。表には『宿なしの旅行者はこちらへ』と書かれた看板が立っていた。

「領主の施策が行き届いた都市だ。親なし子や宿なしに仕事を与え、居場所を作る。金山は常に労働者を募っているし、仕事と食事と寝る場所があれば人は自由と幸福を得られる」

なるほど、とリオは頷いた。セヴェルにいたときも、もう少しまともな仕事さえあれば……といつも思っていた。そのまともな仕事が、この都市にはあるのだろう。

（こんな豊かな街の領主って……どんな人なんだろう）

道の途中、ふと頭上に影が差したので見上げると、アカトビが飛んでいた。

（……ユリウスのアカトビ？）

一瞬そう思ったが、トビはぐるりと回りながら遠ざかっていったので、違うようだった。

やがて大きな角を曲がると、突然家並みが途切れて眼の前に運河が広がった。

「……わあ」

無意識に、ため息がこぼれた。

運河は広い。リオは水辺の風に頬を撫でられた。運河沿いには板張りの桟が長い堤防のように張り出しており、そこにはいくつもの船が繋いであった。どうやら港のようだ。荷物の出し入れも盛んに行われている。ユリウスは馬を下りて、奥へ進んでいく。人や物を避けながら、リオもそれについていくが、初めて見る船という乗り物に意識がとられ、何度も振り返ったり立ち止まったりした。船はまるで巨大な木造家屋だった。奥のほうに停泊している船など、リオは見た瞬間息が止まるのを感じた。

あまりにも巨体で、生気に満ち満ちていて、生き物のようにさえ映る。

ずっしりと水面に浮かんでいる様は、肥えた水鳥のようでもある。船首に吊られた旗はアカトビと、白い竜の描かれた家紋だった。

「ご領主様、どうぞお待ちを！」

そのとき頭の上から絶叫が聞こえ、リオは上を向いた。右上は石塀になっており、上等な服を着た髭面の男が顔を出して、リオたちのほうに向かって叫んでいた。

「まだお仕事が残っております！」

「もう十分やった！　あとはお前に任せる。報告は送ってくれ！」

桟の商人たちが慌てたように道を開けた。リオは思わず馬の大きな体に寄り添っていた。見知らぬ若い男が、身軽な様子でこちらへ駆けてくるのが見えた。隣に立っていた魔術師が、小さな声で「リオ」と呼んだ。

「今から会う男を、決して信じるな」

（……え？）

言われた言葉に驚いて、顔をあげたときだった。

「ユリウス・ヨナターン！」

若い男は長い足で跳躍し、一気にユリウスの首にかじりついた。

「愛しの幼馴染み！　会いたかったぞ！」

男は言うなり、顔を覆った布越しにではあるが――ユリウスの唇へ、口づけをした。リオは圧倒され、呆然となってそれを見ていた。どうしてだか分からないが、その一瞬の光景に心臓が撃ち抜かれたような衝撃を受けた。

男は金髪だった。魔術師と同じくらい背が高い。体はやや細身だが、それでも鍛え上げた男らしい体躯だった。色白で整った顔立ち。明るい笑顔。年は二十四、五歳ほどに見える。なにより印象的なのは、ルビーのように赤い瞳だった。

「……アラン。悪ふざけはやめろ」

ユリウスは苦々しげに目元を歪めて、男を自分から引き離した。ユリウスが男の口づけを歓迎しなかったことに、なぜだかリオはほっとした。それでも心臓は、どうしてかズキズキと痛んでいる。アランと呼ばれた青年はふんと笑って、リオを振り向いた。まともに視線がぶつかり、リオはぎくりとした。思わず、体がすくむ。

「ふうん？　これがお前の連れてきた『鞘』か？」

アランはリオの体を上から下まで、舐めるように検分した。

リオは平民の、ごく質素な服を着ている。毛織りの外套を着、丈夫な革靴を履いているが、旅路でそれらもずいぶんくたびれていた。対してアランは、少し長めの金髪の襟足を編み込み、金の首飾りにルビーの腕輪をつけ、魔術師の長衣とも違う、ゆったりとした美しい刺繍入りの羽織を着ていた。服にはあちこち、宝飾が施されており、いかにも華やかな雰囲気だった。

「なるほどねえ。容姿だけなら上の下、総合的には中の中くらい？」

赤い眼を細めて、アランは喉の奥で嗤った。

（……もしかして今、バカにされた？）

よく分からないが、そんな気がする。アランはユリウスの肩を抱いていて、それを見ていると、胸の中がモヤモヤとした。

「馬鹿げた話はいらない。アラン、船を出してくれ」

「へえ、無理なお願いを聞いてあげる俺に、そんな態度なのか？　相変わらず、可愛げのないやつ」

　アランは肩をすくめた。どうでもいいけれど、早くユリウスから手を放してほしい。リオはそう言いたくなるのを、ぐっとこらえていなければならなかった。

（この人とユリウス……仲良しなのかな）

　きっとそうなのだろう。そう思うと、急に世界にひとりぼっちのような気持ちになり、馬の体にますます身を寄せていた。

「まるで初めて床にあがる生娘みたいだな。そんなのでやってけるのか？　まあいいや、俺はアラン・ストリヴロ。この街の領主だよ、お嬢ちゃん？」

　ようやくユリウスから離れたアランが、手を差し出して言う。リオは領主と聞いて驚いた。その年若さにもだが、ついさっきストリヴロの街の様子に感動し、きっと領主は素晴らしい人に違いないと思っていたせいだ。

（本当はいい人なのかも……？）

「……リオです。初めまして、ご領主様」

　リオはやっとそう言い、差し出された手をとろうとした。だが寸前で、アランにぱちん、と弾かれた。

「残念。貴族は平民と握手しないよ」

嫌みたらしく笑いながら言うアランに、リオは呆然とした。弾かれた指先が、ジンと痛い。ユリウスは小さくため息をついたが、かといってアランを咎めたりはしなかった。

「それにしても名前だけじゃ厳しいだろ。姓はないのか？」

「仮そめだが、俺が後見人になる予定だ。ヨナターン姓で登録しようと思う」

「ずいぶん親切だな」

「そこまでが仕事だ」

──仕事。

その一言に、胸が抉られた。仕事だからユリウスが親切にしてくれているのは、とっくに分かっていたことなのに。自分に関する話なのに、リオの耳には内容があまり入ってこない。いかにも対等な様子で話しているユリウスとアラン。アランはユリウスを幼馴染みと呼んでいた。アランは貴族で、しかも階級は王家に連なる第一位。

（……じゃあユリウスも一位？）

一位の貴族は十家あると、ユリウスに渡された本で読んだ。重要な官吏や王の側近は、すべて第三貴族までの階級から選ばれるのが通例だとも。

（そっか……この領主様みたいなのが、普通だった）

じわじわと、リオはそのことを思い出し始めた。ユリウスがあまりにリオを対等に扱い、大事にしてくれたので──リオは自分が、人並みに扱われることに慣れてしまったのだ。だがセヴェルでは野良犬と呼ばれていたし、ベトジフを始め、その宰相を護る騎士たちにもけっして対等に扱われたことはない。

（ユリウスが優しいのだって、仕事だから……）

よく考えてみれば、優しくしているつもりはないと言われたこともあった。

ユリウスにとって、リオはべつに特別ではない。だからユリウスはアランの態度も、正さないのだ。リオがユリウスの立場で、もし仕事以上に個人的にリオを好きなら……きっとひどい態度をとるなとアランに言うだろう。だがユリウスはそうしない。ベトジフの、リオへの態度も気にしていなかった。それはユリウスにとってリオが仕事の相手であって、それ以上ではないことを如実に示しているのだと、今更気がついてしまう。同時に自分が、それ以上の感情をユリウスに求めていたことにも。

「じゃあこいつの名前は、リオ・ヨナターンか。意味だけなら立派じゃないか。古代語で、『大河で死したる子ども』って意味だ」

アランはおかしそうに言うと、リオへ呼びかけた。

「お嬢ちゃん、おいで。俺の船に乗せてやろう」

不意に呼ばれて、リオは顔をあげた。ユリウスに眼で促され、リオはおそるおそる、アランに従う。はしごを伝って船の甲板に出ると、吹き渡る風が急に強くなった気がした。

船首では、水夫の一人がランタンを灯している。やがて甲板のランタンすべてに灯りがつけられていく。

「……もしかして、これから出港するの？　もうすぐ、日が暮れるのに……」

不意に気がつき、問うていた。空はまだ赤くなっていないが、とっくに昼下がりだ。いくら水路が早くとも、王都に着く前に夜になってしまう。

闇夜の中船を動かすとは、まさか思っていなかった。

だが振り返ったアランは、悪戯が成功した子どものように満足げに頷いた。

「ウルカの神の僕べ、アカトビの家のアラン・ストリヴロは、夜の闇を滑ることができる。そして貧しい子どもを都にお届けにあがってやるんだよ、お嬢ちゃん。リオ・ヨナターン。大河で死んだ子ども」

誰かが低く、鐘を鳴らした。どこに隠れていたのか、水夫たちが一斉に甲板にあがってきて、帆柱を蜘蛛のようにするすると上っていく。出航！　という声が轟き、水夫たちよりいくらか上質な服に身を包んだ男が、船の高いところに立った。

「ご領主様、出航いたします」

船は静かに、日没前の運河へと動き出した。甲板が揺れてふらついたリオと違い――アラン・ストリヴロはこの船の主、まるで運河の王であるかのように、船首を背に、悠然と微笑んで立っていた。

俺は優しいから、お前のこともご招待してあげるよとアランに言われ、リオは船の後部に案内された。甲板が屋根になっており、階段を二つあがって進むと扉が三つ取り付けられている。真ん中の扉を開けると、豪華な居室になっていた。窓が並んだ部屋の中には灯りがいくつも垂れ下がり、座り心地のよさそうな低い椅子と、膝高のテーブルが配されている。豪華な食事や酒が用意され、肌を露出させた女たちが三人待っていて、入ってきたアランを見るなり甲高い声をあげて歓迎した。

「また女を船に乗せているのか……」

呆（あき）れたように言うユリウスへ、アランが「いいだろ？　使徒選定が始まったら花の匂いも楽しめない」と笑う。自分は真ん中へ陣取ると、奥へユリウス、そして手前にリオを呼んだ。戸惑いながら座ると、アランを囲んだ女二人がくすくすと笑ってリオを見た。

「アラン様、可愛らしいお友だちをお連れですのね」

「こちらの魔術師様は前にも何度か」

「そこのお嬢ちゃんはリオ・ヨナターンだ。手厚くもてなしてやってくれよ」

アランが言うと、女の一人がリオの腕にのしかかってくる。甘い香りと、柔らかな胸の感触に、リオは真っ赤になって思わず体を退（ひ）いてしまった。

「リオ。お前、女と経験ないのか？」

アランはニヤニヤしながら訊いてきた。女たちはユリウスやアラン、リオの杯に酒を注いだり、料理を取り分けている。豪華な肉の丸焼きにはハーブがたっぷりかかり、スープにもきちんと味がついている様子だ。パンはふんわりと柔らかそうで、果実まで大皿に載っている。だがリオは女性の存在に戸惑って、うつむくことしかできなかった。

性的なことは、知識がまるでないわけではない。セスにも軽く教わっていた。けれどそういう欲求に駆られたことがないし、花街のこともよく知らない。もしかして彼女たちは、セヴェルにも何人かいた娼婦のようなものだろうか……？　甘ったるい香りも、柔らかそうな体もなんだか怖くて、思わず助けを求めるようにユリウスを見たが、魔術師は静かに酒を飲みながら隣に座った女と小声で会話をしている。

……きみたちは、船酔いしないのか。

……慣れましたわ、アラン様のおかげです。昔から女が乗ると船は沈むと申しますが、運河の神は慈悲深いのでしょうね……。

残り二人の女たちはアランと一緒に騒ぎ、けたたましく笑っている。その声に紛れて聞こえるユリウスと女の会話は静かで、自然だった。ふと、胸に淋しさが募った。

（……ユリウスは俺とじゃなくても、誰とでも……あんなふうに静かに優しく、話すんだ）

相手が娼婦でも、ユリウスは蔑んだりしない。だからなのか、ユリウスと話している女はどこか嬉しそうで、安らかで、満たされているように見えた。いいな、と思う。きれいな女よりもユリウスのそばに行き、ユリウスと話したかった。

　そのうちアランがリュートを取り出して弾き、即興で歌を作って歌った。不意にリオへ、

「お前、国境から来たんだろ。なにか珍しい歌なり踊りなりできないのか」

と声をかけてくる。黙々とぶどうを食べていたリオは、突然言われて緊張した。が、歌も踊りも知らないので、首を横に振る。するとアランはさもつまらなそうに、ため息をついた。

「面白みのないやつ。そんなんで、本当に『鞘』に選ばれるかね。女と寝たこともないうえに、歌も踊りも知らないなんてさ」

「あの……」

　黙っていたリオは、アランと出会ったときから気になっていたことを、つい訊いていた。

「ずっと俺を『鞘』だって言いますけど……それって……どういう役目ですか？　歌や踊りって、関係するんでしょうか……」

　ベトジフに見いだされたときから、「鞘候補」と言われてきたが、それがなにかはよく知らない。流されるままここにきたのだ。アランは眼を丸くし、それからユリウスを振り返った。

「おい、ユリウス。この子どもになにも話してないのか？」

　ユリウスは「暇がなかった。本は渡してある」と、淡々と言った。リオは首を傾げ、それからもらった本を思い出す。まだ三分の一ほどしか読めていないが、あの中に書いてあるのか。

「いいか、お嬢ちゃん。今回の候補者は三十人いる。だがどいつがなにになれるかは、大体初

めから決まってる。お嬢ちゃんは、武術はさっぱりだろう？　剣を持ったことは？」

訊ねられて、ありませんと呟く。

「弓をひいたことは？」

「ないです」

「古代語を読むことは？」

「……できません」

「そら。ならもう『鞘』だ。他にやれる仕事がない。鞘は魔力の質が一番大事だ。お嬢ちゃんのエーテルは純度が高いんだろ。他の者より適性がある」

肩をすくめたアランは、不意ににやりと嗤い、「なんなら実地で、どういう仕事か教えようか？」と声を潜めた。とたんに、ユリウスが「リオ」と口を挟んだ。

「お前はもう部屋に戻りなさい。疲れただろう」

アランは唇を突き出して、「過保護はどうかと思うね」と反論した。だがリオは居心地の悪いこの場所にいるのが辛かったので、その言葉を助け船に、慌てて立ち上がった。

「あの、ごちそうさまでした。先に休みます」

アランは気にしておらず、リオを見ずにひらひらと手を振っただけだった。ユリウスは、眼も合わせない。

扉を閉める瞬間、アランがユリウスに体を寄せて「覚えてるか、昔お前が……」となにやら話しているのが聞こえた。ユリウスは顔を覆った布の下で、アランの言葉に小さく声をたてて笑った。

（ユリウス……そんなふうに笑うんだ）

ユリウスが笑い声を出しているところを、初めて見た。アランが相手なら、こんなに簡単にユリウスは笑うのかと思う。

（……友だちだから？　俺にそんな顔をしなかったのは……仕事だったから）

部屋を退出し、外へ出た。扉を閉めたとたん、重たいため息が体の奥からこぼれた。

（アラン・ストリヴロのこと、信用するなって言ってたのに……ユリウスは、楽しそうだった）

なんだか勝手にいじけた気持ちになった。ばかげた僻み（ひがみ）だ。さすがに自分でも分かっている。胸の奥にある淋しさが、こんなことを考えさせるのだ。

脳裏には、セスのことがよぎる。そばかすの浮いた白い顔。賢そうな緑の瞳。優しい声音で、いつもリオを導いてくれた。国境の町でリオが記憶のないことを思い悩まなかったのは、セスが優しくしてくれて、護ってくれたからではないだろうか。

自分は最初に優しくされると、すぐに心を許してしまい、その人の言葉や行動をすべて道しるべにしてしまうのだと……リオは気づく。

（俺が空っぽだから……）

なんにもないから、そうやってすぐに誰かに心を明け渡すのだ。最初はセス。セスと離れてからはユリウスだった。世間ではこの感情を、なんと呼ぶのだろう？　親愛？　依存？

船の上は静かで風もない。一つ階段を下りてから、船縁（ふなべり）の柵に凭（もた）れて覗（のぞ）き込む。水面は黒く、船のランタンの橙色（だいだいいろ）が帯のように滑っていた。

そのときだった。視界の端に大きな獣の姿が入り、リオはぎくりとして振り向いた。船縁の柵に、大きなアカトビがとまっていた。羽根の付け根にくちばしを突っ込み、毛繕いしている。

リオは心臓が、どくんと大きく鼓動するのを感じた。

――もしかして、ユリウスの使っていたトビだろうか？

思考を巡らせながら一歩アカトビのほうへ近づくと、トビは顔をあげてリオを見た。赤い瞳は猛禽（もうきん）のそれで、強い眼力に射貫（いぬ）かれてつい動けなくなる。息を詰めて立ち尽くしていたときだった。

「やあお嬢ちゃん。部屋が分からなくなったか？」

後ろから酔っ払った調子で明るい声をかけられて、リオはハッと振り向いた。見ると、上機嫌のアランが、階段を下りてくるところだ。

「アラン……様」

どう呼べばいいのか分からず、口ごもりながら言うと、アランは気安くリオの横に立ち「アランでいいよ」と言った。

「俺は階級主義者だけど、お前とは同輩だ。敬語はいらない。俺も使徒候補者なんだよ。選定期間の身分は一緒だよ」

そんなふうに言われて、リオは驚き戸惑ってしまった。アランという人物のことが、よく分からなくなる。平民とは握手しない、と言ってリオの手を振り払ったのに、同じ口で敬語はいらないと言う。

「そんなことよりなにしてた？　部屋、分かんないかな？」

顔を覗き込まれると、甘やかに整った顔立ちが近づく。リオは距離の近さに一歩後ずさり、

「アカトビがあそこに……」と指さしたが、振り返るともういなくなっていた。いつの間に飛んでいったのだろう。羽音すら聞こえなかった。アランは笑い、

「酔っ払って、あれをトビだと思ったんじゃないのか？」

と、帆柱にひらめく青い旗を指さした。そこには白竜と、アカトビの描かれた紋章がある。

「……あれは、ストリヴロ家の家紋……だよね、えっと、アカトビ？」

敬語を直しながら訊く。アランは少し酔っているのだろう、気持ちよさそうに眼を細めて、柵にもたれた。そうすると優美な彼の姿は、まるで絵物語の中の一枚絵のようになり、たいそう美しかった。

「白竜は王家の紋だよ。王はウルカの神、天上に近くおわしまする白き竜の血筋。……ストリヴロはその親戚で、竜とはいかないけど、天高く飛ぶアカトビだ。地を歩く牛や豚よりはまあ、

マシかな」

肩をすくめて、アランは「とはいえ実態は人間だからなあ」と皮肉っぽく付け足した。

「地面を歩く姿は、牛や豚とそう変わらないよな。二本足な分マシか？　もっとも地べたを這いつくばる蛇よりは高貴だ」

くっくと喉で笑う。アランの眼にはどこか薄暗いものが宿っているようで、リオは我知らず緊張した。動物に、階級などあるだろうか。天高きものは上位に、地面に近いほど下位に。これが貴族の考えなのかもしれない。

「……豚や牛は、俺たちのお腹を満たしてくれる、いい生き物だよ」

貴賤など関係なく思えて呟くと、アランは鼻で嗤った。

「なるほど？　蛇も腹を満たしてくれる？　国境の蛮族は蛇まで食うのか。まあ貧乏人はそうかもしれないな」

「……」

蛇を食べたりはしない。だが蛇を悪いものと思ったことはない。セヴェルにいたころ、時折野原や街道で草むらをするすると移動する蛇を見かけたが、鱗に光があたると宝石のようにきれいだと思った。

だがそれを言えば、アランにはますますバカにされそうなので言えなかった。きっとユリウスなら……ユリウスならそう聞いても、バカにせずにいてくれるだろうに。

（……またユリウスのことを考えてる）

　やめようと思って、リオはアランから眼を逸らし、柵に両手をかけた。

「だけどなあ、蛇なんかよりもっと下等な生き物がいる。なにか知っているか？」

　柵にもたれたままのアランが、面白そうに笑いながら訊いてくる。リオはもう一度顔をあげて、美貌の貴族を見た。わずかな風にそよいで、彼の金糸の髪が揺らめいている。赤い瞳に灯火が映って、それは幻想的な美しさを放っている。

　思いつかずに首を横に振ると、アランは妖しく微笑み、すうっとリオの隣に歩み寄ってきた。息がかかるほど近くに、顔が寄せられる。

「他人の心臓を食らって生きている、魔物だよ」

　低めた声で囁かれる。その吐息が鼻にかかり、リオはなぜか凍りついたように動けなくなった。赤い瞳を細め、長い金色の睫毛を優しくしばたたいて、アランはリオの心臓の位置を人差し指でトン、と押した。

「ここに呪いを埋め込んで……狙い定めた相手から生気を奪う。もとはただの土人形なのに。……のうのうと生きてやがるんだ」

　瞼の裏に、旅の間に見た奇妙な夢のことが浮かんだ。アカトビと話していたユリウス。リオを殺せとアカトビが言い、そうでなければ死ぬぞと警告した……。

（……アランには、俺の姿、どう見えてるんだ？）

黒眼に黒髪？

それともかつてこの国を荒らしたという……魔女に似た、本当のリオだろうか？

息さえできずに見返したアランの瞳には、黒眼黒髪の自分が映っているだけだった。体がぞくりと震えた。もしも本当の姿が見えていたら。アランはなにを思っているのだろう？

「……お前の頭に、強い鍵がかけられてるな」

突然囁かれた言葉が飲み込めず、眼をしばたたく。アランは舌打ちし、「なにも思い出させないようにか？　あいつめ、本当に狂ってる」と独りごちた。

アランの手がリオの額に伸びてきて、ハッと身構えた。けれど後ずさるより早く、大きく長い指にリオの額は乱暴に摑まれていた。その手のひらから、赤い光がほとばしったのは一瞬。

「ウルカの神の忠実な僕べ、アカトビの血のストリヴロの名において誓約を書き換える。この鍵を外せ、これは神の意志ではない――」

アランは、まるで腹を立てているかのような低い声でそう言った。

眼の前にちかちかと星が飛んで、一瞬あたりが真っ暗になった。刹那、リオはどこかの――荘厳な宮殿の中を歩いている自分を見た。今とさほど変わらない背丈。銀髪にすみれ色の瞳。美しい上質な服を着て、リオは一人の女に手を引かれている。

十月十日で名前を奪うの。

女はそう言った。

お前を愛するように、あの男の心に入り込みなさい……。

心臓が大きく鼓動した。

──痛い。痛い、痛い、痛い。いやです、いやです、いやです。

誰かが叫んでいる。頭がひどい頭痛に襲われて、リオは両耳を塞いだ。音の洪水がごうごうと押し寄せてきた。冷たい緑の瞳。お前など愛さないと、言われたのを覚えていた。なのにどうして？　と、自分は思っていたはずだ。

──なのにどうして、最後は与えてくれたのか……。

「リオ！　アラン！」

そのとき、怒ったようなユリウスの声が聞こえて、リオは一気に現実に引き戻された。気がつくと、甲板の上に尻餅(しりもち)をついて座っていた。アランはなにも起きていないかのように、船縁にもたれ、小瓶(こびん)に入れた酒を飲んでいる。

「アラン、リオになにをした？」

足早に近づいてきた魔術師が、アランの胸ぐらを摑む。アランは眼を細めて笑いながら「なにも」と肩を竦(すく)めた。色っぽい緋色(ひいろ)の眼をリオに流して、「な？」と同意を求めてくる。

リオは立ち上がりながら、「はい……」と、小さな声で答えた。明らかに疑っているようなユリウスの眼と眼が合う。ユリウスは舌打ちし、「外したな？」とアランに言った。

「やっぱりお前がかけてたか。なら、どうせいつかは外れる。そうだろ魔術師」

アランが肩を竦めて答えているが、リオは混乱していて、それも聞いていなかった。

胸にはさっき見た幻影が残っていたが、それは数秒のうちに消えていき、記憶はあやふやになってしまう。ただとても恐ろしい気持ちだけが、わけもなく体の中にこもっている。

(……なんだったの。今の)

分からない。過去の記憶を見たのかもしれないと思うと、背筋がぞくりと恐怖で震えた。

「俺、寝るね。お休み」

やっとのことでそれだけ言うと、逃げるようにして与えられた船室に入った。ユリウスはまだ物言いたげだったが、気づく余裕もなかった。突っ伏すように寝台に寝転がってから、わずかな荷物をそっと手に取る。ユリウスにもらった本。地図。紙とペン。

「あ……そういえば。この本に……」

リオはふと思い立ち、本を手に上半身を起こした。テーブルの蠟燭のそばに、火打ち用の石と金物があったので急いで蠟燭をつけると、本のページをめくっていく。薄ボンヤリした灯りの中で、小さな文字を探すのは一苦労だった。

だが、やがて探している文字を見つけた。『王の七使徒』。

「……王はウルカの神が選ぶが、その直属の側近として、フロシフランの王は代々七人の使徒を選んできた。……使徒は国家において、王の次に権威を持つ者であり、しばしば王の代理人であり……ウルカの神の力を使役できる器である……」

一、王の剣　これは、剣術の才に最も秀でた者、および剣によって王を守護する戦士である。
二、王の盾　これは、頑健な体軀によって王の盾となる者、堅固な精神が必要。
三、王の弓　これは、卓越した弓の才持てる者、万里を渡り王の敵を討つ技術者。
四、王の眼　これは、知識見聞広く、古き語を扱い過去を照らし未来を読む賢者。
五、王の翼　これは、王の知をあまねく世界に伝える者、一日で国を千度行き交う先見者。
六、王の鍵　これは、王の秘密を握る者。王がウルカの神に背くとき、制止する最後の砦。
「七、王の鞘……これは」

最後の役割を、読む。

——これは、王の体を憩め、その魔力と肉体でもって、王の昂ぶりを癒やす者。閨にて王の伽を務める。

「……え？」

読んだ瞬間、頭に入ってこない。

昂ぶりを癒やす者。閨にて王の伽を務める？

「それって……男娼ってこと？」

ぽつりと呟いた言葉が、静かな闇の中に消えていく。水夫たちの歌声が、窓辺から、淡く聞こえている。

結局リオは、明け方近くまであまりよく眠れずにいた。

眼が覚めたとき部屋の小さな窓からは、明るい朝の光が差し込んでいた。慌てて身だしなみを整えて、外へ出る。底冷えした、澄んだ風が髪をさらうようにして吹き抜けていく。

「……わ、わあ……っ」

憂鬱な気持ちも疑念も不安も、そのとき眼前に広がる景色を見たら、一瞬忘れた。

河の向こう、小高い丘の上に朝日に照らされて映える、巨大な宮殿が見えた。

無数の尖塔と、青い丸屋根の大聖堂。それらをとりまく白亜の壁と尖った青い屋根。その美しい宮殿は、運河の水面に鏡映しに映っていた。

「王都だ」

ふと隣に誰かが立ち、顔をあげるとユリウスがいた。いつもと同じ顔まで覆う黒衣の姿。けれど緑の瞳には、朝の光が反射していていつもより明るんでいる……。

魔術師の顔を見ると、胸が締め付けられるように痛んだ。切ないような、恋しいような気持ち。瞳が不安で揺らぐ。ユリウス、俺……と、リオは言いたかった。

俺、王様の男娼になるの？

そのために、俺をここまで連れてきたの——。

けれど、問いかけることはできなかった。大あくびしながら、上の船室から下りてきたアランが、「やっと着いたな」と声をかけてきたからだ。

編んだ髪を無造作にほどき、編み直しながらアランはリオを見る。

そうしてにやりと笑って言った。

「さて、もうすぐ俺たちは同じ秤(はかり)の上で踊ることになる。よろしくな、お嬢ちゃん」

六　王都

ついにリオは王都フロシフランに着いた。

国境の街セヴェルを出て、およそ十五日が経っていた。

王都は金山で栄えるストリヴロよりも広大で、活気があった。だがところどころ戦争の爪痕が残っているようで、大きな寺院や聖堂が半壊し、今まさに復旧工事のさなかでもあった。

リオは港につくやいなや、四頭立ての馬車に乗せられて、瞬く間に王宮に連れられた。

王宮の中庭に案内されると、そこは屋根がガラス張りになった明るい郭で、美しい緑が青々と茂っていた。

（……俺、本当に王宮にいるのかな？）

壮麗な内部にあっても、まだ実感が湧かずにリオは内心びくびくしていた。

中庭の真ん中には、一人の美しい女がいる。

長い黒髪を優美に編み、黒い瞳は長い睫毛に覆われている。気品溢れ、優しげな面差し。おそらく四十路を越えるだろう。彼女は木製の、車輪のついた椅子に座っていた。足下は長いスカートで覆われている。

中庭に連れられてきたリオを見つけると、彼女は眼を細めて、優しく微笑んだ。その気高い姿に思わず固まっていると、

「ヨナターン！　貴様、なぜストリヴロ卿の船を使ったっ⁉」

大声でわめき散らし、中庭に入ってくる者がいた。狐（きつね）のようなつり目。尖った鼻と出っ歯。ごてごてした衣装の小男――左宰相のベトジフだった。

ちょうど中庭に入ってきたユリウスは、噴水の前の女と、ベトジフ両方に敬礼した。ベトジフは女のほうをちらりと見て舌打ちすると、リオの隣に立ったユリウスへ詰め寄り、小声でなじった。

「ストリヴロはラダエの手先だぞ。なぜそんな船に」

「あいにくと、夜間に走る船のあてがありませんでしたので。一刻も早く、候補を連れてきたかったのです」

淡々と答えるユリウスに、後ろからやって来たアランが「ごきげんよう、ベトジフ卿。俺の船は安全で知られていますから、ご心配には及びませんよ」と揶揄（やゆ）まじりの声音で言った。

「ごきげんよう、ラダエ卿。今日もお麗しく」

アランにそう呼ばれたのは、噴水の前にいる女性だった。彼女は花がほころんだように笑っており、温かく慈愛に満ちた瞳を、アランにユリウスに、そしてリオにも向けた。

「ごきげんよう、ストリヴロ卿。それから、大儀でしたね、ヨナターン卿。ベトジフ様も、どうぞお怒りになられないで」

ベトジフはラダエと呼ばれた女性に言われると、忌々しげな顔をしたが、引き下がった。ラダエの視線はリオに向けられた。リオはドキリとして緊張し、肩を揺らす。

「あなたが国境から来た旅人ですね。私はイネラド・ラダエ。間に合わせではありますが、陛下のお慈悲により、フロシフランの右宰相を務めております」

リオは驚き、眼を丸くした。右宰相が女性だったとは、ゆめにも思っていなかった。ラダエは飾りの少ない、質素なドレスを着ている。だがたおやかで優しげなその姿の中に、にじみ出る賢さと落ち着きがあった。

「こちらはリオ・ヨナターンです。戦災孤児で姓が分かりませんので、ひとまず私の姓を与えることにしました」

ユリウスが言うと、ラダエは静かに頷いた。ベトジフは拗ねたような顔をしている。

「ベトジフ様、素晴らしい逸材をお探しになられましたのね。私が都のことで精一杯になっていた間、長旅をされて国中を見てきてくださった。そのうえ、未来の国の宝を連れてきてくださるなんて、このイネラド、感謝に堪えませんわ」

しかしラダエが心底の感心をこめた様子で囁くと、ベトジフは少し気をよくしたようだ。

「そうだろう。純度の高いエーテルの持ち主だそうだ。なあ、ヨナターン」

「はい」

「国一番のコゼニクが言うのなら、間違いありませんわね……」

（国一番のコゼニク……？）

リオはラダエの呟きにびっくりして、隣のユリウスを振り返った。

「おそらく、今度こそ『鞘』が決まるはずだ。そう思うだろう、ラダエ卿」

「ええ。陛下は卿のお働きにご満足なさいますでしょうね」

威張っているベトジフに、ラダエはあくまで低姿勢だ。宰相同士、立ち位置は同じはずなのに、ベトジフは「女の宰相でもそれくらいは分かるか」とひどいことを言った。アランは肩をすくめると、呆れたような顔をしている。リオのほうへ腰を屈（かが）め、耳元で、

「ベトジフは本物のバカだ」

と囁いた。アランの言い様にリオは驚いた。動揺を悟られまいと、反応をこらえる。それが分かったのか、アランは面白がるような眼でリオを見下ろしている。

「アラン、リオをからかうな」

ユリウスが苦言を呈すと、アランは「どうして？　お嬢ちゃんはお前のものじゃないだろ」と、鼻で嗤った。

「とにかく候補がそろったのです。陛下に選定を始められるよう、お伝えしてもいいでしょうか、ベトジフ卿」

ラダエが言うと、ベトジフは「まあいいんじゃないか」と言った。ラダエは優しい眼をリオに向けると、「リオ」と、まるで母親が子どもに呼びかけるような声を出した。その声音に、胸が鳴った。この声を知っている。そんな気がした。優しく自分を呼ぶ、母親の声。

「長旅で疲れているでしょう。あなたの部屋へ行って、今日は一日、ゆっくりお休みなさい。ストリヴロ卿、その子のお世話をお願いできますか」

ラダエが言うと、アランはええもちろん、と答えた。そうしてリオは、アランに肩を抱き寄せられた。

「さあ、行くか。俺たちの部屋はあっちだ」

ぐいぐいと引っ張られて、リオは中庭の左側へと連れて行かれた。柱をくぐった先には門があり、重たそうな扉が半分だけ開いていた。と、ユリウスが「少し待て」と言う。アランは「なんだ？　別れの挨拶ならとっくにすませたんじゃないのか？」と唇を尖らせた。

アランの手が離れたので、リオは後ろを振り向いた。

黒い衣に全身を包んだ、顔も知らない魔術師。ユリウス・ヨナターンが、そこには出会った十五日前とまったく変わらない様子で、すっと背筋を伸ばし、静かに立っていた。美しい翡翠の瞳は、故郷の親友の瞳とよく似ている――。

そのときリオははっきりと、

（もう会えないのかもしれない）

と感じた。すると頭の中に、ユリウスとの日々がまざまざと思い出された。薪に火をつけるユリウス。火口の作り方を教えてくれたこと。リオの体を抱きしめてくれたことや、なにを聞いても静かに答えてくれた声音。リオが傷つけばすぐに、大きな手で癒やしてくれた、不思議な魔術師――。

「ユリウス……」

名前を呼ぶと、心の中に隠していた淋しさがせり上がってくる。この男のことを、なにも知らない。これからも知ることはないだろう。それがどうしてか、とても悲しい。

「リオ、これを」

ユリウスは懐に手を入れると、なにやら折りたたんだ紙片を取り出して、リオに差し出した。そっと受け取る。見覚えのある筆跡で、そこには「リオへ」と書かれていた。

「……セスからの手紙」

慌てて開く。中身はリオが最後に出した手紙への返事と、医者が来てくれたおかげで病気が快方に向かっている旨、寺院の子どもたちが元気にしている様子、リオの旅を心配している優しい言葉などが書かれていた。

（返事……ちゃんと受け取ってくれてた）

ユリウスはリオとの約束を、すべて守ってくれたのだ。

（ちゃんと信じていい人だった……）

そのことだけで胸がいっぱいになる。顔をあげると、ユリウスは静かに「これからあとも手紙のやりとりはできるよう、便宜をはかってある」と言ってくれた。

「使用人に渡すといい。セヴェルは遠い。返事には数日かかるだろうが……」

「ユリウス」

言葉の途中で、名前を呼んでいた。こみ上げてくる熱いものが、もう我慢できない。胸が締めつけられ、目頭が熱くなる。

「ユリウス……ユリウス、ありがとう」

俺に優しくしてくれて、と言ったとき、こらえていた涙が一粒、頬を伝った。

……優しくしてくれた。

それだけが、どれほど嬉しかったか。自分に注がれる優しさが、どれだけありがたかったか。リオにはとても言葉にできない。

「俺の話……全部ちゃんと聞いてくれて……ありがとう。俺の命が、大事だって言ってくれて……ありがとう」

ユリウスにとっては、なんでもない一言だったかもしれない。けれどリオにとって、自分の命に価値があると思えたことはとてつもない衝撃だった。自分ではなく他の誰かが、そう言ってくれたことが。

「ありがとう……俺、ユリウスが好きだった」

もう会えないかもしれないと思うと、余計な言葉までこぼれ出た。恥ずかしさと情けなさでボロボロと涙を落とすと、アランが舌打ちして、リオの腕をとった。

「もういいだろ、ユリウス。リオ、行くぞ」

引っ張られ、体が傾いだ。そのとき大きな手が伸びてきて、優しく涙を拭われた。ユリウスがそうしたのだ。黒い手袋に覆われたこの手に、何度救われたか分からない。顔をあげて、リオは訊いた。

「また会える？」

魔術師の瞳が、困ったように揺れている。

「俺が、王様の『使徒』になったら……また、会える？」

もしかすると自分の役目は男娼のようなものかもしれない。そしてきっとユリウスは、それを前から知っていただろう。それでも、使徒になれば王宮の奥深くまで、分け入ることができる。ユリウスが国一番の魔術師なら、王のそばに仕えれば、きっと会う機会もできるはずだ。

ユリウスはしばらく黙り込んだ。美しい緑の瞳はまだ揺れている。まるでリオに、なんと答えていいか分からず、惑っているかのように。

会えるって、言って。お願いだから……。すがるような気持ちが、顔に出ていたのかもしれない。ユリウスはわずかに眼を伏せ、それから静かに言った。

「それがお前の、希望になるのなら」

胸の中で張り詰めていたものが、緩んだ。自然と笑みが顔にのぼる。アランは呆れたように「王宮魔術師が、不貞を認めるって?」と呟く。けれどリオにはその声も聞こえなかった。頑張れば、いつかまたユリウスに会えるかもしれないのだ。

アランはこれ以上耐えられなくなったように、リオの腕を強く引っ張る。引っ張られたリオは、ユリウスから引き離され、ずるずると奥の扉へ連れて行かれた。

立ち止まったまま見送る魔術師の影が、だんだん遠ざかっていく。

「お前は身勝手だ、ユリウス!」

と、アランが振り返り、魔術師に怒鳴った。

「俺はお前の思う結末なんか、阻止してやるからな!」

ユリウスの姿は柱の向こうに消えていき、やがて半分開いた大きな扉をくぐると、もうどこにも見えなくなっていた。

七　使徒候補者

扉をくぐると、そこは広い庭園だった。

生け垣の向こうに、白い塔を四つ構えた大きな屋敷が建っている。アランは数歩進んだところで、握っていたリオの腕を汚いものでも掴んでいたかのように乱暴に放り出した。

「なにがユリウスが好きだ。能天気だな、お嬢ちゃん。ここから地獄が始まるのに。『鞘』がなにをする役目か、もう知ってるんだろ？」

吐き出すように言われて、リオは喉元に痛みがこみあげるのを感じた。知っている。男娼だ。男に体を開くのだ。

「……もしかしたら『王の翼』とか、『王の鍵』に選ばれるかもしれないじゃないか」

それはないと分かりながら、苦し紛れに反論すると、アランは鼻で嗤った。

「あいにくだが、『翼』は俺だ」

歩き出したアランに、リオはついていく。

「一応教えてやる。あの屋敷が候補者の集まる場所だ。言っておくけどな、あの中に入ったらきっと俺のことを優しく慈悲深ーい貴族様だと見直すと思うぞ」

そう言ってアランが指さす屋敷を見て、リオはこくりと小さく息を呑んでいた。

屋敷は――近づいて見ると、東西南北に白い塔を配置し、それをぐるりと縦長の建物で繋いだものだった。塔は窓の数から察するに八階建てで、それを繋ぐ赤い屋根の建物は四階建てだ。屋根にはいくつもの煙突穴が並んでいる。

中央の入り口は広い階段を上った先で、手すりには、色違いのコートを着た若い男が二人凭れて、なにやら雑談していた。

「アラン様、戻られたんですか？　ということは選定も再開でしょうか」

二人はアランを見ると、ぱっと顔を輝かせた。嬉しそうなその表情は、アランが船内で侍らせていた女たちとどこか重なる。それぞれのコートには家紋らしい、盾型の紋章が胸にあしらわれていた。

「ラダエ卿が陛下に言付けるとか言ってたから、そうなるんじゃないか？」

軽く返しながらアランは階段を上る。男たちは二人、安堵したように眼を合わせた。

「では『鞘』の新しい候補が見つかったのですね、これでようやく国政も整う……」

彼らはそう言いかけてリオに眼を留め、不思議そうな顔をした。

「アラン様。自家の小姓をお入れになるのです？」

どうやら彼らは、リオを使用人だと思ったらしい。いちいち説明するのが面倒だったのか、アランは無視して室内に入り、リオは内心どうしていいか分からないのでとりあえずそれに続いた。

中へ入ると、広いロビーがある。左手の奥には室内礼拝堂が、右手奥には大きな広間があった。広間の入り口には、格子にガラスのはめこまれた両開きの優美な扉がついている。扉は片方が開け放たれており、アランはそちらへ進んだ。

「フェルナン、いるか？」

アランは広間の扉を軽く叩いて、声をかけた。

リオは見知らぬ屋敷にすっかり萎縮していたので、おどおどしながらそっと中を覗き見た。

広間にはゆったりした長椅子や、ビロード張りの椅子やテーブル、床には毛織りの絨毯が敷かれていた。暖炉は大きく、暖かく火が灯っている他、ピアノやリュートなどの楽器類が置かれ、天井に届くほど大きな書棚が並び、そこには見事な装丁の本がぎっしりと詰まっていた。

そして、ざっと見ただけでも二十人近い若い男たちが、集まってくつろいでいる。

ある者は本を読み、ある者は仲間と固まって雑談し、タバコを吸っている者もいれば、カードや駒を使った遊戯に興じている者もいる。

男たちはそれぞれ顔をあげると、「ストリヴロ様」「アラン様、お久しぶりです」と嬉しそうに声をあげた。誰もまだ、後ろのリオには気づいていない。アランはにっこりして、彼らの歓迎に応えた。

「フェルナン・リブルを探してるんだけどな。こっちにいないなら部屋かな？」

アランを追い、リオはなるべく目立たないように頭を低くして入室した。

集まった若者たちはみんな、似たような膝丈のコートを着ている。胸には家紋がある。雰囲気からして、全員貴族だった。

「俺ならここにいる」

と、背後から声がして、リオはぎくりと体をすくめた。

振り返ると、ひょろりと背が高い片眼鏡の男が、ゆっくり入ってくるところだった。

彼はハシバミ色の髪に、琥珀色(こはくいろ)の瞳をした男だった。下睫毛の長い、知的な美貌の青年だ。すらりと細身で手足が長いが、肩幅は広い。深緑のコートには、狼(おおかみ)と白竜が描かれた家紋が施されている。

「たった今宰相殿から伝令があった。……この子どもか？　リオ・ヨナターンというのは」

フェルナンは手に分厚い本を持ち、羊皮紙の束を抱えていた。他の貴族と違い、アランを見ても笑いかけたり、甲高い声をあげたりしない。

彼はアランの陰に隠れていたリオを見つけ出して、視線を向けた。リオはびくりと肩が揺れたが、アランは「聞いてるなら話が早い」と笑った。

とたんに、男たちの眼がリオに注がれた。彼らは不審者を見るような顔をし、

「平民だよな？」

「ベトジフ様が、国中渡り歩いて探してたとかいう『鞘』候補があれか？」

そんなさやめきが、リオの耳にまで届く。悪意ある嗤い声のあと、「あれで陛下がその気になるか？」という声まで聞こえた。

リオは思わずうつむいてしまった。

（……王様のその気、なんて知らないよ。勝手に連れてこられたんだから）

来たくて来たわけじゃない。

そう言いたくもなったが、ここにいる大勢が、自分よりずっと偉い立場の貴族たちだと思うと言えなかった。ここで生活をこなすのが自分の「仕事」であって、その仕事には、無駄な言い争いは含まれていない。

「フェルナン、このお嬢ちゃんの部屋はもう決まってる？」

「ああ。伝令に書かれていた。東の三番だ」

フェルナンが言うなり、部屋の中には怪訝そうなざわめきが湧いた。なぜかアランはそれを聞くと、ぎょっとしたように眼を瞠った。

「あいつ……勝手なことを」

絞り出すような声で独りごちると、アランは小さく舌打ちした。東の三番。その番号に何の意味があるのか分からず、リオは戸惑うばかりだった。

「リオ・ヨナターン？」

フェルナンだけは、周囲の噂(うわさ)話やアランの舌打ちなど聞こえなかったような涼しい顔で、リオを呼んだ。片眼鏡を軽く直しながら、彼は自己紹介をした。

「俺はフェルナン・リブル。俺も候補者だが、ここでは世話役もやっている。お前以外は長らくこの館で生活をしている。分からないことがあったら——誰でもいい。好きな人間に訊くといい。人がいなければいつでも俺に相談を」

きびきびとした口調は、愛想はないが冷たくは感じなかった。それどころか、彼は手を差し出し、「よろしく」と言う。リオは困惑して、フェルナンとその手を数度見比べてしまった。賢そうな面立ちに似合い、彼の手も指が長く、器用そうですらりと美しかった。

「平気さ。フェルナンは俺と違って階級主義者じゃない」

アランが嘲笑(ちょうしょう)含みに言う。怯(おび)えを見透かされたのが悔しくて、リオは思わず隣の男を睨(にら)んだ。

「よろしく……お願いします」

勇気を出してフェルナンの手を握った。青年は小さく頷いただけで、リオの手を払ったりしなかった。

「リブル家のご子息様はお優しいことで……動物とも握手できる」

「世俗は関係ないのさ。ここに来るまで『北の塔(セヴェルニ・エシュ)』の賢者様だったんだ」

とたんに、周囲から囁かれるのは悪口だ。

(動物って俺のことか……)

慣れているはずなのに、もやもやとした気持ちだった。侮蔑の対象が自分だけではなく、フェルナンにまで及んでいることも、リオは気になった。だがそのときフェルナンは顔をあげ、声がしたほうを毅然と見つめた。眼鏡の奥で、フェルナンの琥珀の眼が光ったように見えた。囁きをかわした貴族たちは慌てたように顔を背け、あとはシンと静かになった。琥珀の眼をわずかに細め、フェルナンは小さく息をついた。

視線一つで周りを黙らせてしまうその姿に、リオはびっくりした。

（……すごい。この人……ちっとも動じてない）

堂々としたその態度に、候補たちのまとめ役だと言われて、納得させられるものがある。

「では部屋の鍵を与える。案内はアランにさせよう……以降の世話役は同室者に申しつけてある。ああ、リオ・ヨナターン。お前は明日、簡単な試験を受けることになっている。朝の鐘のあとは、支度をして待つように」

「……試験、ですか？」

「候補者が必ず受ける基礎試験だ。内容は簡単だから構えなくていい」

話を打ち切られ、それ以上は訊けなかった。そのとき、ピアノのほうから「あの、フェルナン様」と細い声がした。振り向くと、そこにはリオと同じくらい細身で小柄の少年がいて、彼は楽譜を抱きしめたまま、そっとピアノの椅子から立ち上がったところだった。赤毛に茶色の瞳、そばかすの浮いた白い肌だが、間違いなく美少年と言える可愛らしい顔立ちをしている。

着ているのは紫色のコートだ。

「新しい候補の方が見つかったなら……選定は再開されるのでしょうか……?」

少年の声に、他の貴族たちもざわめく。

「そうだ、そろそろ再開してもらわないと」

「これ以上ここに閉じ込められても困る。健やかなフロシフランを取り戻そう」

「国を盤石にすることこそ、我ら貴族の務めだ」

口々に言う彼らに、フェルナンが「少し静かに——」と言いかけたときだった。

「アラン・ストリヴロ!」

突然大きな声がして、リオは飛び上がりそうになった。心臓が大きく跳ねる。

振り返ると、閉じていたほうの扉を蹴(け)りつけるようにして大柄な男が一人入ってきた。日焼けした褐色の肌に、焼けた金髪。つり上がった金の瞳の男だ。大きな口の中で、尖った八重歯がきらりと光っている。みっしりと肉の詰まった逞(たくま)しい体を、騎士が甲冑(かっちゅう)の下に着る簡易服で包んでいる。片手には、長槍(ながやり)を持っていた。年はアランとそう変わらずに見える。

「二ヶ月もここを留守にして、よくものこのこと戻ってきたな! 貴様だけ特別扱いが許されると思うなよ!」

男は入ってくるなり、まるで獰猛(どうもう)な獣のようにアランに噛(か)みついた。

アランは耳を押さえ、

「あーあ、うるさいのが来た。優雅さのかけらもない……これで貴族だなんてね」

と、わざとらしくため息をついた。

「うるせえ、我がエチェーシフ家は代々戦士の家系だ。お前みたいな成金野郎とは違う」

「おっと、人殺しで地位を得た名家のお坊ちゃんなら、たしかに貴族の振るまいができなくても仕方がない。田舎の地を這う野獣には、空を舞う俺の気持ちは分からないだろうね」

「なんだと！」

男が獣のようなうなり声をあげると、周りからヤジが飛んだ。

「黙れ、田舎貴族が。アラン様に生意気な口を！」

集団がそうだそうだと意気投合する。だが男はこめかみに青筋をたて、

「今言ったやつ、出てきやがれ！　文句があるなら勝負してやる！」

と怒鳴った。とたんに集団は静かになり、誰もが男から眼を逸らした。

「ちょっと、ゲオルク。落ち着こうよ、ね」

と、獣のような男の後ろから、慌てて駆け込んでくる姿がある。緩く癖のついた濃い灰色の髪に、青い眼の青年だった。獣のような男と同じくらい背丈があり、体格もよかったが、こちらは穏やかそうな雰囲気の美男子だった。だがゲオルクと呼ばれた男と同じように、騎士の下着姿だ。かろうじて槍は持っていない。こちらも、年齢はアランくらいに見える。

人の良さそうな笑顔で、彼はアランとゲオルクという男の間に入ってきた。

「ごめんね、アラン。ゲオルクはまともに手合わせできる人間が、僕ときみしかいないから、淋しかったんだよ」

「勝手なことを言うな、ルース！」

　ゲオルクはそう怒鳴ったが、ルースと呼ばれた青年は苦笑するだけだった。人の好さそうな顔をしながらも、意外と図太いのかもしれない。よく見ると、ゲオルクの簡易服には金色の縁取りがあり、家紋は白竜と熊だ。他に×印が一つ入っている。ルースも×印が一つに、白竜と馬の紋。服の縁取りは水色だった。

　リオは思わず室内を見渡す。集まった者たちはみんな、緑、水色、金、紫、あるいは赤――の色をまとっていた。数が多いのは金と水色で、赤、緑、紫は多くない。奥のほうに唯一暗い橙色のコートを着た青年がいたが、彼は騒動に興味がなさそうに、一人本を読んでいた。

（なにか法則があるのかな……？　この色って……）

　分からなかったが、アランはゲオルクという男の相手が面倒らしい。

「話終わったよね。じゃ」

　と言って、フェルナンから鍵を受け取り、さっさと広間を出てしまった。リオは仕方なくついていくが、扉の向こうではゲオルクが「おい、アラン！　あとで演習場に出てこい！」と怒鳴っていた。

「い、いいの？　無視しちゃって……」

階段で二人きりになったので、後ろを振り返りながら言うと、アランはため息まじりに「面倒くさいんだよ」と言う。

「ゲオルク・エチェーシフは、きみと違って西側の国境周辺を領地にした貴族の出でね。得意なことは戦争。それだけ。ようは宮廷ごとには疎くて、武芸だけに秀でた家なんだ。見ただろ？　第二貴族に席があるとは思えないあの粗暴さ」

呆れたように言い、アランは「まさに熊だよ。一度だけ長槍の手合わせで俺に負けて、いまだに根に持ってるんだ」と肩を竦めた。

「でも、フェルナンと、ルースさん？　は、いい人みたいだった……」

第一印象でしかないがそう言うと、「まああいつらは、俺よりはきみに優しいかもね」とアランは鼻で嗤った。

「フェルナン・リブルは第一貴族。とはいえ本人は数いる兄弟の中の五番目で、長い間学業に専念していた。冗談の一つも言えないやつだけど、嘘はつかない。知を極め、秩序を重んじること以外、興味がないからね。ルース・カドレッツはゲオルクと同じ第二貴族。あっちも田舎貴族だけど、まあ一通りの作法は覚えてる。カドレッツ家の領地は痩せ細り、貧しい。ルースは三男だし、分は弁えてるほうさ」

「……なんだかアランって、嫌な言い方しかできないんだね」

思わず本音が漏れた。さっきから聞いていれば、いちいちイヤミを挟んでいる。知らない相手とはいえ、人を上から評価するような言い方には反発を感じた。するとアランはリオを振り向き、「おっと。俺には刃向かえるようになったわけ？　お嬢ちゃん」とせせら嗤った。

（……俺はお嬢ちゃんじゃない）

むっとして睨んだが、アランは気にせずにどんどん階段を上った。既に三階に達している。

「あともう一人、ピアノの椅子に小さな男がいたろう。赤毛で、紫のコートを着ていた……」

「あ、あのきれいな子……」

リオはすぐに思い出した。他の貴族たちと違い、彼はリオのように小柄で、おどおどしていたので。思い出すと、彼の家紋は白竜に猫。×印が二つついていた。

「第三貴族のエミル・ジェルジだ。十六歳だからお前と同年齢。彼も『鞘』の候補者だから、まあ覚えておくといい」

鞘の候補者――。そう聞かされて、リオはドキリとした。

（俺の他にもいたんだ……）

わざわざ自分など探し出して連れてくるくらいなのだから、一人もいないのではと思い込んでいた。

階段から廊下に出ると、そこは長い回廊だった。窓を覗くと四つの塔を囲んで連なる細長い建物の中心は、吹き抜け構造で、野外になっているのが見えた。その広い敷地で、射的や手合わせをしている男子が何人かいる。

「この屋敷には塔が四つあって、東西南北それぞれの塔を時計回りに、家屋を東の部屋、西の部屋……って名付けている。南の家屋がさっき入ってきた玄関口だな」

説明しながら、アランは廊下の突き当たりのドアを開けた。天井の低い、薄暗い室内に通されたが、そこは通過するだけのようで、またドアを開けると南の家屋と同じような明るい回廊に出た。

「ここからは東の部屋。候補者は三十人いるが、部屋は二人部屋で東西の三階にある。割り振りだけど――候補として特に期待の高い者が、東の一番から五番までの部屋に集められる」

言われて、リオは一瞬ののち、「え……」と呟いて足を止めた。

アランはにやりと笑って、振り向いている。

――候補として特に期待の高い者が、東の一番から五番までの部屋に集められる？

「……俺、東の三番だけど……」

「そうだよ。つまりお嬢ちゃんは、選定順位が上位ってことになるね」

「まだ……試験もしてないのに？」

戸惑って訊ねる。フェルナンが部屋の番号を言ったとき、広間にいた貴族たちが訝(いぶか)しんでいたことを、思い出す。彼らもきっと、なぜリオがと思ったに違いない。

「ユリウスが魔力をはかったんだろう？　その報告が陛下にも伝わってるんだろうさ」

アランは鼻で嗤い「どいつもこいつも……」と、呟いた。

「ちなみにさっき俺が説明したゲオルクやルース、フェルナン、それから俺も……東の五番までの部屋に入ってる」と、続けた。

「まあとは、おいおい覚えていくといいさ」

アランはいつの間にか立ち止まり、廊下に並んだ扉の前にいた。どん詰まりから数えて、三番目の扉。見ると扉の上には、「3」という数字を示す記号が描かれている。錠前は開いている。

「リオ、早く記憶を思い出してくれよ」

アランは鍵を差し出しながら、そう言った。

「え……？」

受け取った鍵はずしりと重たかった。アランを見つめると、彼は冷たい眼でじっとリオを見下ろしていた。

「鍵は解けてる。もう思い出せるはずだ。もし思い出せたら……俺に一番初めに教えるんだ」

言われて、リオは固まっていた。アランは腰を屈めると、小声でリオの耳に囁いた。

――お前の記憶を狙っているやつが、他にもいる。

「やつらはみんな敵だ。お前の望まないことをする。誰も信じるな。記憶が戻ったら、他の誰にも打ち明けず、俺だけに話せ。そうしたら……お前をセヴェルに帰してやる」

帰りたいだろ？　優しく言って離れていくアランの真意が分からず、リオは戸惑って、美しい貴族の顔を見つめていた。アランはそれ以上なにも言わずに、来た方向へ戻っていく。しばらくのあいだ、リオは動くことすらできずに、階段の向こうへ行くアランの背を眼で追っていた。

――……誰も信じるな。お前をセヴェルに帰してやる……。

アランに言われた言葉が、頭の中でぐるぐると回る。どういう意味なのか、考えようとしたが分からない。

（ユリウスには、アランを信じるなって言われた。……アランも、誰も信じるなって言う……）

なぜそんな謎めいた言葉ばかりかけられるのか。アランはリオの過去の記憶にこだわっているようだったが、一体なにがあるというのだろう。思っても混乱するばかりで、リオは頭を振り、一旦考えるのをやめた。

ゆっくりと扉を開け、おそるおそる室内に入った。

中は想像していた以上に広々としていた。壁には長窓が並んでいて、青緑の絨毯に、同じ色の布張りがされた椅子が二脚、テーブルが一脚。寝台は二つあり、一つは天蓋付きだった。寝台の横には、それぞれ書斎机が置かれ、その一方にリオの少ない荷物が置いてあった。どうやら天蓋のない寝台がリオの寝床だ。

同室者は誰だろう……と思いながら、リオは天蓋付きの寝台を見た。カーテンがひかれており、中に人がいるかどうかが分からない。眠っているなら声をかけてもいけないだろうと、自分の寝台に横になると、ようやく深い息がつけた。

「……疲れた」

疲れてしまった。新しい環境、知らない人たち。そしてアランの意味深な言葉。

癒やしを求めるように、セスからの手紙をそっと懐から引き抜いて、開いた。

『リオへ

元気ですか。寺院の子どもたちや導師様は元気です。僕も、治療を受けて病気が少しよくなってきました。毎日スープとパンが買えています。ありがとう、リオ。どうか気をつけて。もう王都についたのかな？　そちらから、ウルカの神の光は見えますか？　もし見えるなら、僕らは同じ光を見ているね。でも、きみのことが心配です。

セス』

日付を確認すると、この手紙が書かれたのは四日前のことだった。

（……四日前、セスはセヴェルで生きてた）

そう思うと胸がぐっと熱くなる。大丈夫。セスは生きている。だからここに来たことは、きっと間違っていない。――でも、とリオは思う。

（……ここで俺、なにをしたらいいんだろう）

仰向けの姿勢のまま、胸元からガラスのナイフを取り出した。ユリウスがくれたものだ。緑のガラスは、窓から差し込む陽に透かすと宝石のようにきらめき、それはユリウスの瞳と同じに感じられた。

淋しさが募り、喉がぎゅっと狭まってくる。最後に見た、ユリウスの姿が瞼の裏にこびりついていた。ただ立ち尽くし、リオを見送っていた黒ずくめの魔術師……まだ離れて一刻も経ってないのに、もう会いたかった。

これからどうなるのか、分からなくて不安だ。今のところこの館の貴族の大半にとって、リオは場違いな平民の候補者だ。唯一知り合いのアランにも、好かれてはいない。よく分からない脅しのようなことを言われたが、それがどうしてかは分からない。

（……ユリウスは、俺の記憶のこと思い出さなくていいって言ってたけど）

ふと考える。ユリウスとアランは幼馴染みで仲が良かった。それならユリウスも、リオの記憶についてなにかしら考えがあるのだろうか？

（どうしてアランは、俺の記憶のこと、言うんだろう。俺は……セヴェルのみなしごでしかなかったのに。もしかして、ユリウスはなにか知ってる？　俺はユリウスを好きだったけど、ユリウスは違ってて、なにか意図があって……）

そこまで考えて、ふと戸惑う。

「俺がユリウスを好きって、どういう気持ちなのかな……？」

「呼んだか?」

そのときガラスのナイフのすぐ向こうに、誰かの瞳が見えた。突然間近に見えた顔に、リオはぎょっとして飛び起きた。

「俺を呼んだか？　同室者の……たしか、リオ・ヨナターンだったか」

一瞬ユリウス、と言いそうになってから、リオは慌てて口を押さえた。いつの間にかリオの寝台の前には、棚にもたれるようにして一人の男が立っていたのだ。

男は、ユリウスではなかった。ただ背丈も体つきも、声色もユリウスに似ている。だが黒の長衣は着ていない。絹の上衣に黒いコートを羽織り、やや着崩している。寝ていたのだろう、髪はところどころほつれている。それでも、一目で貴族だと分かる不思議な高貴さがあった。

いつの間にか天蓋付きの寝台のカーテンが開かれており、男は面倒そうにあくびをしていた。黒髪で、眼は深い青。ユリウスとは違う瞳の色だ。

通った鼻筋に、男らしい肉厚の唇。彫りの深い美貌だった。シャツの襟ぐりからは、鍛え上げられた胸筋が見えた。

寝台から起きてきたのだろうが、まるで物音に気づかなかった。リオは急いで居住まいを正すと、「あの、今日からこの部屋に入った……」と説明しようとしたが、声がうわずって上手く喋れない。男の素っ気ない態度から、怖い人だったらどうしよう。そう思って萎縮し、ます

ます慌てていると、呆れたように息をつかれた。

「新しい同室者が来ると、フェルナンから聞いている。ベトジフ卿に推薦されたそうだな？　俺はユリヤ・ルジだ。本意じゃないが、お前の世話役を申し渡された」

ユリヤはどうでもよさそうに、「俺の名を呼んだように聞こえたが」と続けた。

「いえ、あの……ユリウスという名前の知り合いがいて……」

「ああ。コゼニクの名か。お前が姓をもらったヨナターンだな」

俺はユリウスではなくユリヤだと念を押され、ふと、聞き覚えのある名前だと思う。どこで聞いたのだろう？　思案を巡らせていると、ユリヤは「俺の名は、この国の元第二王子と同じ名前だ」と、言った。

「第二王子……」

「前王の使徒たちと一緒に、謀反(むほん)を起こした王子だよ。知らないか？」

当たり前のように訊かれて、リオはそれで耳に覚えがあったのか、と思った。第二王子の名前なら、三年分しか記憶も知識もないリオでも、酒場の与太話や、セスからの雑談などで聞いている可能性がある。

「いえ、知ってるかもしれません」

小さな声で答えると、ユリヤは眼を細め、「ほう？　知ってるかも、か」と呟いた。

「第二王子の名前がその扱いとは。辺境の出なだけはある」

はあ……と受け答えしてから、ふと気づく。今のは遠回しに、物知らずだと侮蔑されたのだろうか？

改めてユリヤを見つめる。腕を組み、退屈そうに立っているユリヤは、年齢はアランと変わらなそうだが、不思議な威圧感と存在感があった。

愛想のない無表情、いかにも倦んでいる様子なのに、それでも彼のまとう雰囲気には華やかなものがある。アランのようなきらびやかな華やかさとは違う、不思議な威厳と知性がその姿に宿っていて、つい視線を奪われるのだ。彼の家紋は白竜と、蛇。

「……家紋、蛇、なんですね」

珍しい気がして言うと、「ああ。最も忌み嫌われる生き物だな」と、ユリヤは眼を細め、不敵に嗤った。アランが同じようなことを言っていたのを思い出し、気がつくとつい、リオは身を乗り出していた。

「そんなことない。蛇はきれいだよ。……鱗に光があたると、宝石みたいに輝くもの……」

アランには言えなかったことを、つい口にしていた。ユリヤは一瞬眼をしばたたき、それから、小さく微笑した。

「……なるほど。お前らしい、リオ」

そのときの声が先ほどまでより少し優しかったせいか、リオはそこにユリウスに似たものをまた感じた。

（声……そっくりだ）

いつも影のように寄り添ってくれていた魔術師。穏やかなあの声音に、そのときユリヤの声はうり二つだった。

不意に、ユリヤがリオの前髪に触れる。温かな手だ。手の大きさまでユリウスに似ている。もっとも魔術師の手は、素手ではなくいつも黒い手袋に覆われていたが。

その手はリオの前髪を優しく撫でたかと思うと、不意にぐいっと引っ張った。引っ張られたリオは頭皮を痛め、「あっ、痛っ」と叫んだ。なぜ突然引っ張られたのか分からない。思わず頭を押さえて見上げると、ユリヤは冷たい眼で言い放った。

「動物に平等や公平は必要か？　個人の考えは好きにしていいが、ここがどこかは弁えるべきだ。そんな子どものような話し方では、王宮ではやっていけないぞ。本気で使徒になる気があるのか？」

きつい言葉で注意され、意味が分からずに眼を白黒させていると、ユリヤ・ルジは体を屈めてリオの顔を覗き込んできた。

「蛇は本来、魔と闇の証（あかし）。初対面でこの家紋を見たら普通は疑う。三年前、王宮をかき乱した魔女の系譜じゃないかとな。そうしないのはお前が無知で、頭が悪く、隙（すき）だらけだと吹聴しているようなものだ」

自分の家紋を指さし、ユリヤは唾棄する。リオは戸惑った。

「あ、あんたを蔑めってこと？」

　訊くと、ユリヤはため息をつき、腕を組んで屈めていた背を直す。尊大な態度で、彼は「お前、本当にバカなのか？」と眼をすがめた。さっきからあまりにも悪態をつかれて、リオはほんの一瞬でもこの男とユリウスを重ねたことを後悔した。

（こんな嫌なやつ、ユリウスと似ても似つかない）

「頭を使って話せと言っている。使徒選定の館とはいえ、ここは王宮内部だ。集まっているのは選りすぐりの貴族の子息たち。選定が終わり、国が整えばいずれ権力争いが始まる。バカを晒し続けていると、隙を突かれるぞ」

「……俺は貴族じゃないし」

「だからこそだ、愚図」

　今度は愚図呼ばわりだ。リオは閉口してしまった。ユリヤは腕を組み、ほとほと呆れた、という顔でため息をついた。

「まあ、お前が選ばれようが選ばれまいが、俺には関係ないが。一応世話役の任を受けてるんでな。せめて頭は使ってくれ。余計な騒ぎは起こしてくれるなよ」

　後始末が面倒だからなと言い渡されて、リオは遅れて苛立ってきた。あまりに矢継ぎ早に文句を言われたせいですぐに反応できなかったが、まだなにもしていないのに、なぜこんなイヤミを言われなければならないのだろう、と思う。

相手は偉い人。家紋を見る限り上位の貴族。そう思うが、腹立ちは紛れず「俺、騒ぎなんて起こさないよ」と小さな声で反論すれば、ユリヤはどうだか、と肩を竦めた。

「……王国一の魔術師が連れてきた『鞘』候補……ようやく選定が終わるかもしれないと、みんなお前に期待する。一方で、平民のお前の存在を、面白くないと思う輩もいるだろう。お前自身が望まずとも、騒ぎの種はいくらでもある」

それも分からないなら救いようのないバカだと付け加え、ユリヤは皮肉るように口の端を持ち上げて嗤った。なにか言い返してやりたくて、リオはユリヤを睨んで、言葉を探した。

「……あんたは、面白く思ってない輩の一人ってこと？　……俺が、ここに来なきゃよかったって？」

訊ねたとき、ユリヤはなにか――言葉にはしづらい、強い感情を抑えつけているかのような眼になり、じっとリオを見つめた。

（……なに？）

意味ありげな視線に、思わず固まる。しかしその瞳はすぐに皮肉っぽい笑みの向こうに消えてしまう。ユリヤは揶揄するように嗤いながら大げさに肩を竦め、「いや？　俺は歓迎してる」と見え透いた嘘をついた。

「……本当さ。ようこそ、使徒選定の館へ。……夜明けの空と同じ瞳を持つ子ども、リオ」

そう、ユリヤは言った。一秒遅れて、急に鼓動が速く、胸が痛くなった。

（夜明けの空と同じ瞳を持つ子ども……？）

なぜこの同室者は、リオをそう呼んだのだろう。

——どんなことがあっても、その命を手放すな。……夜明けの空と同じ瞳を持つ子ども、リオ。

不意に、ユリウスの言葉が思い出される。初めて出会ったときに、言われたことだ。

（俺の容姿が、分かってる？　まるでユリウスみたい…）

いや、まさか。そんなわけはない。ユリヤとユリウスは、瞳の色がまるで違う。性格もまるきり正反対。

でも、とリオは迷った。

（瞳の色くらい、ユリウスなら変えられる……性格だって、演じようと思えば……）

いいや、そんなわけはない。さすがにそれはないと、リオはユリヤ・ルジを見つめ返しながら思う。誰も信じるな。いつだったかユリウスに言われた忠告が、頭の中に蘇（よみがえ）ってくる。

その「誰も」の中には、ユリウスも含まれていただろうか？

同室者のユリヤと、アランと、この館にいる誰も——信じてはならない？

腋下（えきか）がじわりと冷たく汗ばみ、喉が渇いていく。緊張で、体は固まったままだ。リオはじっとユリヤを見つめたが、彼の端整な顔に、その答えはなかった。

八　選定の館

奇妙な夢を見た。

──名前を奪いなさい。

奪えねば、十月十日でお前は死ぬ。

誰かがそう言っている。それがお前の生きる意味だと。

『それ、いいこと？』

と、自分は訊いた気がする。深い森の奥の、薄暗い塔の中でのことだった。

塔の壁は分厚く、明かり取りの窓は頭上に小さく、丸く開いていた。稚拙な色ガラスが、無理矢理のようにねじ込まれている。

相手は低く嗤い、『いいことよ、もちろん』と頷いた。

『長いウルカの支配から、我々は解き放たれるのだから』

夢は次に、火炎の中に呑み込まれた。自分の細い体は、瓦礫の下敷きになっている。塔は消え、あたり一帯が火に呑まれて燃えている。

――生きているか？

そのとき、誰かの声がした。男が一人、すぐそばにしゃがみこんでいた。銀色の鎧が見える。それは美しい一人の騎士で、青いマントを着ていた。騎士の眼には火が映り、赤く輝いている。

『……名前をくれますか？』

それ以外に、言葉をよく知らなかった。塔の中で本を読んではいたけれど、人と話すことは、ほとんどなかったからだ。

『名前がないと、もうすぐ死ぬんです……』

その人は何度か瞬きして、それから言った。

……構わない。お前がそれで生きられるのなら。

低い声は優しく、心地よく耳に響いた。

――よくやった、私の人形。

耳の奥で誰かが嗤っている。これで呪いは完成した。ウルカもいずれ死ぬだろう！

違う、だめ、俺に与えたらだめ――。

自分はいつしか、泣き叫んでいた。燃えさかる火の中、大きな男の体を抱いて、名前も知らない神に祈った。全部返します。だからこの人を助けて……真っ白な光が空から下りてきたのは、幻だっただろうか？

光は自分と男を包み、そしてそれは心臓の中へ入っていった。胸の中からきらめく星のかけらが一つこぼれて、死んだ男の口の中へと放り込まれた。

……半分ずつ、分け合うがいい。

そう言ったのは白い光そのものだったのか。

分からないまま、記憶はそこで終わっている。

ハッと眼を覚ましたとき、リオは汗だくになっていた。心臓がドキドキと脈打ち、体が震えていた。上半身を起こしたとたん、どっと涙がこみあげてきて、頬を落ちていく——。

(俺は生きてちゃいけない、もう半分を、返さなきゃ)

咄嗟(とっさ)にそう思った。

(この命は、偽物だ……)

それからすぐに、違う、なにを言っているんだろう、と考える。

(なにを返すんだっけ？　あれ……なんの夢見てた？)

起きた瞬間は覚えていたはずの夢の内容が、もう消えていた。残っているのは、絶え間ない罪悪感と、息苦しいほどの悲しみだった。

——生きていたい。生きてみたい、なにか、生きる意味があるはず……自分にだって。

狂おしい渇望が胸の中をいっぱいにし、リオはけれどどうしてか、そう思うほど自分の命に罪悪感を覚え、体を折り曲げて寝台の上に顔を伏せた。

　窓の外はうっすらと白んでいたが、まだ早朝のようだ。きっとまだ眠っているだろうユリヤを起こさないように、必死に声を殺して泣く。

「リオ・ヨナターン」

　耳元で声がしたのは、そのすぐあとだった。背中に大きな手が触れ、びくりと揺れると、ガウンを羽織っただけのユリヤがリオの横に座っていた。

「なにを泣いてる」

　顔を覗き込まれて訊かれる。ユリヤは不機嫌そうに顔をしかめていた。

「ご、ごめん、起こして……」

　また叱られるかと思うと涙も引っ込み、慌てて目許を拭った。ユリヤは舌打ちし、「悪夢でも見て泣いたか？　さすが子どもだな」と言って立ち上がった。

　見た夢の中身も知らないくせに、なぜそこまで言われなければならないのだ。腹が立つと恐ろしい夢の気配は去って行き、なぜ自分が泣いていたのか、もう分からなくなっていた。

（この人、本当に意地悪だ）

　いやな相手と同室になってしまったとうつむいていたら、眼の前に水が一杯、突き出された。

「……え」

「飲め」

簡潔に言う声音は、やっぱりユリウスそっくりだった。思わず受け取って口に含むと、自分で思っていた以上に喉が渇いていたらしい。シンと冷えた水は喉にしみいるように入っていく。

ユリヤは椅子にどかりと座って、水を飲むリオを見ている。見られているリオは妙に緊張し、「な、なんですか？」と声をうわずらせた。

「敬語じゃなくていい。同じ候補者なんだから」

今日の予定は？　と訊ねられて、リオはそういえば、この人は俺の世話役なんだっけ、と思い出した。態度は悪いが、一応それなりに仕事をしてくれるつもりはあるのだろう。

「今日は……試験だって言われてて」

小さな声で言うと、ユリヤは「基礎試験か」と素っ気なく返してくる。

「……基礎試験って、どういうものなの？」

ふと訊くと、ユリヤに「お前……言われるままで、確認もしなかったのか？」と呆れられた。

「いわゆる適性試験だ。使徒には七つの役割がある。その中でどれに一番向いているかを決めるんだ。……フェルナンに試験があると言われたときに、分からないならなぜ、内容を確認しなかった？　言われるまま従う癖があるらしいな。即直せ」

説明だか説教だか分からないことを言われ、リオはもぞもぞと「ありがとう、ございます」と返した。だがそれだけでは、ユリヤの責めは終わらなかった。

「お前はたぶん、お偉方に候補だと言われて、適当についてきたんだろう。だが、ここへ来ることを選んだのはお前自身だ。もう少し自分の置かれた状況について、自分自身で考えたらどうなんだ？　お前には脳みそがないのか？　いきなりこの部屋に放り込まれてから今朝まで、時間は十分にあった。だがその間、俺に一言も質問がないな。お前、朝の礼拝が何時からか知っているのか？　食事の時間や、決まりについては？」

　リオはぎくりとして、「い、いいえ」と言うしかなかった。ここでの決まりについては、なにも知らない。素直に白状すると、ユリヤが眼を剝き「本物のバカかよ、お前は」と口汚く罵ってくる。どん、と足まで踏みならされて脅され、リオは真っ赤になって黙るしかなかった。

　ユリヤはため息まじりに立ち上がると、リオの机の上から紙とペンをとってなにか書き付けた。紙切れを渡されて見ると、そこには時刻と、それに添った生活の順序、禁止事項などが一通り書いてあった。

「もうすぐ鐘が一つなる。そうしたら起床して、身支度。礼拝堂へ集まる。最初は連れていってやる」

「あ、ありがとう……」

「普通は自分から訊くものだ。ここが荒野なら、お前は真っ先に死ぬな。頭を使わない人間は動物以下だ。もし難破船にお前が一緒に乗っていたら、俺は一番最初にお前を船から投げ捨てる。最も余計な積み荷はバカと愚図だ」

　辛辣な言葉にぐっと言葉を詰まらせて、リオは黙った。世話をしてくれてはいる。だが朝から頭ごなしに叱られれば、気分は悪くなった。

（やっぱりユリウスとは、全然違う）

ユリウスはこんなひどいことは言わないし、なによりこんなにべらべらと、悪口をまくし立てたりしない。

（いやなヤツ……）

自分が悪いのは百も承知だし、ユリヤの言葉は正論だと思いながらも、そう思う。

屋敷の上から、ゴーンと大きく鐘の音が聞こえてきた。位置からして、南の塔で鳴っている。身支度しろとユリヤに言われて、リオは慌てて寝台を出た。

「顔くらいは洗えよ、田舎者。ここは王宮の一部。清潔にすることは義務だ」

「うるさいなあ、分かってるよ」

思わず、イライラと返してしまった。相手は偉い人なのに——そう思ってハッとしたが、ユリヤはそれに対しては、ちっとも気にしていなかった。それどころかわずかに微笑み、

「元気が出たならいいことだ。その調子でさっさと支度しろ」

と言って、自分の着替えを取りに奥へ行ってしまう。

（……ユリヤ・ルジ。変わった人……なのかな）

リオはそう思った。ふと見ると、手に握ったコップの水は、すっかり飲み干していた。さっきこれを渡してくれたのは、間違いなくユリヤだ。そういえば泣いていたリオに声をかけてき

たとき、ユリヤはリオの背中を優しくさすってくれた。まるで慰めるように。

親切なのか、意地悪なのかよく分からない。とりあえず小ぎれいにし、さっさと支度を終えないとまたなにかイヤミを言われそうだと、リオは急いで顔を洗うことにした。


ユリヤに連れられて礼拝堂に向かうと入り口にはフェルナンが立っており、やってくる候補者たちを確認していた。フェルナンはリオを見ると片眼鏡をかけ直して小さく頷いたが、後ろにいるユリヤに眼を留めると「おや」という顔をした。

「ユリヤ・ルジ。珍しいな、朝の礼拝に来るとは」

「この子どもの世話役を言い渡してきたのはお前じゃなかったか？」

ユリヤはコートのポケットに両手を突っ込んで、面倒くさそうに言う。リオには散々きちんとしろと言っていたのに、当のユリヤは上衣のボタンをいくつか開け、服を着崩している。端整な容貌のおかげかなぜかだらしなくは見えないが、なんとなく釈然としなかった。

「おい、ユリヤ・ルジだ」

「二ヶ月ぶりに顔を見たぞ……」

リオがユリヤと一緒に礼拝堂へ入ると、集まっていた候補者たちが振り返り、驚いたように囁きあった。中にはあからさまにリオとユリヤを見比べて、舌打ちする者もいる。王家に巣くう蛇め、と誰かが言う声もした。魔女の系譜が礼拝か、とも。

「おはようございます、アラン様」

そのとき誰かが親愛をこめて言った。するとあちこちから同じような声があがる。アランが微笑みを浮かべ、優雅な足取りで礼拝堂に入ってくるところだった。

「おはよう、みんな。今日は晴れるらしいぞ」

リオの眼の前まで歩いてきたアランに、リオも「アラン……、おはよう」と小さく声をかけた。知り合いらしい知り合いは、この中ではアランだけだ。アランはちらりとリオを見て、「ああ」と言ったが、すぐに後ろのユリヤに気づき、顔をしかめた。

「ルジ、恥知らずめ。普段は下りてもこないくせに」

忌々しそうにアランが言うと、礼拝堂に集まった貴族たちは顔を見合わせ、こそこそとなにかを言い合った。ユリヤはアランに睨まれても関心がないようだ。ちらとアランを見たきり、笑顔も浮かべない。

「リオ、席を選べ。言われないと座ることもできないのか？」

礼拝堂には奥の祭壇を正面に、木の長椅子がずらりと並んでいる。ぼうっとしていたらまたユリヤに文句を言われ、慌てて座ろうとしたとき、腰に腕を回されて引っ張られていた。

「リオ、おいで。特別に俺の隣で礼拝させてあげよう」

言ったのはアランだ。アランはリオではなく、ユリヤを睨みながら言った。

リオと握手するのもいやがったアランなのに、腰を抱かれるとリオの頬はアランの胸板にくっついた。そこからは薔薇(ばら)のようないい香りがする。細身に見える体に反して、アランの腕は逞(たくま)しく、強い、大人の男の腕だ。礼拝堂の候補者たちは小さく悲鳴をあげ、「アラン様があんな平民に触れた」「ユリヤ・ルジのせいだ」と言い合った。彼らはなぜか、リオを親の敵のように睨んでくる。憧れのアラン様に触れた、醜い平民。そう思われているのだと、鈍いリオでもさすがに想像がつく。

「アラン、お前は平民嫌いだろう。触れたら臭いがつくとか言って。リオは俺が世話役を任されてる」

「へーえ。誰が誰を、どうやって指名して、そうなったんだろうな？」

思わせぶりな言い方で、アランは嗤った。リオは引きずられるようにして奥へ連れて行かれ、座らされた。ユリヤを振り返ると、彼は肩をすくめて礼拝堂を出て行くところだ。

「アラン、ユリヤが……出て行っちゃった」

「あいつはいつも礼拝には出ない。いいんだよ」

「でも、俺を案内して連れてきてくれたのに……」

「リオ、ユリヤ・ルジには気を許すな」

小声できつく言われて、リオは戸惑った。思わず、アランの顔をまじまじと見つめていた。赤い瞳には苛立(いらだ)ちが込められており、アランはまた舌打ちして、前髪をかきあげた。

「……アラン、どうしたの？　俺には触りたくないんじゃなかったの」

握手も嫌がったアランが、リオの腰を抱きぐっと押さえつけるようにしている。まるでリオが、今からでもユリヤのところへ行くのを阻むように。そうする理由などどこにもないのに、アランがなにを考えているのか分からなくて、リオは困惑した。

「お前、昨日からルジと同室だろ。あいつになにか言われたか？」

「……なにかって？」

「口説かれたか訊いてる」

じろりと睨んでくるアランに、リオは今度こそびっくりして眼を見開いた。なぜユリヤが、リオを口説くのだろう。

「最初に抱かれる男は俺を選べ。お前のことは嫌いだけど、抱いてやる。きちんと優しくもしてやる。ルジを選ばれるより百倍マシだ」

（……なにそれ。なに言ってるの？　アラン……）

意味が分からず、リオはぽかんと口を開けるしかない。リオが『鞘』の候補だと言われているから、男娼をしろと言っているのか？　候補者たちはちらちらとアランとリオを見ているが、やがてフェルナンが祭壇の前に立つと、静まりかえってそちらを見た。

「ウルカの神に祈りを捧げる。我らが神と、その恵みと、王と竜の血の絆に感謝して。健やかなるフロシフランのために」

貴族たちは、健やかなるフロシフランのために、とフェルナンに続いて復唱した。

リオは三年寺院にいたので、礼拝のやり方はよく知っていた。急いで眼を閉じ、祭壇に向かって手を組んで、じっとウルカの神に祈った。

（神様……。寺院の子どもたちとセスと、導師様をお願いします。それから……それから、ここでの俺の生活を、どうか助けてください）

じっと眼を閉じて祈っていると、ユリウスの姿が浮かんでくる。

リオ、と呼ぶ、懐かしい静かな声音。

（ユリウス……ここに来てから、よく分からないことばかりだ）

一体どうして、アランはユリヤに気を許すなと言ったりするのだろう？

（あんな意地悪ばかり言ってる人……そもそも気を許すもなにもないのに）

次に顔を合わせたら、アランにされるがまま付き従ったことに、イヤミたらしく文句をつけられるのかもしれないな、と思う。自分の頭で考えていないと。だって仕方ないじゃないか、アランの力は強くて逆らえなかったし、刃向かう理由もなかった……。

そう思うけれど、一方でこうも思う。

（今のままじゃ……俺、だめなんじゃないかな）

祭壇の手鈴が鳴らされた。眼を開けると、フェルナンが礼拝の終わりの句を詠んでいた。

「フェルナン、俺はラダエ卿に部屋替えを申請するからな。三番の部屋はルジ一人で使うべきだ。あいつと一緒にさせるくらいなら、リオは俺の部屋に入れるよ」

礼拝が終わるやいなや、アランは祭壇から下りてきたフェルナンを呼び止めて言った。フェルナンはため息をつき、「好きにしろ。決めるのは俺じゃない」と答え、リオに基礎試験の時間と場所を注意して立ち去った。残されたリオは呆気にとられて、アランを振り向いた。

「なんで？　俺、あの部屋でいいよ。それがこの館の決まりなんじゃ？」

「お嬢ちゃんは口出しするな。とにかくこれは……国の将来の問題なんだよ」

なにが？　俺の部屋のことが？　どうして国の将来と繋がるのか。

リオには意味が分からない。

アランはそれ以上説明する気がないように、怒った顔で足早に礼拝堂を出て行く。取り残されたリオは、もしかして今のだってもっと反論すべきだったのでは？　と思った。

（なんでアランが、俺の部屋のことを決めるのって……言うべきだった？）

なんとなくだが、今のやりとりをユリヤに訊かれていたら、そう言われそうな気がする。

また言われるままか。お前自身はどうしたいんだ。

あの冷たい侮蔑を含んだ青い瞳で、舌打ちまじりに訊かれたら。リオはなんと答えるだろうと考えて、けれど答えは思いつかなかった。振り返った心の中には、もやもやとした色のない感情があるだけ。

（俺いつも、なにを考えて生きてきたっけ……？）

遠いセヴェルでの暮らしが、走馬灯のように頭をよぎった。なにも考えていなかった。過去のことは見たくなく、眼の前のパンのために生きていた。

でもこれからは、食事は勝手に出てくる。賃金も、とりあえず館にいるだけでもらえる。使徒になれと言われているが、それはリオの望みというわけでもない。

（俺、なにがしたいのかな。……ここで、俺はなにをすればいいんだろう――）

それはほとんど初めて、リオが自分の心に問いかけたことであり、己の心の中を奥深くまで見ようとする最初のきっかけだった。だが考えてみても、リオにはまだなにも分からなかった。

同時に、なにがしたいかを考える自分にリオは違和感を持った。

セスや寺院の子どもたちの姿が浮かんだ。食事もままならず、自分がどうしたいか考えるよりも、どうすれば生きられるのか考えなければいけないみんな。

（セヴェルではまだ、みんな生き方なんて選べずに生きてる。なのに……俺は一人だけ自分のこと、考えてていいんだろうか……）

薄暗い、切羽詰まった罪悪感が押し寄せてくる。リオはじっとして、心の中に湧(わ)き上がってくる苦しい感情を、どうにか飲み込もうとしていた。

朝の軽い食事が終わったあと、リオは「基礎試験」を受けさせられた。

昨日ゲオルクやルースが着ていたのと同じ、動きやすい稽古着を着せられ、まずさせられたのは剣術だった。屋敷の裏地が広い演習場になっており、剣や槍などの大きな武器庫があった。比較的軽いという長剣を渡されたが、それすら手にずしりと重たく、相手に立ってくれたフェルナンの剣に一度打たれただけでよろめき、尻餅をついてしまった。

フェルナンはため息をつき、

「なるほど。基本の構えから覚えねばならないようだな」

と、言った。

その後、弓、槍、体術、馬術と試験が進んだ。馬は扱えたが、乗りこなすことはできなかった。ロバ引きには慣れていても、一人で乗馬の経験がない。次に部屋へ戻り、元の服装に着替え直してから、リオは一階の広間に連れてこられた。

他の候補者たちはべつの講義があるという。昨日人でいっぱいだったそこは、今日は誰もいなかった。

真ん中の座席に座らされて、フェルナンと向かい合って様々な知識について訊かれた。だがそのほとんどに、リオは答えられなかった。古代語の文書を読むよう言われたが、それはまるで暗号だった。

「筋は悪くない。だがそもそも、知らないことが多すぎる」

というのが、フェルナンの評価だった。リオはなにもできない自分にすっかりしょげかえった。

鐘が鳴り、講義というものが終わったのか、徐々に候補者たちが部屋に集まってくる。フェルナンは懐中時計を取り出して時間を確かめた。

「……陛下のご政務があと少しで終わりになる。その前に報告せねばならないから、次で終わりにしよう」

「陛下のご政務……」

思わずオウム返しに訊くと、フェルナンは片眼鏡をかけ直し、「陛下は先の戦争で深傷を負われ、万全ではない。午後はあまり人とお会いにならないのでな」と教えられた。

（そうなんだ）

国の王様が傷を負っていると、リオは今初めて知った。辺境までは、そんな情報は届かなかった。

「……もっとも、陛下の傷については王宮で謁見に与れる官職者と、ここの候補者くらいしか知らないことだ」

フェルナンが付け足したので、リオは「えっ」と声をあげていた。フェルナンは片眼鏡をかけ直し、「なんだ?」とリオの反応に疑問を示す。リオはわずかにうろたえていた。

「……あの、だって、そんなに大事な秘密、俺が知ってよかったのかなって」

漏らす相手もいないが、王の側近と貴族の子息たちしか知らないことを、なにげなく耳にしてしまいリオは動揺していた。フェルナンは怪訝そうな顔になり、「お前も候補者だろう」と言う。

「リオ・ヨナターン……。どうやらお前はなにも知らないようだが……もしも己が使徒に選ばれた場合、まずなにをなすか、知っているか?」

問われたリオは答えを持っていなかった。そもそも、自分が使徒に選ばれる、というのが想像できない。黙り込んで首を振ると、フェルナンはじっとリオの瞳を見つめた。

「使徒に選ばれれば、選ばれた人間は王宮にあがり、国政に携わる。火急の問題は、魔女狩りだ」

「……魔女狩り」

フェルナンはゆっくりと頷いた。魔女とは、六年前にこの国に戦争を巻き起こしたという、あの魔女のことだろうか?

「魔女はまだ生きている。もっとも、陛下によってかなり瀕死の状態だろうが、それでも陛下に呪いをかけて苦しめ、虎視眈々と、出てくる機会を狙っている」

「……呪いをかけたの? 王様に?」

それが陛下の傷の正体だ、とフェルナンは断じた。

呪いとはどんなものなのか。想像もつかなかったが、国王が三年もの間治っていないというのなら、かなり強大なものなのだろう……と思う。

「鞘候補が決まらずに選定は何度も中断している。それは、魔女のかけた呪いがあまりに深く、陛下を癒やせるほどの器が見つからないからだ。……だがもしお前が選ばれ、陛下の呪いが解ければ——ついに我々は魔女を見つけ出し、息の根を止め、フロシフランを本来あるべき国の姿に戻せる」

静かな琥珀色の瞳に、ほんの一瞬、決意にも似た怒りの感情がにじんだのをリオは見逃さなかった。けれどリオが瞬きした隙に、フェルナンはその感情を瞳の奥底にしまいこんでいた。

「だが魔女も、そのことは分かっている。使徒を決めさせまいと、こちらにも干渉してくる——」

フェルナンが言った刹那、低い地鳴りとともに建物全体が揺れた。リオは驚いて立ち上がった。

「な、なにっ？」

飛び上がってすぐに、地面が揺れているのだと気がつく。

「落ち着け。地震だ。……魔女がこの館に干渉している。だがすぐに収まる……」

フェルナンはリオの肩をそっと掴んで、椅子に座らせてくる。地震など、セヴェルでは経験したことがない。天井からぱらぱらぱらと埃が舞い、不安にリオの心臓は早鳴ったが、広間にいる候補者たちは慣れているらしい。舌打ちし、「魔女め」と誰かが言ったかと思うと、王宮の方角から閃光が走って、一瞬目も眩むような光に窓の外が覆われた。

一秒後、地震は止み、館はなにごともなかったかのようにいつもどおりになっていた。

「……い、今のって。ま、魔女の力なの？」

わけが分からずにリオは訊いた。フェルナンはなんでもないことのように「そうだ」と頷く。

「魔女はどこかに潜んで、今も陛下のお命を狙っている。だが王宮には選りすぐりの魔術師が
そろっている。とても踏み入れられない。せめてもこの館に干渉し、あわよくば使徒候補をひ
ねり潰して、陛下の将来を閉じようとしている」

もっとも王宮に詰める魔術師たちが、それを常に阻むが、とフェルナンは続け、リオはもし
かしたらその中に、ユリウスの力が入っているのかもしれない、とも思った。

（……それにしても、魔女って……本当にいたの？　怪談かなにかだと思ってた）

姿を見たわけではないから、今のが魔女の仕業と言われてもぴんとこない。しかし事実はそ
のようだし、使徒になって最初にすることは、その魔女を殺すことだとも言う。

（……とても想像つかない。俺が使徒に選ばれるなんて、やっぱりなさそう）

魔女狩りなど、自分がするとは思えずにリオは改めてそう感じた。

「余計なことに時間をとられた。最後の試験をするぞ」

そのときそう言ってリオがフェルナンに渡されたのは、透明なガラス玉だった。

ユリウスがセヴェルにやって来た日に、渡されたのと似たようなものだった。

集まってきていた候補者たちが、「おい、魔力を見るところらしいぞ」と言うのが聞こえた。

「国一番の魔術師が認めた魔力がどの程度のものか、見てやろうじゃないか」

「どうせ大したことないさ」

部屋の方々から、聞こえよがしの声がして、リオは肩をすぼめて小さくなった。

フェルナンはまったく動じない。候補者たちの声など聞こえないように、ガラス玉になにごとか囁く。すると玉は揺らめき、紫色の光が広間いっぱいに強く放たれていた。

それらは矢のようにガラス玉から飛び出したが、壁にあたるとふわりと柔らかく変容し、広い室内をすみれ色に染め上げた。候補者たちはどよめき、虚空を見上げている。

リオはまた幻を見るかと思ったが、それはなかった。光は数十秒経つと、徐々に収束し、ガラス玉におさまって、中できらきらと躍るだけになった。

「なるほど……これが推薦の理由か」

フェルナンは納得したように頷くと、試験の終わりを告げた。呆気ない終わり方に、リオは戸惑った。広間でそのまま待っているようにと言い置いて、フェルナンは部屋を出ていってしまった。

貴族たちは頭を突き合わせ、なにやらこそこそと喋っている。明らかにリオの話だが、声まては聞こえてこない。リオは小さくなり、胸に手を当てた。衣服の下には、ユリウスのくれたナイフがある。ふと、セスの言葉を思い出した。

――勇気と知恵は、リオの中にある。それを信じなきゃ。

（俺はここに呼ばれてきたんだ。なにも恥じることなんてない）

リオは息を飲み込み、勇気を振り絞って顔をあげた。無遠慮な視線が顔に突き刺さり、心臓がどくどくと音をたてていた。だがぎゅっと腹に力を入れ、できるだけ平然として見えるように構えていた。

「魔力だけはたしかにあるようだな」

「だが辺境の孤児だろ？　あんなみっともないやつを、王宮にあげていいのか？」

そんな声がうっすらと聞こえて、リオは奥歯を噛みしめた。

永遠のように長い時間が過ぎたが、実際には、半刻ほどだったろう。いつしか、

「リオ・ヨナターン。たった今、王宮からこれが届いた。お前は『鞘』の候補者だ」

そう声をかけられて振り向くと、入り口からフェルナンが入ってくるところだった。その腕には、真新しい紫色のコートがかけられている。

「お前のものだ。受け取れ。あとで教本も支給する。取りに来い」

差し出されたコートを手に取る。胸元の紋章は、白竜と牡鹿が描かれていた。

（これ……ユリウスの家紋かな？）

立派な角の鹿。そっと撫でると、ユリウスの気配が感じられる気がした。ほっと息が漏れ、無事候補の一員になれたことを、あの魔術師に話したいと思った。

「あの……リオ・ヨナターン？」

不意に声をかけられて、リオはそちらのほうへ眼を向けた。部屋の中にあるピアノの椅子か

ら、小柄な少年が下りてきて、おずおずとリオに話しかけてきている。紫色のコートを着た、エミル・ジェルジだった。彼は緊張した顔で、少し頬を赤らめて「僕、エミル・ジェルジと言います」と、丁寧に自己紹介をしてくれた。

「きみと同じ鞘の候補なんだ。……あの、変なことを言うようだけど、僕ら一番、似たことを学ぶ機会が増えるだろうから……な、仲良くできないかな」

恥ずかしそうに言われて、リオは驚いてしまった。ぽかんと口を開けて、自分とさほど体格の変わらない、華奢（きゃしゃ）な美少年を見つめた。

エミルの家紋は羊。位は第三貴族だと聞いた。よく知らないが、この国では十分上位の家系の一つだろう。そのエミルが、借り物の家紋を身につけるだけの孤児の自分に、仲良くしたいと言ってくれている——。

（信じていいの？）

一瞬、迷った。この屋敷の中では誰を信じてよく、誰を疑えばいいのかすら分からない。ユリウスは誰も信じるなと言ったし、アランもそうだ。けれど差し出された手と、少し怯（おび）えを含んだ茶色の瞳を見たとき、リオは感じた。

（信じたい。……いつも、いつだって、信じたいから……信じてきた）

空っぽで、記憶がなかったから。

なにも知らないから。

セスを、導師を、信じたくて信じた。素顔も知らないのに、ユリウスを信じた。

そのことを間違いだったと、思いたくない。勇気はいつも、自分の中にある。

リオは思いきってエミルの手をとり、その柔らかな皮膚を感じた。リオと違い、労働を知らない手だった。

「……あ、ありがとう。俺でよければ、仲良く……してくれると、嬉しい」

本心からそう伝えた。エミルはパッと顔を輝かせ、嬉しそうに微笑んだ。

「はは、見ろよ、シシエ。でき損ないどもが仲良くだと。お前たちは混ざらなくていいのか?」

聞こえるような声音で嘲笑が湧き、見ると、奥の長椅子にひとかたまりになった集団が、リオとエミルを指さして嗤っていた。彼らはそれぞれ、金や水色のコートだったが、真ん中に三人、紫色のコートを着た青年たちがいた。

みな似たような容姿で、細身だが上背はあり、長めの髪をした美しい青年たちだ。

「お前らと同じ『鞘』候補だろ、なあ。シシエ」

言われた青年のうち、シシエと呼ばれた中央の一人が眼を細め、

「僕は魔力が高いからこの色を着ただけで、他のこともできるからね。あんな男娼風情とは格が違うんだよ」

と、冷笑した。エミルは体を小さくしている。リオは同じ貴族でも、エミルが弱い立場にい

ることに気がついた。苦労を知らなそうな柔らかな手をしていても、リオにすがるくらい孤独なのではないか……。そう思うと、やりきれない怒りと庇護欲のようなものを感じる。

エミルを庇うように前に出て、じろりとシシエを、そしてその取り巻きを睨むと、シシエはむっと眉根を寄せた。

「なに？　動物のくせに僕になにか用？」

「こいつ、牡鹿の家紋をもらうなんて生意気だな。野良犬で十分だ」

シシエとその仲間が言い、誰かがリオを、シーパスと呼んだ。セヴェルの町と、同じ扱いだ。

エミルが心配そうな眼で、リオを見つめている。悪ふざけの尻馬に乗る貴族たちに、なにか言い返してやりたい。そう思ったが、長年の習慣のせいで口が動かなかった。腹は立っているのに、偉い人にたてついてはいけないという縛りが体からぬけないのだ。

（くそ……っ）

だがシーパス、と呼ぶ声は「聞き苦しいな、もうやめておけ」という、呆れた一声で消えた。

そう言ったのは、たった今部屋に入ってきたアランだった。アラン様、といつもの媚びた声が飛び、リオを罵る声は収まった。シシエは不満そうに唇をねじ曲げていたが、アランは構わず広間の中心に立った。

「さっきラダエ卿から使いがあった。明日から選定再開だそうだ。陛下が勅を下された」

とたんに、集まっていた貴族たちからどっと歓声が湧いた。

みんなもう、リオのことは忘れている。アランに駆け寄り、王の言葉を聞きたがる者や、腕を振り回してやる気を示す者もいる。今度こそ健やかなフロシフランを、国を盤石にして、魔女を国から追い出すのだ、と誰かが叫び、号令のように応じる声が部屋の中に轟いた。

(……健やかなフロシフラン。国を盤石に……)

狂乱騒ぎの合間にコートを羽織りながら、リオは耳についた言葉を、頭の中で繰り返した。

(この言葉、ここに来てから何度か聞いた気がする……)

そのとき、アランの視線がこちらを向いた。

「フェルナン、それで? リオに話したか? 選定期間中の……『鞘』の義務のこと」

「いや。これからだ」

早く言ってくれ、とアランがせっつく。エミルが隣で心配そうな顔になり、リオを見た。リオはなんだろう、とフェルナンを見上げた。

「リオ・ヨナターン。選定期間は三十日だ。最終日まで、あらゆる角度からすべての候補者が行動を見張られる。そのうえで、最終日に選定が下る。……『鞘』候補のお前は、この三十日の間に」

と言って、フェルナンは広間にいる候補者たちを見渡した。彼らはさっきまでの大騒ぎを忘れたように口をつぐみ、フェルナンの言葉に耳をそばだてていた。

「この館にいる、誰とでもいい。まずは王のかわりに、一人の男と情事を行え。最後まで。

『鞘』候補者の義務だ」

「……え？」

意味が分からず、訊き返す。だから、とフェルナンが言いかけた声を遮り、アランが「男に抱かれろって話だよ」と口を挟む。

「お嬢ちゃんは誰でも、好きな相手を指名できる。指名された男は断っちゃいけないと決まってる。言っておくけど、お遊び程度のじゃれあいじゃない。男の魔羅を、お嬢ちゃんの腹に入れて、精液を出してもらうんだ」

直接的な言葉に、さすがのリオでも意味を理解する。

「俺が相手してやる。扱いは慣れてる。俺を指名しろ」

身を乗り出してきたアランに、リオはたじろいだ。混乱して、フェルナンを、そしてエミルを見る。フェルナンはため息混じりに、「期間はまだある。しばらく考えろ」と付け足し、エミルはリオの手をぎゅっと握り直してきた。

「リオ、行こ。僕が説明するよ」

小声で耳打ちされ、リオは気がついたらエミルの手をひいて、逃げるように広間を出ていた。

アランが呼び止めてくる。

「リオ。ルジを選ぶなよ！」

けれどリオは、無視した。

広間を出て、階段を上る。三階へあがり、東の部屋へ向かう間、エミルは無言のリオに、なにも問わなかった。

（……男に抱かれるって、どういうこと？）

早足で逃げながら、リオはまだ、困惑のただなかにあった。

九『鞘』候補

自室の扉には錠前がかかっていた。鍵を開けて中に入るとユリヤはおらず、エミルを中へ引き入れてから、リオはハッと我に返った。

「あの……勝手に連れてきちゃったけど、この部屋でよかった？」

訊ねると、エミルは嬉しそうに笑い、「うん。お邪魔します」と頷いた。

窓から見える空はもう薄暗く、秋の日は落ちようとしている。だが室内は暖炉もないのに暖かかった。

ここまで来たのはいいけれど、リオはほとんど衝動的に広間から逃げてきたので、しばらくの間放心していた。

「リオ……あの、大丈夫？　あ、お茶を淹れようか」

エミルは勝手知ったる様子で、室内の棚から大きな陶製の壺のようなものを取り出した。小さな蓋がついていて、液体をこぼせる差し口がある。金持ちの家にしかないポットだ。

ポットの横には茶葉の入った木箱があった。茶葉は高級品で、リオはセヴェルにいたころは飲む習慣がなかった。だが旅の間、貴族の館では大抵お茶が出された。どうやらここにも備えがあるようだ。

「俺が淹れたほうがいいよね……えっと、ごめん、お湯ってどこでもらえばいいのかな」

お茶の淹れ方はよく分からないが、ハーブを煮出すのと同じだろう。

部屋に連れてきておいてなにもかもやらせてはいけないと、リオは慌てて問うた。こんなところをユリヤに見られたらまた、文句を言われるだろう。エミルは「下の召使いに連絡すれば持ってきてくれるけど……でも、いいよ、ほらこうして」と言い、水差しに手を当てた。

エミルの手から赤くぼんやりした光が溢れると、水差しの中から、もうもうと湯気が立つ。ポットに注ぐと、それはお湯になっていた。

「……い、今なにやったの？」

「魔法だよ、すごく初級のものだけど……僕、ここにくるまでは魔術の勉強をしてたんだ」

たいしたことはできないけど、と、エミルは言う。いや、十分すごいことだ。リオは感心して、しばらく言葉をなくしていた。

「あ、でもカップがないや」

棚を覗いたエミルはそう言い、リオを手招きして、扉のすぐ横に呼び寄せた。よく見ると、そこには壁につけられた小さな鐘と、金管楽器のような長い金物の管がとりつけてあり、管の先端はこちらに向いて蓋がついていたが、その反対側の先端は床の下へ伸びて消えていた。

　エミルは蓋を開くと鐘を鳴らし、管に向かって言った。

「カップを二つください。もしできればお茶菓子も」

　しばらくすると扉がノックされる。慌てて開くと、そこにいたのはなんと子山羊だった。子山羊は頭に盆を載せており、そこに二つのカップがある。首から提げたかごの中には、焼き菓子が詰まっていた。

　びっくりしすぎて固まったリオと違い、エミルは「ありがとう」と言って、カップとかごを受け取った。

「め、召使いって、山羊なの？」

「ううん、本当は人間なんだけど、ここで働く召使いには、二階の部屋以外では動物になる魔法が働いてるんだ。使徒選定は大切なことだから、外からの介入が入らないようにね」

　聞けば、この館に入ったが最後自由に出られるのは王から許可のあったときと、第一貴族の血筋の者だけに限るらしい。召使いたちは普段人間で、二階には大きなかまどがいくつもあり——だから三階は暖かいというわけだ——そこで働いているが、一階や三階、さらに上の四階では動物になる魔法がかけられていて、その魔法は王宮仕えの魔術師たちによって管理されているという。

「簡単に言えば、使徒選定は純粋に実力だけで決められるべきで、家格や権力争いの道具にされてはならない……だからこの屋敷の中にいる僕らは、召使いをはじめ外の社会とは断絶されてるんだ」

アラン様とフェルナン様は別。第一貴族で、陛下から許しを得てるから、とエミルは教えてくれ、リオはなるほどと頷いた。

「アラン様は特に、ご領主様だからね。たびたびご領地に戻るよ。僕は五男で領地経営なんてないから、ここに閉じこもりっぱなし。動物の姿でも、召使いたちはみんな仕事はきっちりしてくれるよ。リオから頼み事はない？」

訊かれて、リオは机まで駆けていくと、また入り口に戻ってきてセスへの手紙を子山羊に差し出した。

「手紙を出してほしいんだ。住所は書いてある。できる？」

子山羊は手紙をくわえると、音もなく回廊を去って行った。

「エミル、慣れてるんだな。あ、えっと、エミルって呼んでいい？」

言ってから、不敬にあたるかと思って問いかける。エミルはくすくすと笑いながら、テーブルにお茶菓子を置いて、カップにお茶を注いでくれた。

「だってもう二年もここにいるもの。選定が始まったのは、二年前なんだよ。その間に五回も中断して――つまり、ここにいる者は誰も、選定期間の最終日、三十日めを迎えたことがないんだ。だから僕、きみが来てくれて嬉しいんだよ。今まで選定が中断してきたのは、『王の鞘』

になれる人材がいなかったからだから」

　きみならなれると思う、とエミルが言う。

「さっきのきみの魔力、すごかったもの。あんなにガラス玉がきれいに光った人、初めて見たよ」

　リオは戸惑ったが、エミルは眼を輝かせていた。本当に心から、リオが選ばれてほしいと思っているようだった。

　なにをどう話し始めればいいか悩みながら、二脚ある椅子の一つに座った。エミルが向かいに腰を下ろす。

「……でも俺、もう完全に『鞘』候補なのかな？　なんか、さっきフェルナンとアランが……男にだ、抱かれろって。びっくりして逃げてきちゃったけど……」

　たどたどしく訊いた。聞き間違いだったかもしれないと、多少の願いもこめて。

　エミルは可愛らしい顔を心配そうに傾げて、「そうだよね、驚くよね」と言う。そこには多分に、肯定の意味が含まれている。エミルはしばしなにか考えるような顔をし、やがて、

「ね、リオ。ここ見てて」

　と言って、自分の額を指し示した。赤い髪をかき上げ、丸くきれいなおでこをさらすと、エミルは眼を閉じ、小さな声でなにごとかを詠唱した。

「……我が名はエミル・ジェルジ、ウルカの神に仕える者。額に鞘の刻印を……」

詠唱が終わらぬうちに、エミルの額にはぽうっと紫の光が宿り、それは剣を収める鞘の象形となった。輝く象形は、けれど数秒するとすうっと消えていく。

「……はあ。僕だとこのくらいが精一杯」

刻印が消えると、エミルは深々と息をつき、疲れたように椅子の背にもたれた。

「今の……魔法？」

「魔法というか……『鞘』の証明だね。『鞘』候補の人間は、手順を踏んで男の人に抱かれると、額にこの印を出せるようになるの。これが出せないと、『王の鞘』になれない」

「え……っ、じゃあ、エミルはもう誰かに？」

思わず訊ねる。エミルは恥ずかしそうに頬を染めて笑いながら、「うん。だって二年もいるもの。僕は初めの年に、フェルナン様にお願いした」と、告白した。リオは驚きすぎて眼を見開き、固まってしまった。

片眼鏡のフェルナンの、あの真面目そうな様子からエミルを抱く姿など想像できなかったし、眼の前の純粋そうなエミルが、男に抱かれたことがあると聞いても信じられない。けれどエミルは淡々と、説明を続けている。

「『鞘』の候補者は全部で四人いるよ。きみを入れたら五人。紫のコートは『鞘』候補者の色だから分かると思うけど」

言われて、広間にいたエミル以外の三人を思い出す。全員、どちらかというと中性的な美貌の青年だった。

「きみ以外はみんなもう経験してる。べつに一度きりとか、誰とだけって決まりはなくて、最初に一人を選べばいいだけ。だからさっき広間にいた……シシエ様とかは、日常的に男性と寝てるけど、それは『鞘』にとっては逆にいいことなんだ」

癒やす力が深まるから、とエミルは付け足す。

リオは挑発的に嗤っていた美しい男たちのことを思い出した。周りの取り巻きは、もしかしたら彼らと寝ている男かもしれない。

「……でも、そんなんじゃ本当に男娼みたいだ」

ぽつりと言うと、エミルは眼をしばたたき、そうだけど……と真剣な顔をした。

「『鞘』は豊かな魔力で、陛下の魂についた傷を癒やせる唯一の存在だよ。……やってることは男娼みたいでも、なれる人はたった一人。すごく大事な役目なんだ。先王が先の戦争で亡くなったのだって、『鞘』の使徒を失ったからだもの」

王はウルカの神の器。

強力な神の力をその身に宿し、国の危機があれば力を振るう。だがそのとき、ただびとの肉体はほころび、魂は深く傷つく。鞘は王を収めて、修復する――と、エミルは説明してくれた。

「何度でも立ち上がり、戦う力。人の子の王が、神になるための力は……『鞘』が与える。『王の鞘』は七使徒の中で、本当は一番大事な役目なんだよ」

頬を上気させて、エミルは力強く言い切った。じっとリオの眼を見てくる真剣なその表情から、『鞘』という役割への敬意が伝わってくる。

「たしかに、男娼だって嗤う人もいる。でも違う。フロシフランを健やかに保つためには、『鞘』はいなければならないんだ。それがなかったら、王は神の恩恵を受けきれない」

神の力をあまねく国に行き渡らせるために、『鞘』はいなければならないと、エミルは熱のこもった口調で繰り返した。リオは真剣なエミルの様子に、思わず息を止める。

「先王は神の力を使い果たして崩御された。もし、『王の鞘』が魔女にそそのかされて裏切っていなければ……先王陛下は、まだご健在だったはず」

悲しそうにエミルは言い、だから、『王の鞘』は絶対に必要なんだよ、と付け足した。

「今の陛下にウルカの力は受け継がれてる。前の使徒たちは戦争でみんな亡くなり……お家も取り潰しになった。でも、戦争はそれだけでは終わらなくて、陛下は弟君である第二王子のユリヤ様を保護されたとき……魔女に不意を突かれて、呪いにかけられた。これは聞いたでしょう？」

頷くと、エミルは悲しそうに続ける。

「今なおその傷が癒えず、陛下は魔女狩りに出られない。『鞘』さえいれば、陛下の傷は癒えるはず……そうすれば魔女を退治できる。『鞘』さえいれば、国は盤石になるんだ」

健やかなるフロシフラン。盤石な国を。

館に集う貴族たちが何度も口にする言葉を叶えるために、必要なのは『鞘』だと、エミルは心底から信じ切っている様子だった。

（……そんなに、『鞘』って重要なの？）

国王の、国家の、多くに影響するほど？

もしも王が呪いに倒れていなければ……とリオは思う。セヴェルの町だって、もっと豊かだっただろうか。戦争のために壊れた建物は多くある。修繕の機会があれば、日雇いの仕事が増えるのにとよく思っていた。もしそうなれば……セスや、寺院の子どもたちのような、貧しさにあえぐ子どももいなくなり、道中で見たストリヴロのように、豊かな街ばかりになるのかもしれない。

それに、旅の途中で見た貧しい農村。領主が威張って物流が滞っていたあの村や、通行証がないからと、まともな商売ができないとぼやいていた商人。彼らだって、もっとよい暮らしが選べるようになるのかもしれない。

リオはこの館に来るまで、王は遠い王都で、健在なのだと思いこんでいた。

神々の山嶺で、ウルカの神の光は常にきらめいていたから。正しい王が玉座にあれば、ウルカの光は輝くとそう教えられてきた。だからこそ旅の途中で、王は仕事をしていないと怒りも湧いた。だが違うという。王は魔女のせいで呪われ、『鞘』がいないから国は危ういという。

「二年、選定しても『鞘』は見つからなかった。王の傷を癒やせる者がいなければ、フロシフランは終わってしまう。……でも、僕も、他の三人もその力はないと判断された。それで、選定は何度も中止になって、そのたび新しい候補者を募ってきた。でも三番なんて上位の部屋を与えられたり、魔術師のユリウス様が認めたりした『鞘』候補者は、きみが初めてなんだよ。リオ」

エミルはそう言って、リオを励ましてくれる。二年の間に、どうにかして『鞘』を見つけてほしいと思うようになったのか、エミルが元から対抗心などない性格なのかは分からない。けれど彼が本心から、リオを歓迎してくれているのだということは、伝わってきた。

「エミルは……俺が『鞘』だといいなって思うの？」

おずおずと訊くと、もちろんだよ、と即答される。エミルは熱心にリオを見つめ、「国を守りたい。そう思うのは、フロシフランの貴族に名を連ねる者なら、誰だって思うはず」と、断言した。

「きみはきっと本物だ。あのユリウス様が、二ヶ月も旅をして見つけてきた人だもの。僕は信じてる。陛下を、国を……救ってくれるのはきみだって」

あまりにも純粋すぎる気持ちを向けられて、リオは戸惑った。とても、自分などでは背負いきれない話だ。リオはせいぜいロバを引いて安い賃金を稼ぎ、その日のスープとパンを買うくらいしかできない自分を知っていた。それなのにエミルは、何十万人と人の住まうこの国を、リオが救うと言う。

（とても考えられない）

困惑して、リオは話を変えた。

「……じゃあ一番と二番の部屋には、もうほとんど決まってる候補がいるの？」

訊ねると、一番にはアランとフェルナン、二番にはゲオルクとルースが入っているらしい。

「ユリヤ様は――ユリヤ様は、ちょっと変わっててね、あの方はなにをなさっても一番なんだ。きっと『王の剣』になるだろうね。他に候補者がいないもの」

「……そういえば、黒いコートを着た人は、他にいないね」

思い出して言うと、エミルは神妙な顔で頷いた。

「そう。『鍵』の候補者も一人だけどね」

初日に橙色のコートを着ていた青年を見たことを思い出す。影の薄い、物静かそうな人だった。

「ゲオルク様はお体が大きいから、『王の盾』として選ばれると思う。ユリヤ様と同じで剣も得意な方だけど……。だけどユリヤ様ってちょっと、変わってるでしょう。リオは同室で困ってないの？」

「変わってるって？」

エミルはあたりをきょろきょろと窺い、ユリヤが部屋にいないか確かめた様子だった。リオも耳をそばだてたが、外からも足音はしない。大丈夫そうだ。それでもエミルが声を潜めたので、リオはぐっと身を乗り出してから、エミルの言葉を聞いた。

「あのね……家紋を見ると、ユリヤ様は第一貴族なんだ。でも、おかしいんだよ。あんな家紋見たことないし……第一貴族のうち七家は、先の戦争で取り潰しになったから……三年前に、新たに七家が選ばれた。そこに宰相様方のベトジフ家とラダエ家が入ってる。アラン様やフェルナン様はもともと第一貴族だった。ヨナターン家ももともと第一貴族の家柄だけど……ルジ家は、入ってないんだよ。誰もルジ家なんて知らないの」

第四貴族以下はたくさんあるから知らなくても普通なんだけど、とエミルが説明してくれる。

「しかも名前が、三年前戦争を引き起こした第二王子のユリヤ殿下と同じでしょう。殿下は今や獄中の人で、以前の側近のほとんどは戦争で亡くなったから、今の貴族には、ユリヤ殿下の姿を知ってる人がほとんどいない。そのうえ、ルジは古代語で『偽物』って意味があるから……」

「ユリヤが獄中にいるはずの、第二王子かもしれないってこと？」

びっくりして問うと、「さすがにないとは思うけど、噂(うわさ)はたつよね」と、エミルは申し訳なさそうな顔になった。

「礼拝にも来ない人だし、ほとんど誰とも口をきかないから、余計にどうしてユリヤ様がここにいるのか、誰も知らない。謎が多すぎるっていうか」

ラダエ様が推薦したとは聞いたけど、とエミルは急いで付け足す。

「でも……そうだな。謎ではあるけど、あの方とても美丈夫だし、すごく上手いんだって」

上手い？

リオは首を傾げた。なにが、と思う。

「閨ごとだよ。僕はフェルナン様に頼んだけど、他の『鞘』候補はほとんどが、アラン様かユリヤ様に頼んでるんだよ。やっぱり慣例として、抱いてもらうなら第一貴族に、っていうのがあって」

第一貴族は候補者の中では、ユリヤ、アラン、フェルナンだけだ。

「謎は多いけど、ユリヤ様ってお美しいから、頼んだ人もいるみたい」

気持ちは分かるよねえ、とエミルはなんでもないことのように言う。

「リオは同室だし、ユリヤ様にお願いしたらどう？」

話が一周回って戻ってきた。リオは忘れかけていたことを思い出して固まった。

「……その、それってどうしても、しなきゃいけないことなの？」

「しなきゃだめだよ。リオは『鞘』候補だもの」

至極当然のように言われる。もし本当に使徒に選ばれたら……そのときは、王に抱かれることになるのだ。それもおそらく、次の王が立つその日まで、求められればいつでも。

王だって、リオにとったら見知らぬ男の一人でしかない。だからたとえ、選定期間中に誰かに抱かれるとしても、見ず知らずの男に抱かれるという点では単に遅いか早いかだけの違いだと思う。けれど、誰かに抱かれる――そのことを考えるたび、リオの脳裏に浮かぶのは、静かに立ってこちらを見つめるユリウスの姿だった。

(……見知らぬ誰かに抱かれなきゃならないなら、ユリウスじゃ、だめなのかな……?)

そう訊きたかった。どうせ王以外の男に抱かれねばならないのなら、ユリウスのほうがいい。

そう考えてからふと、リオは気がついた。ユリウスのほうがいいのではない。おそらく自分は、ユリウスがいいのだ……。他の誰でもない、ユリウスがいいのだと。

(俺、もしかして……ユリウスのこと)

胸の奥で、なにか大事なものがことりと音をたてて動いたような気がした。もしかして、ユリウスのこと。その先を考えると、胸がぎゅっと締め付けられるようだった。

エミルはうつむいて黙り込んでいたリオを心配したのか、「まだ時間はあるから、ちゃんと選ぶといいよ」と、思いやるように付け足した。

「きっと、選んだ相手は、優しくしてくれる。きみはみんなの希望だもの……」

そうだろうか? リオには到底そんなふうに思えなかった。

(俺のこと、邪魔に感じてる人のほうが、多いはず)

エミルは違うようだが、ここにいる貴族の大半は、アランと同じで平民のリオが嫌いだろう。

それなのにこの中から誰か、男を選んで抱かれなければならないなんて……。

考えただけで、途方に暮れてしまった。

夕食の時間になり、リオはエミルに食堂へ案内してもらったが、緊張からろくにものを食べられず、一人部屋に戻ることになった。

なんとなく想像はしていたが、やはり選定の館で出される食事は豪勢で、肉や魚もふんだんに皿に載っていた。パンも焼きたての柔らかいもので、酒もあった。

味は美味しいはずなのに、『鞘』候補に出された義務を思うと喉を通らなかった。

くわえて、食堂にいると他の候補者からじろじろと見られて落ち着かず、中には下卑た嗤いを浮かべながら、

「なんなら相手してやろうか。魔羅を探さなきゃいけないんだろう」

と言ってくる男までいた。よく見れば、シシエの取り巻きの一人だった。きっとからかわれているのだ。あまりの下品な誘いに呆気にとられていると、同席していたエミルのほうが顔を赤らめて、「きみの言い方は品性がなさすぎるよ」と意見してくれた。だがとたんに、周りのテーブルから笑い声があがった。

「田舎貴族のジェルジが偉そうに。『鞘』のお相手は第一貴族様方がするのが恒例だが、その平民の体を抱けとは、さすがにお気の毒だ。親切で言ってやってるんだよ」

とはやし立てられ、リオはいたたまれなかった。

結局逃げるように部屋に戻って、一人窓辺で暗い空を見ていた。遠くには王宮の聖堂の灯りと、神々の山嶺に光るウルカの神の光が見えた。だがそれ以外は、闇に包まれあたりは真っ暗で、川のせせらぎも遠かった。

「明日の予定の確認は？　どうせしてないんだろう、この愚図」

突然背後から罵倒され、リオはぎくりとして振り向いた。見ると、両手いっぱいに書物を抱えたユリヤが、部屋に帰ってきたところだった。

ユリヤは書物をどさっと机上に置き、「これはお前の教本だ。フェルナンが、いつまで経っても取りに来ないと言っていたぞ」と舌打ちされた。

「あ……ご、ごめん」

リオは今更、コートを受け取ったときフェルナンに教本のことを言われたのを思い出して、慌てて立ち上がった。さすがに自分が悪かった。頭を下げると、ユリヤは堆く積まれた教本に腕を置いて、「で？　どの男に抱かれようか考えて、参ってるのか」と言ってくる。

図星だったので、リオは顔を赤らめてしまった。『鞘』の候補だからそれが義務で、当たり前だとはいえ、この屋敷に集まる全員に自分は今抱いてくれる男を探しているのだと知られているのは気まずい。なんだか本当に自分が男娼になった気持ちで、卑屈な気分になってしまう。職業に貴賤などないと思いながらも、男に抱かれることにここまで抵抗があったのだとリオは自覚した。

「……エミルが、あんたは何人か抱いたって」

いじけたような声で言うと、ユリヤはなんでもないことのように肩をすくめた。

「指名されたからな。『鞘』候補に望まれたら、断れない決まりだ」

指名したという『鞘』候補は、こんな意地悪のどこがよかったのだろうと思ったが、さすがにそれは言わないでおいた。容姿だけなら端麗だから、それが理由だろう。

「なんだ？　お前も俺に相手してほしいか」

揶揄するようにせせら嗤うユリヤに、リオは見下されているようで、少しだけ腹が立った。

「……アランはルジじゃなく、俺にしろって言ってた」

思わず言うと、ユリヤは癪に障ったのか、眉を少しだけつり上げた。かといって、アランではなく俺にしろと言うわけではない。ただ「それじゃ、アランにするのか？」と訊いてくる。

「どっちもいやだよ……なんで寝ないといけないのかが、分からない」

「『鞘』としての器を作るためだ。きちんとした儀式だ。そうやって男を受け入れ、相手の傷を癒やせる体に作り替える」

どの程度癒やせるかはやってみないと分からないだろ、と言われたが、簡単には飲み込めなかった。そこまでして男と寝ても、エミルや他の『鞘』候補は王に選ばれないと言うのだから、自分だって、ただの骨折り損になるかもしれない。

「体を作り替えても、王の傷を癒やせるとは限らない。適性や、癒やせる程度がある。今までの候補者では不足だった。だが、それだって一度作り替えてみないと分からない」

リオが考えている不満を言い当てるように、ユリヤが説明した。

「だがべつに、やったことは無駄じゃないぞ。王の傷は癒やせなくても、他者の傷は癒やせるようになるからな。『鞘』になれなくても戦場では貴重な癒やし手だ」

そう言われても、ありがたがる気にはなれない。

「この館にいる人じゃなきゃ指名できないの……？　その、他の……王宮勤めの人は？」

思わず、訊いていた。ユリヤはまた眉をぴくりと動かし、それから意地の悪い笑みを浮かべた。

「まさか、ユリウス・ヨナターンに抱いてほしいとか言うんじゃないだろうな？」

そのまさかだ。リオは黙り込んでしまった。すると一瞬ユリヤは愕然とした顔になり、それから「本気か？」と苛立った声をあげた。

「どうかしてる」

「どうして？　知らない人より、知ってるユリウスのほうがいいっていうのは普通だろ」

リオは思わず身を乗り出して反論した。ユリウスに抱かれたい。そう思っていることを知られたのが恥ずかしく、分不相応だと分かっているから余計に自分が滑稽で、頬が赤らんだが、それ以上にこの気持ちは正当で、当然なものだという想いがあった。

だがユリヤは冷たく眼をすがめ、ため息をつくと、懐からなにやら小さな筒と四角い紙きれを取り出した。

「逆に聞かせてもらいたいね。お前はユリウス・ヨナターンのなにを知ってるって言うんだか」

ユリヤは手のひらに紙きれを置き、筒から刻んだ草を落とすと、器用に片手で巻いていく。紙巻きタバコだ。ユリヤがくわえると、そのタバコにはすぐ火がつき、部屋には香ばしい匂いが広がった。

「ユリウスの素顔は？　年齢は？　家族は？　生い立ち、思想、好物……性交経験数は？　お前はなにを知ってるんだ？」

どれも知らなかった。なに一つ知らないということを、言われてリオは思い知る。けれど同時に、もっと大事なことを知っているとも思う。

「ちなみにユリヤ・ルジのことなら教えてやる。容姿は見てのとおり。年は二十五、家族は弟が一人、両親は死去。生い立ちはごく一般的な貴族のそれだ。思想はまあ置いておくとして……好物は酒とタバコに、性交経験ならそれなりにある」

ニヤニヤと嗤って言うユリヤは、明らかにリオをからかい挑発している。リオはむっと唇を引き結び、「ユリヤのことは聞いてない」と言った。

「アランは俺の一つ下だ」

「聞いてないよ」

「これで少なくとも、お前はユリウスよりも俺やアランのことをよく知ってることになったな。それでもまだ、ユリウスがいいか？」

「……当たり前だろ、ユリウスは……あんたと違って優しかったし、俺は……」

恋なのかはよく分からないが、リオはユリウスに好意を抱いている。

物静かな緑の瞳と、じっとリオの話に耳を傾けてくれたあの態度、穏やかな口調。抱き寄せられると大きな体を感じた。思い出すと今でも胸が高鳴り、恋しさが募る。

セスに感じる親愛の情とは違う。セスに会いたい気持ちは、いつでも淋しさだったが、ユリウスに会いたい気持ちは、募るような感じだった。

ユリウスになら抱かれてもいい。触れられてもいい。もっと近くにいたい。そう思うのは、ユリウスに特別な好意を抱いているからだと気づかないほど、リオは鈍くなかった。

「諦めろ。お前のそれは恋じゃない」

ユリヤは紙タバコを吸って紫煙を吐き出すと、勝手に決めつけた。

おそらく魔法だろう、ユリヤがまばたきすると、タバコは消え、煙だけがわずかに漂って残った。そうしながら、ユリヤは「お前は本気の恋なんてしたことがないだろう」と続けた。

「……そんなこと、なんで会ったばかりのあんたに分かるんだよ」

「分かるさ。お前がユリウス・ヨナターンに感じてるのは、雛鳥(ひなどり)が最初に見た鳥を親と思いこむのと同じ、刷り込みだよ。お前はあの魔術師のことを誤解してる」

「してない」

リオは気がつくと、強い口調で言っていた。部屋に灯ったカンテラの灯りが、ユリヤの整った顔を照らしている。青い瞳はリオをじっと見つめている。お前の言葉など、すべて嘘だというような冷たさをたたえて。

「たしかに、ユリウスのことそんなに知らない。でも知ってることもあるよ。……ユリウスは優しくて、俺みたいな……野良犬相手にも公平だった」

「そういう仕事だ。フェルナンを見てみろ。やつも際だって公平のはずだ。得てして魔術師や賢者なんていうのは、みんな公平なんだよ。冷静ともいう」

それはそうだけど、とリオは口ごもった。上手く自分の感情を説明できないことが、歯がゆかった。そうだけれど、そうではない。

「……よく知らないのに、好きになっても、おかしくはないだろ？」

それが自分にとって大切なことだったら、人は人を好きになる。それだけの話だと思う。ユリウスのことはなにも知らないし、リオの想いが刷り込みだとしても、今ある感情まで間違いだと言われたくない。

ユリヤは冷たく眼を細めると、「子どもの言い分だな」と吐き捨てた。

「……愛なんて、そんなにいいものじゃない。それを知らないから言えるだけさ。まあ好きにしろ、どうせ勘違いだといずれ気づく」

蔑みに満ちた声音は、いっそ青ざめるほどに冷たい。なぜこんなふうに言われるのか分からず、リオはぐっと拳を握って、膝の上に固めた。どちらにしろユリウスは対象外だ、と、ユリヤは突き放すように断じた。

「お前は他の男に股を広げなきゃいけない。かわいそうにな。使徒に選ばれれば次にお前を抱くのは王陛下。お前は一生、恋しい魔術師には抱いてもらえない」

まあそんなこと、そのうちどうでもよくなる、とユリヤは嗤った。

「『鞘』の素質があればあるほど、尻を使って抱かれるのは気持ちがいいらしいぞ。お前くらいの魔力があるなら、よほどの淫乱になれる」

男なら誰だってよくなるだろうよと言われて、リオは真っ赤になった。思わずすぐそばにあった枕を摑んで、ユリヤに向かって投げていた。相手が第一貴族なことも忘れていた。ユリヤは「おっと」と言いながら簡単にそれをかわし、

「怖い怖い。女にされる男は気性まで荒いのか」

などとひどい言葉を放って、自分の寝台のほうへ引っ込んだ。

「明日から選定が始まる。礼拝のあと、フェルナンに講義の予定を確認しろよ」

一言そう付け加えて。

(なんていやなやつ！)

寝台のカーテンの中へ入ってしまったユリヤに、リオは足を踏みならした。だがもうユリヤ

は寝台の外に出てはこない。

持ってきてもらった教本を見ると、一番上に置いてあるのは古代語の書物だった。まったく読めなかったが、リオは湧き上がる悔しさに抗えず、ユリヤの寝台に向かって声を張り上げた。

「べつに俺が『鞘』しかできないってまだ決まってない！　もしかしたら『王の眼』とか……とにかく他の使徒にだってなれるかもしれない！」

そうしたら、男に抱かれずにすむ。

だがリオの言葉に、寝台の奥からはげらげらと笑う声が聞こえてきた。ひとしきり笑ったあとも、ユリヤはもうなにもリオに言ってこない。笑い声は止み、あとにはまるで誰もいないような、沈黙と静けさだけが残る。

まるで相手にされていない。

そのことが悔しくて、リオはますますいやな気分になったのだった。

翌日から、使徒選定が始まった。

朝、候補者それぞれに真新しい羊皮紙が配られ、そこには一の曜日から六の曜日までの、一日の予定がぎっしりと書かれていた。

午前中は軽い食事のあと、中庭に集まり、演習場に分かれて鍛錬。剣術、弓術、槍術、体術の他、馬術や銃器の実施訓練、様々な武術の訓練がその時間に行われる。

昼の食事を挟んで、午後は学問。その範囲は広く、史学、政治学、法学、地理、錬金術、医学、天文学、魔術ときて、『鞘』の候補者には閨房学が課せられていた。

コートの色には意味があり、アランが着る赤は『翼』、フェルナンの緑が『眼』、ゲオルクが着る金が『盾』、ルースの着る水色が『弓』候補だという。

アランは候補第一位。『翼』候補者は武芸に秀で、見識が広いことにくわえて、高い魔力と魔力操作力を問われるという。リオは見たことがないが、アランは器用にこなすらしい。

『王の眼』候補者には午後の授業が他の候補者よりも倍は多く課せられている。『眼』の役割は王の頭脳となって働くことだ。

『剣』と『盾』はすなわち、近距離戦を専門とした候補であり、『弓』は遠距離戦の卓越者が選ばれる。最近の戦争においてはボウガンの発達がめざましく、弓術を極める者は最も重要な役割の一つだと、リオはエミルから教わった。

選定のための訓練が始まった初日の朝、天蓋のカーテンが閉められた寝台に向かって、リオは一応声をかけた。

「ユリヤ、礼拝が始まるけど……」

けれどカーテンは揺れることすらなく、寝息も聞こえない。いるのかいないのか分からない。

だが午後の勉学が終わって部屋に戻ってくると、天蓋のカーテンは開いていて、錠前も閉まっていた。やっぱり朝、ユリヤは寝ていたのだろうとリオは思ったが、ユリヤはその日夜になっても姿を見せなかった。

一方、リオの授業はどうかというと、散々だった。

必死になってついていこうとしたが、武術はまともに剣を持ち上げることすらできないし、学問分野もまるで分からないことだらけ。

授業では教師はおらず、決められた成績優秀者が交代で指導に当たっている。初日、リオは武術を磨こうと頑張ってみたが、すぐに組み手の相手に倒されて尻餅をついて嗤われた。

だが、『王の盾』候補第一位と言われるゲオルクは、一人で十人を相手にしてものの数十秒で片付けていた。戦い足りないらしい彼は、「ルースかアラン、それかユリヤ・ルジはいねえのか！」と怒鳴っていた。

ゲオルクを差し置いて、『盾』にはなれそうにない……とリオは内心諦めるしかなかった。

ゲオルクとよく一緒にいるルースは、弓術と馬術の授業の際、馬を走らせながら次々と的に矢を当てていたし、ボウガンでは鍛錬場の端から端へ的中させていた。さらに、器用に三つもの矢をつがえて射るのも見た。そんな人間は一人もおらず、リオはもちろん弓をひくこともできない。

「ルース様は先の戦争中、お一人で、一つの城を落としたことがおありなんだ。城塞のてっぺんに姿を見せた将の首を、一撃の矢で落としてね。それでこの選定に呼ばれたんだよ」

と、エミルから訊いて、リオは『王の弓』になるのも厳しいと感じた。

それからアランが小さなガラス玉を一瞬で金貨や人形、花瓶や宝飾品などに変えていき、「つまらないなあ、こんな簡単なこと」とぼやくところも見た。

『翼』に最も必要とされるのは魔力を操作する能力らしい。器用すぎるアランは眼には見えない大きさの結晶をいくつも作り、それを積み上げて雪にしてみせたりもした。リオは内心舌を巻き、到底敵わないと思った。

フェルナンが候補一位とされている『眼』は、とにかく古代語が読めないと無理だ。覚えようと頑張ったが、追いつくのは相当難しそうだったし、フェルナンに一応、『眼』候補になりたかったらなにをすれば？　と訊ねると、彼は少し思案したあと、リオを巨大な図書室に連れて行き、ここにある書物すべてを暗記できたならなれるだろうと言った。

分厚い書物は数万冊はあった。一冊読むのにも十日かかるリオには、難しかった。

（でも、だからって……諦めたくない）

リオは空いている時間には自由に使っていい武器などを持つ練習を毎日、それ以外は、図書室にこもって本を読んだり、古代語を暗記したりした。

必死になってもまるで追いつかないが、それでも抱かれる男を選ばずに、ただただ他の授業についていけるように頑張って、いつしか十日目になっていた。

とはいえ、午前の鍛錬と午後の授業はすべてがとてつもなく荷が重かった。

「今日の講師はユリヤ様だけど、来ないだろうなあ」

　朝の食事を一緒にとっていると、エミルがそんなふうに言う。

　当初食堂に入るのも怖かったリオだが、今ではエミルが一緒にいてくれるので平気になった。入るたびに貴族たちにいやな顔をされたり、「犬くさい臭いがする」と罵られるが、エミルが「聞かなくていいよ」と励ましてくれた。

　エミルはエミルで、家柄の低さと能力の低さのせいで侮られ、ずっと一人でいたらしい。おどおどした少年に見えたけれど、二年この環境に身を置いてきただけあって、親しくなってみると意外と図太く、リオに対しても率直な意見を言うと分かった。なんだかセスに似ている。遠いセヴェルの親友のことを話すと、エミルは嬉しそうにした。

「リオが尊敬してる人なんだね。……いつか会ってみたい」

　もしセスの病気が治って、選定が終わったら――そんなこともできるかもしれないと、リオの胸は期待に膨らんだ。

「講師って……剣術の授業？」

　訊ねると、エミルがそうと言う。今のところ、武術の講師はゲオルクとルース、時折アランが教えるくらいで、ユリヤが出てきたところを見たことがない。

「本当なら、ユリヤ様が教えるべきなんだよ。だってあの人は、たまに組み手にくると、ゲオルク様に勝っちゃうもの」

「へえ……」

「ゲオルク様なんてあの性格だから、ユリヤ様を目の敵にしてるんだよ」

リオはこの館にやって来た初日、たった一度長槍の試合で負けたという理由でアランに嚙みついていたゲオルクを思い出して、そうだろうなと思った。

午前の鍛錬は、今日は剣術からだ。まともに剣も持てないリオには気が重い。剣術はいつも二人一組で、大抵は相手にいじめられて終わる。けれどリオはリオで、この十日間ずっと必死だった。『鞘』以外にもできることがあるならやりたい……そう思っていたからだ。

だが一方で、こんな努力に意味はないということも感じていた。

最初の、ユリヤへの意地も十日も経つと薄らいでいる。そうすると、あとはなにに対して頑張っているのだろうという疑問が残った。

(……俺、ここでなにしてるんだろう)

『鞘』候補としているのだ。それは自明の理だった。だがそういうことではなく、リオはただただこの館の中で、残る二十日をどうやって生きていけばいいのか、分からなくなり始めていた。

食事は黙っていても出てくるし、ぼんやりしていても日は過ぎ去る。「いる」ことで賃金は発生し、セヴェルにも仕送りがされているようだ。初日に出した手紙は十日目の朝に返事をもらい、導師はリオからの仕送りとしてかなりの額が送られてきたと書いていた。

セスからの返事は短く、三日おきに医者が来てくれること、こちらは元気だということの他にはただ、こう書かれていた。

『リオ。そちらでの生活は、セヴェルとはまるで違うと思う。きみは失った過去のことを思い出そうとはしてこなかったね。でも、もう考えてもいいころかもしれない。きみが何者なのか、そしてこれから、その場所で、なにをするのか。なにをしたいのか。きみは自分の頭で考えて、決められるんだ』

（……セス、どうしてそんなことを言うの？）

リオは手紙に向かって、訊きたいような気持ちだった。選定が終わったら帰っておいで。そう書いてくれたなら、この選定期間をやり過ごして、セヴェルに逃げることも考える。だがセスは、『その場所で』と書いてよこした。これでは、セヴェルに帰ってはいけないようだった。

（アランは俺が記憶を取り戻したら、セヴェルに帰してやるって言ってたっけ）

……もしも記憶を思い出し、それを最初にアランに話したら——誰かに抱かれる必要も、なくなるのだろうか？

リオはふとそう考え、図書室で記憶を取り戻す方法がないか、探してみたりした。思い出そうとしても、ふわふわとした靄を摑むようで上手くいかず、無理そうだなと感じる。

エミルにも相談してみた。自分が記憶喪失だとは話さず、さりげなく、

「記憶を蘇らせる魔法ってあるの？」

と、訊ねると、エミルは眼をしばたたき、

「記憶って……ようは、頭の中に干渉する魔法だよね。それは相当……高度な術だと思う」

と、考え考え話してくれた。

「眼に見える物質を変質させるのは……つまり、僕が水からお湯を沸かすような方法は、魔術というより錬金術の応用なんだ。総合的には、物の質と量は変わってないというか……存在するものを組み合わせて、べつの存在するものへ変化させてるだけ……」

ところが、眼に見えないものを操るときには、そこに存在していないものを魔力で補う必要があるという。

「頭の中に術を及ぼすのは高度な魔法じゃないとできない。例えばだけど、幻視の術といって……見えないものを、見えるように操るのは魔法」

リオはふと、出会ったばかりのころのユリウスが、ガラス玉を使って、自分の魔力を木や蔦(つた)のように動かして見せたことを思い出した。エミルに言うと、「それも幻視の一つだよ」と教えてくれた。

「正直、僕にはそれすらできない。魔力に色をつけるくらいはできるけど……」

「馬の足を速めることは？　ユリウスがそういう術を使ってた」

「それはもっと難しいよ。馬の足を、もともと存在してる早い足に変えるんじゃなくて、一歩踏み込んだときに進む距離のほうを変えてるんだ。眼に見えない『時間』と『距離』への干渉魔法だよ。できる人なんて、ユリウス様……それか、アラン様くらいかも」

　錬金術に近い「存在するものから存在するものへ」の魔術と、「見えないものから見えないものへ」の魔術では、根本的に使うものが違うのだと、エミルは教えてくれた。

「存在するものへの魔法は、化学式なんだよ。存在する物質を足したり引いたりするの。でも、見えないものへの働きかけは、意志力なんだって」

「意志力？」

「僕もできないから、言葉では説明できない。魔術師として生まれついた人たちは、教えられなくてもそれができるし、分かるって聞くけど……記憶を操作するのは、正直言ってかなり高度な術だとは思うよ」

　自信なさそうに言うエミルを見ながら、リオは途方に暮れた。もしもなにかしら記憶を取り戻す魔法が見つかっても、実行できるかがもはや怪しい。魔術の授業は何度も受けたが、リオは高い魔力が体内にあるというだけで、それを操るほうはさっぱりだった。

（きっとアランにもできないんだろうな。もしできたら、無理にでも俺の記憶を引き出してるだろうし……）

　ただアランが初めて会った夜、リオの頭になにかを仕掛けたのは事実だ。「鍵をはずした」と言われた。あれから、リオは過去のことを思い出そうとしても、前ほど強い頭痛や恐怖を覚えなくなっていた。単純に緊張はあるし、鈍い頭痛はある。だが耐えられる程度だし、得体の知れない恐怖心とは少し違っていた。

リオは導師への手紙にも、自分を拾ったときのことを、詳しく教えてほしいと書いてみた。着ていた服や様子、周りに人がいなかったか。一体どこに倒れていたのか。見つけたとき、導師は一人だったのか。

しかし返事が来たところで、自分が過去を思い出せるかはあやしい。

(抱かれなきゃいけないのかな。やっぱり……)

『鞘』候補として、やるべきことをしなければならないのだろうか。

それを自分がしたいのかどうなのか。分からないまま、十日目も終わり、十一日目の朝がやって来た。

その日剣術稽古のため、リオは礼拝のあと、稽古着に着替えた。朝、部屋を出るときにはぴったりと閉じていたユリヤの寝台のカーテンは、今ではすべて開いている。

「……ユリヤ・ルジ、一体どこでなにをしてるんだろう……」

ユリヤとは、もう六日顔を合わせていなかった。世話役のくせにいい加減なやつめ、と思う。

演習場へ行くと、半分くらいはそろっていた。エミルがリオを見つけ、「今日の先生はユリヤ様にかわって、ルース様だって。よかったね」とこっそり耳打ちしてきた。ルースは優しい性格らしく、何度か鍛錬をみてもらっているが、ゲオルクやアランのときほどは内容が厳しくならない。

「みんなそろってる？　ユリヤ以外はいるね」

長剣を持って演習場に入ってきたルースは、集まった候補者たちを見回して穏やかに言った。と、前方にいたゲオルクが、苛立った声をあげた。

「なにヘラヘラ笑ってる、ルース！　候補上位だかなんだか知らねえが、お前が教官だからって舐められてんだぞ！　あの蛇野郎、誰か探してきやがれ！」

怒号のような声に、他の候補者たちが慌てて眼を逸らす。ゲオルクは「てめえら、それでも騎士の端くれか！」と足を踏みならした。アランはその態度に、聞こえよがしにため息をつく。

「うっとうしい。ゲオルクがいるならこの授業、俺もルジみたいにサボりたいよ」

「なんだと、アラン！」

怒鳴るゲオルクに、ルースが声をかけて制した。

「はいはい、ゲオルク。落ち着いて。きみも騎士の端くれなんだから、常に冷静にね。アランも、無用の煽りだよ。とりあえず手合わせしよう。その間に僕がユリヤを探してくるから」

ルースは軽く手を叩きながらゲオルクをいなし、組みあわせを発表していった。緊張しながら待っていると、ついにリオの名前が呼ばれる。

「リオ・ヨナターンは……ゲオルク・エチェーシフと！　じゃあみんな、よろしくね！」

リオは頭の先から、さあっと血の気がさがるのを感じた。よりにもよって、一番怖い相手と当たってしまった。案の定ゲオルクはルースに食ってかかり、「なんで俺が、あんなもやしとやらなきゃならねえんだっ⁉」とわめいている。ルースは苦笑気味に、

「順番だよ、順番。きみが教えてあげて。じゃあ、僕はユリヤを探してくるから」

と言い残して、演習場を出ていってしまった。

だだっ広い演習場では、既に組み合わせになった者同士が向かい合い、一礼してから打ち合いを始めていた。

リオは腹を決めて、「あ、あの、よろしくお願いします」と、ゲオルクに声をかけた。

熊のように大きな体をゆらりとこちらへ向け、金の瞳で睨み付けられて、リオは内心震え上がった。稽古着の上からも、あまりにも屈強なゲオルクの肉体が分かる。こんな男に一太刀(ひとたち)でもくらえば死ぬだろう。

体がぶるっと震えたが、それでも長剣を持ち上げる。毎日持つ訓練をしていたので、ようやく構えだけはできるようになった。が、刃先は安定せず、腕にも余計な力が入って剣は小刻みに震えていた。

「おい、てめえ、ふざけてんのか？」

ゲオルクが持っているのは、刃渡りも刃幅もリオのものとは比べものにならないくらい大きな大剣だった。分厚く鋼の塊そのものの剣は、斬るのではなく、相手の剣を叩き割るためのも

のだ。たとえ全身を甲冑に包んでも、ゲオルクのように逞しい戦士に振り下ろされれば、プレートは簡単に割れて、中の人間は骨を折って戦場にうずくまるだろう。

その剣を片手に持ったまま、ゲオルクがずんずんと近寄ってくる。リオは及び腰になり、

(なに？　なに？　一礼もせずに打ち合うの？)

と混乱した。だが打ち合うもなにも、ゲオルクが剣を一振りでもしようものなら、もうリオは立ち上がれないだろう。

無意識に後ずさったが、ハッと気がついて踏ん張る。逃げてはいけない、と思う。一人で戦える力は、どう考えたって必要なのだ——。

「こんな獲物、てめえには扱えるわけねえだろうがっ！」

と、眼の前に迫っていたゲオルクの手が、リオの手首をぐいと摑んでいた。え？　と眼をしばたたいたのと同時に、長剣を奪われる。かわりにそのまま手首を摑まれて、どこかへ引っ張って行かれた。

(えっ、えっ、どこ行くんだ!?)

大股で歩くゲオルクに、必死になって付いていく。しかし体格の差がありすぎて、演習場の出口のところでリオは転びかけた。と、ゲオルクは驚いたようにリオを振り返った。

「ああ、悪い。お前、軽いんだな」

そう言って手を放される。リオは一瞬、謝られたことが分からなかった。付いてこいと言い

つけて、ゲオルクは演習場の外へ出ると、大きな武器庫の中に、リオを連れていった。

（……あれ、今さっき、この人俺に謝ったのかな？）

考えていると、いくつもの長剣が差してある巨大な壺の中に、ゲオルクはリオの剣を入れてしまった。

それから、壁にかけられた武具を前に、仁王立ちしている。

（な、なにしてるんだろう……？）

分からなかったが、ゲオルクは真剣な表情だった。

「これか……これかな。おい、どっちがいい？」

そう言って、壁から二つの武器を取る。呼ばれておそるおそる近づくと、差し出されたのは刃が針のように細いレイピアと、ごく軽い短剣だった。

「お前みたいに小柄な男には、こういう武器が一番いい。なんで長剣なんか持ってたんだ？」

「……さ、最初の試験のときに渡されたので、そういうものかと」

「ああ……そうか。お前、剣を持ったことがなかったのか。そりゃあ悪かったな、俺が教官のときにすぐ気づくべきだった」

また謝られた。びっくりして、リオはゲオルクの顔を見上げた。さっきまで獣のように怒鳴っていたのに、今のゲオルクはごく普通の、凪いだ表情をしていた。それを見ると、彼がいわゆる美男子とは違うが、野性味のある、整った容姿なことに気がついた。

つり上がった眼は切れ長で瞳は澄み、大きな口に覗く八重歯が動物のようで、どことなく可愛らしい。

「えっと……じゃあ、持ってみて決めようかな……」

短剣に手を伸ばして受け取ったとき、ゲオルクが「うおっ」と妙な声をあげて動揺した。どうしたのかと見上げれば、彼は明らかに困った顔で、リオの手首を見ていた。

「俺が握ったところ、赤くなってるのか？　悪かった、お前……細いんだな、力の加減が分からなくてよ……」

言われて見れば、リオの手首にはゲオルクに掴まれた痕がくっきりと残っていた。かなり痛かったので、まあこれは仕方がないだろうと思う。

だがゲオルクの反応は予想外だった。レイピアを脇にどかし、ゲオルクはリオの手を、さっき乱暴に掴んだときとは比べものにならないくらいにそうっととった。まるで、壊れ物に触るような手つきだ。

「痣になってるか……？　悪い、俺は武芸の家に生まれたんで……女にも触ったことがなくてだな」

突然の告白に、リオは呆気にとられる。けれどゲオルクは至って真剣で、悲しそうにリオの手首を見ているし、褐色肌の頰には、わずかに恥じ入るような赤みが差していた。

ぽかんと口をあけて驚いていたリオは、けれど次の瞬間、吹き出していた。ゲオルクが眼を見開き、なぜ笑っているんだ？　という顔をしている。

「お、俺……女じゃないよ」

リオは笑いながら言った。ゲオルクは顔をしかめ、「でも筋肉、ねえじゃねえか」と反論した。筋肉がなければ、か弱い生き物に見えるのだろうか。

「……や、優しいんだな、ゲオルク……怖い人かと思ってた。……親切だね。心配してくれて、ありがとう。嬉しい……」

思わず本音で喋ってしまう。笑いながら言うと、ゲオルクの濃い肌の色には、ますます赤みが増していた。

「べつに、親切とか、心配なわけじゃねえからな、俺は！　剣術の教官でもあるから！」

真っ赤になってそう叫ばれたが、その大きな声も、もう怖いと思わなかった。まだ笑っているリオに、だんだん落ち着いてきたのか、ゲオルクももう反論しなくなる。だがふと、リオの手のひらにじっと視線を落とした。

「……手のひらに、マメができてるぞ。まだ新しいな……」

リオの手は、ゲオルクのそれに比べると子どものように小さかった。ゲオルクは大柄な体に似合わず、慎重な仕草でリオの手のひらをそっと開いた。そこには破れたばかりのマメがあって、血がにじんでいる。

「……長剣を持つ練習をしてて。でも最初から、短剣や細剣を持てばよかったんだね」

そう言うと、ゲオルクは奇妙なものを見るように、リオを見つめた。

「お前、『鞘』の候補だろ。剣なんて適当でいいじゃねえか」

ちゃんとやらせるために武器庫に連れてきたと思っていたが、そうでもないのか、ゲオルクは不思議そうに言う。

「そうだけど……でも、できなくていいものじゃないだろ。自分の身くらい、自分で守れなきゃ。当たり前のことだと思って……」

使徒になりたいかというと、そういうわけではない。

だがここにいる以上、なにかしらの努力は必要だと思っていた。弱い自分を、リオは恥じている。貧相な体は貧しかったから。武器を扱えないのも、そもそも寺院の孤児だったから当たり前だ。だが、使徒になるならもうそれで当たり前とは言えないだろう。エミルでさえ、一通りの武芸はできるのだ。リオのように持ち上げることさえままならないわけじゃない。

ゲオルクはしばらく黙っていたが、やがて「そうか」と頷き、「よし、なら俺が、お前に合った戦い方を教えてやる」と言い切った。

「本当に？」

思わず眼を瞠（みは）ると、ゲオルクは真面目な顔だった。

「騎士に二言はねえ。お前毎日、練習してたんだろ？　その時間、付き合ってやる。素人が一人でやってもエミル・ジェルジにさえ追いつけねえからな」

きっぱりと言われたが、さすがにそれは悪い気がした。

「でも、せっかくの自由時間なのに……」

「いいよ。どうせいつもルースと手合わせしてる時間だ。あいつとばかり打ち合っても、張り合いねえしな。アラン・ストリヴロは逃げやがるし、ユリヤ・ルジはどこにいるんだか見当もつかねえ。まともに俺とやり合えるのは、今のところ三人しかいねえのに」

ぶつぶつと文句を言うゲオルクは、真正直で嘘がないように見えた。その顔は、友だちに遊びをすっぽかされた少年のように無垢に見える。熊のような大男相手に、無垢という感想もいかがなものかと思うのだが、どう見てもそうだった。

（ゲオルクは、いい人かも……）

と、思う。

「……ゲオルクも二年間、ずっとこの館の中にいるの？　選定のために……」

「まあな。俺の故郷は田舎なんだ。いいとこだけど、ちょっと里帰りするには遠すぎる。でも魔女との三年戦争で召集されたから、六年前から王都にはいたぜ」

「六年前って……まだ若かったでしょう？」

そのころ、リオは十歳だ。ゲオルクはいくつだったのだろう。

「今の俺が二十二で、そのときは十六だったから、普通だ。陛下は当時十九歳だった」

知らなかった。ゲオルクはなんでもないことのように、「俺は後衛部隊の兵隊だったから、陛下のお顔は知らないが」と肩をすくめる。

「前衛部隊に入ってた。そのころ、ルースも俺と同じ後衛部隊にいたな」

　ゲオルクとルースは、そのころからの付き合いだという。二人とも自家が騎士の家で、領民を率いて参戦した父親の麾下として働いたという。聞けばルースはゲオルクの二つ上で、今二十四。アランと同い年だそうだ。

「……あの、じゃあ、ユリヤもそのころ、軍隊にいたの？」

　ゲオルクはしばらく考えるような顔をし、いや、いなかった、と答えた。

「ルジ家なんて聞いたことがなかったぜ。第一貴族の家なら、前衛部隊にいたんだろうが。まあ家なんて、俺にはどうでもいい。気に入らねえのは力があるくせに、真面目にやらねえところだ」

　舌打ちし、ゲオルクはそう言う。

「……どうあろうが、俺たちは使徒候補者だ。選ばれれば陛下のために剣となり盾となる。それが俺たちの使命だ。いざというときに刃こぼれした剣で、割れた盾で、陛下を守れるか？」

　リオには意外だった。素朴な疑問が、ふっと湧く。

「陛下の顔さえ見たことがなくても、ゲオルクは陛下のために命を懸けるの？」

「それが武家に生まれた騎士の生き方だろうが」

　答えは一拍もおかずに返ってくる。ゲオルクは粗暴な振る舞いが目立つけれど、中身は間違いなく忠節を誓う騎士なのだと、リオは気づいた。

「俺はどの使徒に選ばれてもいいし、選ばれなくてもいい。陛下が愚鈍でも賢明でも関係ねえ。エチェーシフ家は有事には常に与えられた立場で、全力で王家のために力を振るってきたんだ。それがウルカの神の土地と恵みを、王から賜ったときの誓いだ」

よどみなく言い切ってから、ゲオルクは「なんか難しい話しちまったな」と息をついた。

「戻るぞ。とりあえず短剣の使い方から教えてやる。それなら女でも扱えるからな」

「だから女じゃないよ」

もうゲオルクのことは、怖くなかった。この人はただひたすらに、真面目で直情的なだけだと分かった。リオが気安い口をきいても、階級に興味がないのだろう、ゲオルクは怒ったりしない。

演習場に戻ると、ゲオルクは犬のしつけをするかのごとく、気長に、丁寧に戦い方を教えてくれた。短剣ならばリオでも振り回せる重さだし、小柄な体格はむしろ有利に働いた。

ユリヤを探しに行ったものの、空振りで戻ってきた様子のルースがそれを見て嬉しそうに微笑み、

「さすがゲオルク。この子に合うものを探してくれたんだね」

と褒めた。ゲオルクは満足そうにふんぞり返り、「当たり前だ」と胸を張った。ニコニコと笑っているルースを見て、リオはルースがわざとゲオルクと自分を組ませたのだと気がついた。

おそらくだが、ルースはリオに合う武器と戦い方を誰かが世話してやらねばと考えていて、ゲオルクならそうしてくれると分かっていたのではあるまいか。二人は長い付き合いのようだし、根の親切なゲオルクの気性を、ルースは分かっていそうだった。

　じっとルースを見つめていると、彼はリオを振り返って、にっこりと笑い首を傾げた。

「たとえ役目が『鞘』でも、最低限の剣術は必要だろうからね。……どう？　短剣なら扱えそうかな」

「あ、はい。大丈夫そうです」

　それはよかった、とルースが言い、ゲオルクが「ルース、俺はしばらくこいつの面倒を見るぞ」と言ったとき、「ルース。俺を探しに来たんじゃなかったか」と、後ろから声がかかった。

　はっとして振り向くと、そこにはコート姿のユリヤ・ルジがいた。

　演習場に集まっていた候補者たちは一斉にざわめき、「ユリヤ・ルジだ。珍しい」「なにしにきたんだ？」と言い合っている。

　リオの隣にいたゲオルクは一気に殺気立ち、

「おいてめえ！　毎度毎度サボりやがって！　今ごろなにしにきたっ⁉」

　と、怒鳴った。ユリヤはそれを無視して、じっとリオを見つめている。大股に近づいてくるユリヤは、ただ一直線にリオに向かってくる。気圧（けお）されたように候補者たちは道を開け、驚いているエミルの顔と、訝（いぶか）しげなアランの顔が視界の端をよぎった。

「獲物を変えたのか。ご大層なことだ。なら一つ手合わせしよう、リオ・ヨナターン」

リオの眼前に立ったユリヤが、そう言い放つ。

ゲオルクは足を踏みならし、「ユリヤ・ルジ！　最初の相手は俺だ！」と言って、ユリヤの胸ぐらを摑もうとした。

だがユリヤは顔色一つ変えずにそれをかわすと、がら空きになっていたゲオルクの腰元から大剣を抜き取り、素早く構えてリオの鼻先に切っ先を突きつけていた。

ルースが顔をしかめて、「ユリヤ」と窘めるような声を出す。

「なんのつもり？　今日、きみは教官を放棄した。僕が教官だ。リオと君とは手合わせさせない」

「黙っていろ、ルース。俺はこいつの世話役だ」

これが仕事なんだよ、と、ユリヤはルースを横目で睨む。睨まれたルースは眉根を寄せたが、「てめえ！　俺の剣を返せ！」とわめくゲオルクの胸を押し、「ゲオルク、下がって」と小声で言った。

リオは身じろぎ一つできずに、突っ立っていた。眼と鼻の先に鋭い剣先があり、体がすくんでいた。青い瞳をすがめて、ユリヤがリオに「どうした？」と言ってくる。

「『鞘』以外もできるかもしれないと息巻いていたはずだが？　それとも降参して、誰に抱かれるか決めるか」

安い挑発だと分かりながら、言われると怒りを感じた。リオは一歩後ろに後ずさり、ゲオルクに教えてもらったとおり短剣の構えを作る。腰を低く落とし、相手の剣を見る。大剣は一振りの動きが大きい。最初の一撃をかわして、懐に入れば短剣でも勝機があると教わった。

相手が来るのを待ち、じっと呼吸を整える。ユリヤは小さく嗤い、

「基礎の基礎は習ったか」

と言って、一歩踏み込んできた。剣は頭上から、リオの頭を叩くように降ってきた。怯えて逃げそうになる足を前に踏みだし、最初の一閃をかわして、リオはユリヤの腹に向かって剣を突き出した。だがその瞬間、手首をひねりあげられ、宙づりにされていた。

「い、痛い……っ」

腕をひねられた痛みに叫ぶ。激痛に、指が痺れて剣が落ちた。次の瞬間乱暴に投げられて、リオは冷たい石の上に倒れ込んでいた。腹の上に、どすんと重たいものが落ちてきて、その衝撃に呻く。

リオの腹の上には、ユリヤの足が乗っていた。

「ルジ、てめえ！　やりすぎだろうが！」

ゲオルクが怒鳴る声がしたが、リオの視界の先、見上げたところでは、ユリヤが無表情にじっとこちらを見下ろしていた。

「リオ・ヨナターン。十日見逃してやった。遊びには十分すぎる時間だ。お前にできることが

なにか、本当にその小さな頭で考えたか？」

　ユリヤの声は低く小さかったので、たぶんリオにしか聞こえていなかった。青い瞳には、リオの顔が映っている。硬直し、答えられないでいる自分の顔だ。

「俺は初めて会った日から言っている。自分の頭で考えろ。ここは国を守り、国を支える者が集まる場所だ。お前は望んでいなかっただろうが、連れてこられた。運命がお前を呼び寄せた。……人には皆、できることとできないことがある。お前にできることはなんだ？　ちっぽけな意地や感情などいらない。お前の役目を考えろ」

　眼をすがめ、ゆっくりと腹から足を引きながら、ユリヤは囁いた。

「恋とも呼べない些細な感情は忘れろ。お前のそれは、恋じゃない。……本物の愛は、もっと身を裂き、心をひきちぎる……激しいものだ」

　リオから足をどけたユリヤは、ゲオルクの手にひょい、と大剣を返す。

「リオに剣を教えるつもりなら、護身用だけのものにしておけ。こいつは『鞘』の候補だ」

　ゲオルクは「分かってらあ！　えらそうに！」と怒鳴る。リオのもとへは、すぐにルースが駆けてきた。

「大丈夫？　どこか痛むところは？」

　抱き起こされて、リオは首を横に振る。痛いところは特になかった。石の上に投げ出されたが、それも受け身がとれていたのか、ユリヤの投げ方が上手かったのか、痛めた場所はない。

ただ心臓が、痛いほど拍動していた。心の中の弱いところを、激しく突かれたような気持ちだった。

「リオ、真っ青だよ」

エミルがそう言って、リオのそばにしゃがんでくる。エミルは心配そうな顔をしている。ふと顔をあげると、ユリヤはまた演習場を出て行くところだ。ルースがため息をつき、

「……面倒な世話役をつけられたね、きみも」

と、呆れたように呟いていた。

十　それぞれの思惑

――お前にできることはなんだ？　ちっぽけな意地や感情などいらない。お前の役目を考えろ。……恋とも呼べない些細な感情は忘れろ。お前のそれは、恋じゃない。

　ユリヤの言葉が頭の中に反響したまま、リオは午前鍛錬を終えた。

　終業時、エミルと二人で戻り支度をしていると、リオはゲオルクとルースに呼び止められた。そして、これから毎日昼食前の短い時間に武術一般を個人的に教える、と言われた。

「およそ十一日間遠目にきみの武芸一般の能力は見せてもらってたんだけど、リオには、弓は合わないと思うんだ。ボウガンでも結構力がいるし、そもそも弓や槍は戦時の道具だ。護身が目的なら、武器は短剣だけに集中したほうがいい。そのかわり馬はわりと上手く乗りこなしてるから、この二つを重点的に訓練したらどうかな？」

　ルースがそう提案してきた。ゲオルクは「まだ決めるのは早いだろ」と顔をしかめたが、

「フェルナンに伝えて、リオの予定書を書き換えてもらおう。そのほうがリオのためだと思う」

と、ルースは譲らなかった。

リオはルースの提案に驚き、恐縮した。

「あの、俺だけ特別に見てもらうのはさすがに……」

特別扱いにもびっくりしたが、遠目から、十日間リオを見ていたと言うルースの発言には、内心もっと驚いた。どうして俺を？　と思ったが、その疑問はすぐに晴れた。

「正直、きみが『鞘』に選ばれないと僕らは六度目の選定中断を経験することになる。それは避けたいから、きみにはできるだけ協力したいんだ」

ルースの言葉を聞いて、リオは急に自分の責任を感じた。

（俺、期待されてるんだ……。『王の鞘』になること……）

演習場にいたフェルナンをルースが呼び止め、すぐに話をつけてくれた。フェルナンは難色を示すでもなく、「なるほど」と頷いた。

「僕らのどちらかが空いてる日は、午前をリオの指導に当てていいよね？」

ルースが言うと、フェルナンはため息まじりに「手薄になるが仕方ないな。全体授業はアランに介助を頼もう」と調整してくれた。どんどん進んでいく話に、リオは驚きつつ小さくなった。

（いいのかな……俺だけ、特別扱いされて）

そのとき、フェルナンが「リオ・ヨナターン」と声をかけてきた。

「授業を調整するのは構わない。だが、お前の気持ちはどうなんだ？　それでいいか？」

これは確認だと付け加えて、フェルナンはじっとリオを見てくる。リオは一瞬息を呑み、それから「俺？」と訊き返してしまった。

鍛錬中、フェルナンは片眼鏡をはずしている。琥珀の瞳は遮るものがないと、リオの内面まで見透かすような光をたたえていた。

よく見るとその瞳は、落ち着いたフェルナンの印象とは裏腹に輝度が高く、明度も高かった。

「お前のことだろう。こちらの都合だけで決めるわけにはいかない。お前自身の考えを知りたい」

リオはぽかんと口を開けた。数秒固まって、それからえっと、と口ごもる。

「め、迷惑をかけてしまうけど……でも、その、授業を絞ってもらえたら助かる。今もついていけてないし……本当のことを言うと、座学のほうもなにを一番にやらなきゃいけないのか分かってなくて」

おそるおそる、自分の考えを口にする。

フェルナンは落ち着いた様子で、分かったと頷いた。

「座学のほうも困っているのなら、俺が一度立て直そう。基礎知識がない状態で広く勉強するより、さしあたっての教養を身につけたほうが効率がいい。一度考えてみるから、あとでお前の意見を聞かせてくれ」

淡々とした声音に、急いで頷く。稽古着の懐から片眼鏡を取り出し、いつものように高い鼻梁にかけるフェルナンを見て、リオは思った。

(フェルナンは……ちょっとだけ、ユリウスに似てる)

容姿ではなく、性格がだ。

フェルナンは力のある人間だけで勝手に事を進めずに、リオの考えを聞いてくれた。フェルナンはリオへ振り向き、ところでと付け足した。

「肝心の、儀式の相手は決まったか?」

言われて、リオはたじろいだ。儀式の相手とは、すなわち誰に抱かれるか、だろう。

答えあぐねてうつむくと、頬にかあっと熱がのぼってくる。

「僕が立候補したいくらいだけど……第一貴族のほうがいいよね。第二貴族でも大丈夫なら、いつでも、リオの力になるから言ってね」

隣にいたルースが、気遣うように優しく声をかけてくれた。彼はそもそも気配りのできる人なのだろう。高い背を屈めて、まるで小さな子どもにするように、リオの顔を下から覗きこんで言う。薄い青の瞳には、いやらしさや皮肉は一切なく、純粋な親切心が浮かんでいる。

ゲオルクは顔をしかめ、「ルース。そういうのはなんだ、無粋って言うらしいぜ」と少し照れたように小さな声を出す。大柄な体をすぼめている。ゲオルクは、この手の話題が苦手なようだった。

それまで黙ってそばにいたエミルが、いいことを思いついた、というように「フェルナン様にお願いしたら？」と口にした。リオは慌てて、「い、いや……」と言ったが、フェルナンは「指名があるなら応じるが」と平然としていた。

「勝手に決めてもらっちゃ困る。リオには俺を指名しろと言ってあるんだからな」

そのとき、武器庫に武器を戻したアランが、いつの間にかこちらへ近づいてきた。

アランは苛立ったような様子で、フェルナンやルース、ゲオルクを牽制するように睨んだ。

ルースはニコニコしながら、「リオがアランを選ぶなら、もちろん異存はないよ」と肩をすくめたが、ゲオルクは大きく舌打ちし、ぷいと顔を背けた。フェルナンはため息をつき、

「誰でも構わないが、あと十日のうちには決めてもらいたい。それでも遅いくらいだがな」

とリオを見る。

「俺でいいだろ、お嬢ちゃん。一応、ここじゃ俺が一番の古馴染みだろう？」

命令するようなアランの口調に、エミルが眼を丸くする。そうなの？　というように顔を見てくるエミルにどう応えたものかも分からず、リオはいたたまれなくなって、急いで頭を下げると、「俺、部屋に戻ります」とその場を駆け出してしまった。

「リオ！」

背中に、心配そうなエミルの声がかかったが、立ち止まれなかった。

屋内に駆け込み、誰もいない階段をのぼって一人になると、やっとリオは立ち止まって、ぜいぜいと息を乱しながら踊り場の壁に凭れた。

（俺は『鞘』の候補……。それ以外に選ぶ道はない）

ふと、セスが手紙に書いてくれた言葉が蘇る。

――きみが何者なのか、そしてこれから、その場所で、なにをするのか。なにをしたいのか。きみは自分の頭で考えて、決められるんだ。

セス、どうしてそんなことを言うの？

初めて読んだとき、リオはそう思ったのだ。なぜセスは、リオがもうセヴェルに戻らないことを前提にして、話すのだろう……。

王都で、リオの未来があるかのように書くのだろう。

一人だけ、生きる道を自由に選べるなどと……残酷にもけしかけるのだろうか。そう思った。

（……セス。本当はどこにいたって同じだよ。……セヴェルにいたって王都にいたって、俺は偉い人の言いなりで……自分で決めたりできない）

フェルナンのように、リオの考えを気にしてくれる人はいる。だがそれも、あくまでリオが『鞘』候補だからだ。

みんなが、リオに対してそれぞれの都合を持っている。アランは記憶を取り戻せと言い、なぜかユリヤとリオが近づくのを嫌がる。候補上位のゲオルク、ルース、フェルナンは、リオに協力的だが、それは『鞘』として選ばれてほしいからだろう。それはエミルも同じ。その他の候補者の多くは、リオを本当は認めたくないはずだが選定の中断も避けたいと思っている。

そしてユリヤは？

ユリヤ・ルジがなにを考えているかは、よく分からなかった。度々、リオに自分で考えろと言うが、その真意は知らない。

（でも、考えても考えなくても同じじゃないか？　ここは八方塞がりだ。俺にできることはわずか。頑張っても、他の候補にはなれない。みんなは俺が『鞘』にならないと困る……俺は男と寝なきゃいけない、でも、選びたいユリウスは選べないんだ）

セヴェルにいたときと変わらない、とリオは思った。あのときと一緒で、やれることはわずかで、そのやれることをしながら、なんとか生き抜くしかない。なるべく傷つかないよう、頭を低く下げて、やり過ごすしか。

（……本当に、それだけしかない？）

けれどそのとき、そう思った。決められたようにするしかないにしても、ただ唯々諾々と流されて、問題を先送りして、見ない振りをして……それで、いいのだろうか？

なにも考えないで、なにも選ばないでいいのだろうか？

（でも、俺が選べることなんてないのに）

気弱な心がそう言う。そのとき頭の中で、もう一つの声がする。

（それでもこのままじゃ、あんまり……悔しくないか？）

あんまり、あんまりにも、みじめじゃないだろうか――。

　そのとき足下から地鳴りが聞こえてきた。リオはハッと身構えて、壁に捕まる。館が揺れ、どこかで「また魔女か」と言う声がした。揺れはいつもより次第に大きく激しくなり、時間も長かった。

「王宮からの支援はまだか！」

　壁の向こうで、誰かが叫んでいる。足首に誰かの手が触れたような錯覚を覚えて、リオはぎくりとした。

　刹那、窓の外で光が閃き、建物は白い閃光に包まれていた。光が消えると地震は止んでいる。王宮の魔術師たちが魔女を追い払ってくれたのだ。安堵の息をつき、胸を撫で下ろしたリオの耳に、階段の下から男たちの声が聞こえてきた。

「魔女め、だんだん力を取り戻してきているな」

「誰かさっさと、あの平民を抱いてやれよ。『鞘』がいなきゃ魔女狩りもできない」

　自分のことを言われていると分かって体が強ばる。しかし階下の男たちは、すぐ上にリオがいることに気づいたらしい。軽薄な口笛が一つ鳴り、ハッとして下を見ると、候補者たちの数名が、ニヤニヤと笑いながらリオを見上げていた。

「野良犬、寝る相手は決まったか？　お前みたいな薄汚い犬、第一貴族様はもったいない。俺らが相手してやってもいいんだぜ」

　一人が言うと、周りにいる四、五人も、一緒になって嗤った。リオは怖くなり、急いでその場を離れた。おい、逃げるなよ、と声がする。駆け足で部屋まで戻り、扉を閉めて鍵をかけた。廊下には、冗談で追いかけてきた男たちの、悪ふざけの笑い声がこだましている。国のためだぞ、さっさとその尻を差し出せ……。そんなひどい言葉が飛び交っている。

扉に額を押しつけ、両手で耳を塞いで、リオはずるずるとその場にへたりこんだ。

（無力でちっぽけな俺。……俺にできることって、なにがあるんだろう）

ようやく男たちの下品な笑い声が消えて、リオは手を膝に下ろした。

無意識に、胸元を探るのが癖になっていた。稽古着の下に、ユリウスからもらったナイフの感触があった。襟元から取り出すと、緑のガラス片は窓からこぼれる灯りを反射して、鈍く光っている。

魔術師の静かな瞳を思い出す。リオが知っているのはそれだけ。ユリウスは、リオになにも言わなかった。ああしろとかこうしろとか、望みや要求を言われたことは一度もない。あえて言うなら、この館の誰も信じるなとは言ったが、それだけだ。

（……望まれていることに、ただ従うほうが……楽なんだ）

リオはそのことに気がついた。望まれていることを、望まれているようにやるほうが、考えなくていい。自分でなにかを望もうとしたら、考えなければならない。自分がどうやって生きてきたか。これから、どうやって生きていくのかを。

記憶のないまま生きてきた三年、今までの自分は、誰かの望みを叶えるように生きてきたのだと、リオは改めて思う。

セスや寺院の子どもたちの望みのため。

そのうちに、ユリウスの……仕事としての望みに添うように王都へやって来た。

そして今は……？

今は、誰の望みを叶えたらいいのか分からずに、困惑している。でも、もはや誰かの望みを叶えるために生きることは、難しい。ならば自分が望むことはなにか。

それを知るしかないのだと、リオはぼんやりと考えていた。


翌日の、午後の授業はリオが一番苦手な学問だった。

授業は四階の北の棟で行われる。参加者は四名だけ。教官はシシエだった。そう、閨房学だ。『鞘』候補者のみが受ける、寝台での振る舞い、男同士の性交渉の授業だった。

「なんで僕がお前らみたいなしみったれたやつらに教えなきゃいけないかな」

教室としてあてがわれている部屋に入るなり、シシエは居丈高にそう言った。リオとエミルは無言で椅子に座る。他の二名がくすくすと聞こえよがしに嗤っていた。

座学の部屋は、どこも細長い長机に椅子が数脚並べられている作りだ。リオは知らないが、エミルに聞くとこの国にある唯一の大学の教室と同じ構造だそうだ。正面には教卓があり、教官は一段高いところに座る。他の座学の教室も同じだったが、ただ一つ、この閨房学の部屋には他と違うところがあり、それは五人は寝そべれそうな天蓋付きの寝台が、部屋の後部に置いてあることだった。

「シシエ、態度が悪いぞ。教える者としての自覚を持て」

そう言って入ってきたのはフェルナンだった。彼は自分の受け持ちがないときは、この閨房学を監視しにやってくる。今日もその様子だったが、手に大きな木箱を抱えていた。

「使うと言っていたのはこれでよかったか」

フェルナンが平然とした顔でリオとエミルの前に差し出したものを見て、リオは硬直してしまった。

それは男の性器——しかもかなり大きな——を象ったものだった。

「ちゃんと陶製だね。油も持ってきてくれただろうね」

シシエはなんでもないようにそれを持ち上げ、フェルナンに訊いた。木箱からは瓶に入った香油まで出てくる。

「エミル、あの大きいもの、なに？」

リオにはなにかが分からず小声で訊くと、

「張形だよ、田舎者のおぼこちゃん」

シシエがバカにするようにせせら嗤った。

「これを尻の穴に入れたり出したりするんだよ。男の性器、見たことないのか？」

リオは異様に大きなその性具を見て、ぞっとした。あんなものが、後ろに入るわけがない。

「でもまあ今日は舐める練習からいくよ。サボったら尻に指を入れるからね」

教鞭を持ったシシエが、教卓にぴしりと鞭を振り下ろしてから、リオとエミルを促す。

男の性器を使って口淫する方法は、つい先日教本で読まされたばかりで、知識としては頭に入っていた。だがリオは張形を手に取ることすらできず、ご丁寧に茶色く焼き入れられたそれをじっと見るばかりだ。部屋の隅に座って、じっとこちらを見ているフェルナンの視線が辛い。

だが隣のエミルは、ためらいなく、ぱくりと張形を口にくわえた。

（エミル、できるのっ？）

ぎょっとしてエミルを見ると、エミルは細長いパンでも食べるように張形を口に入れ、リオに視線だけで、

「リオ、やって」

というように、促している。

「おい、ヨナターン。さっさとやれ。嫌なら後ろの寝台で、先に下の口に突っ込むよ」

シシエが恐ろしいことを言い、リオは仕方なく張形を持ち上げた。陶製なのでそれなりに重いが、感触はつるりとしている。

「先端に口づけて」

シシエに命じられ、そうっと口づける。途端に頬が、火であぶられたように熱くなった。ゆっくり口に含むが、手が震えて上手くできない。シシエに舌打ちされ、「遅い、ねぶれ！」と叱られた。

口いっぱいに頬張るときには、羞恥と息苦しさで涙ぐんでいた。自分で張形を持ったまま、それを横に動かし、疑似口淫をする。張形には唾液が溢れてつき、机のうえにぽたぽたと垂れた。

「それで陛下のご満足を得られると？　リオ・ヨナターン、立って」

顎の下に鞭を入れられ、くい、と上向かせられる。リオはますます息苦しくなりながら、言われたとおりに立った。

隣のエミルが、視線だけで心配そうにリオを見てきた。この扱いはいつもそうで、シシエはこの教室で、リオだけを叱る。現にシシエといつも一緒にいる他の二人は張形を含むこともせず適当に弄んでいるのに、シシエはまるで視界に入らないという態度だった。

「口は止めるな、張形は舐め続けろ」

シシエはそう命じると、立たせたリオの下穿きの紐を緩めた。もう眼を開けていられず、ぎゅっとつむる。こうされるのは三度目で、シシエの指が無遠慮にリオの尻を撫で、油のついた指でぬるりと後孔を触られる。シシエは舌打ちした。

「硬い。昨日サボったな、毎日ほぐせと言っただろ」

そう言って、シシエがリオの尻をパン、と叩いた。

「ふぐ……っ」

張形を舐めているリオは、その衝撃にえずきそうになる。

「シシエ、暴力はやめろ」

部屋の隅からフェルナンの注意が飛んでくる。異様な状況を眼にしていても、彼の声音はいつもどおり平板だった。

「こういう刺激もいずれ快感に変わるから、仕込んでるだけだよ。きみが言ったんだからね、フェルナン。『鞘』候補上位のヨナターンを、しっかり教育しろって」

シシエは鼻で嗤い、リオの中をしばらく探ると、やがて指を二本に増やした。

「んっ、ん、ん……」

下腹部の違和感が苦しくて、前屈みになると、机を挟んで眼の前に立ち、リオの中を弄くっているシシエの肩に額が当たる。生理的な涙がどっと頰に溢れ、だめ、と思うのに、リオはへなへなとシシエの肩にすがっていた。意地の悪いこの美青年からは、いつも甘ったるい香りがする。彼は「もう音を上げるの？」と嘲笑した。笑い声には、わずかな興奮が含まれている。

結局その日の授業は、リオが後ろに三本指を入れられて終わった。

「毎日ほぐすのを忘れないように、ヨナターン。男性器は触らないこと。乳首にも香油を塗って揉んでおけ。明日言われたとおりにしてきたか見るからね」

授業が終わり、リオにだけ宿題が出た。

「早く儀式の相手も探せ。ぐずぐずしてたら僕が決めて犯させるよ」

恐ろしい言葉を突きつけて、シシエは他の二人の候補と一緒に、部屋を出て行った。

下穿きを穿き直しながら、涙を拭っていると、エミルが「大丈夫？」と心配してくれた。

「……ひどい授業」

リオがぽそっと言うと、

「まだ最初だよ。教本が進むと、後ろに張形を入れられるんだ」

とエミルが答えた。リオは暗澹たる気持ちになった。閨房学は毎日ある。初日には、後ろでする自慰について教えられ、鞘候補者は毎晩そこを使って感度を高めるようにと指示されている。

「エミルは入れたことあるの？」

教室を出ながら、そっと訊いてみる。

「そこまで行く前に毎回選定が中断したから……でも、後ろの寝台は使わされたことがあるよ。自分で指三本入るまでほぐすのを、シシエ様に見られた」

とんでもない行為だ。リオが青ざめると、エミルは笑いながら「シシエ様って口は悪いけど、そんなに悪い人じゃないから、平気だよ」と言う。やっぱりエミルは、見た目よりもよっぽど肝が据わっている。

「でもなんか、ずるくないか？　俺たちはやらされるのに、シシエはなにもしなくって」

リオが唇を尖らせると、そうでもないよ、とエミルは言った。

「僕が儀式をフェルナン様に頼んだって言ったら、その前に見せてやるって、シシエ様が男と交わるのを見せてくれたよ。そのとき、僕のほうが選定順位が上位だったから……シシエ様は僕を育てようと頑張ってくれてた」

今はリオに熱を入れてるけどね、とエミルが付け足す。

「シシエ様だってこの国の貴族。フロシフランを健やかな国に戻し、戦争の傷を癒やしたい気持ちは絶対にある。だからこそ、リオに厳しいんだと思う」

（じゃあ、シシエの望みも、俺が早く『鞘』になることなんだな……）

ため息をつきつつ、あとでまた食堂でと言い合って、リオは中庭でエミルと別れた。夕暮れの橙色の光が、あたりを赤く染めている。

中庭の噴水の横を通ったとき、頭上を鳥の影がよぎった。立ち止まって顔をあげると、建物に切り取られて四角くなった夕空の上を、アカトビが飛んでいった。

「あのアカトビ……ユリウスの鳥かな……」

また、あの魔術師のことを恋しがっている。そんな自分がみじめで、視線を足下に落とした。すると再び視界に影が差し、リオはアカトビが戻ってきたかと顔をあげたが、影の主はもっと間近に立っていた。

「……アラン」

すぐ眼の前に、苛立った表情で立っていたのはアランだ。夕焼けよりも赤い瞳をすがめ、どうしてか怒った顔をしている。

「いつまで待たせる？　俺を指名しろって何度も言ってるだろ、お嬢ちゃん」

イライラと言われて、リオはむっと眉根を寄せた。

「……どうして。フェルナンには、二十日めまでに決めたらいいって言われてる」

「考える必要があるか？　俺かフェルナン、あるいはユリヤだ。それなら俺だ。そうだろ？」

冷笑を浮かべて言うアランに、リオは後ずさった。

「どうせ入れて出されるだけの役割だ。あとから誰とでも寝られるんだから、初めは俺にしておけと言ってるんだよ」

ユリヤ・ルジは選ぶな。

また言われる。口は笑みを象っているが、赤い瞳には怒りが灯り、その声には抗いきれない威圧感があった。彼が第一貴族で、自分は平民なのだと感じると——つい癖で、頷いてしまいそうだった。けれどリオは、耐えた。

……何度でも立ち上がり、戦う力。人の子の王が、神になるための力は……『鞘』が与える。

エミルが言ってくれた言葉が、脳裏に蘇る。それをそのまま信じたわけでも、だから自分は高貴な立場なのだとも思わなかったが、『鞘』だからとバカにされ、平民のくせにと嘲笑される視線を受けるたびに、違和感を感じてきた。

(それでも、みんなには『鞘』がいなきゃ……俺がいなきゃ、困るんだろ……)

誰もが、リオが『鞘』として選ばれることを望んでいる。望みながら見下している。そのことに、言い知れない悔しさを感じる。

「……『鞘』は必要な仕事だ。だから……だから、俺の相手も、俺が選ぶ。その権利がある」

絞り出すように言ったとたん、かろうじて口の端だけで笑っていたアランの顔に、さっと怒りが広がるのが分かった。手首を摑まれ、高いところへ引っ張り上げられる。

「い、いた……っ」

ねじり上げられた腕は、のびきって軋んだ。痛みに顔をしかめたが、不意にリオは息を止めた。整ったアランの顔が、その呼吸が鼻にかかるほど間近に迫っている。

「ねえお嬢ちゃん、俺は儀式の手順を知ってる。べつに指名されなくても、ヤることはできるんだよ……」

囁くように言われた瞬間、腕をひかれ、乱暴に放される。あっという間に投げ出されたリオは、噴水の台座に尻餅をついた。痛みに呻く間にも、大きな影が体の上にのしかかる。

「シシエに少しは仕込まれてるんだろ？　俺が使ってあげようか」

肩を押さえつけられた。細身の体からは想像できない、ものすごい力だった。座った姿勢のリオの足の間に、アランが体を滑り込ませてきて、長い指で、服越しとはいえ、リオの——ついさっきシシエに指を入れられた場所を撫であげた。

とたんにぞっと背筋が凍った。アランは冷たい笑みを浮かべて、リオを見下ろしている。額に額を当てられ、唇にアランの息がかかった。口づけられるかもしれない……と思ったとき、ふと瞼の裏に、ユリウスの瞳が浮かんだ。

たき火の向こうで、静かに焔を見つめているユリウスの、緑の瞳。翡翠の中に、赤い輝きが閉じ込められている……。

「ユ、ユリウス……」

視界がにじみ、リオは涙声で、呼んでいた。

刹那、人が人を殴る鈍い音がし、のしかかっていたアランの体が吹き飛んだ。

「……っ、ユリヤ！」

吹き飛ばされたアランが噴水の横に倒れ込んで、悔しそうに呻いた。その手は腹を押さえている。蹴られたのかもしれないと思ったのは、いつの間にかリオのすぐ隣に立っていたユリヤが、なにか蹴ったあとのように、長い足を片方上げていたからだ。

「アラン、バカが。俺がこれ以上許してやると思ったか？」

ユリヤは足を下ろし、低くうなるように言った。青い眼に激しい怒りが浮かんでいる。リオはそれに驚き、息を詰めた。

ユリヤとアランはしばし睨み合い、やがてアランが、鼻で嗤った。

「ユリヤ……こんなことしたって、お前はあの魔術師に負けてるじゃないか。お嬢ちゃんはユリウスがいいんだと。顔も見たことないのにね」

赤い眼が、ちらりとリオを見る。

「……人形には愛なんて分からないさ。お前が一番、知ってるくせに」

唾棄するように言うアランの言葉に、リオは戸惑った。なんのことだろうと思うが、言われたユリヤはその言葉には答えず、

「……リオ、行くぞ」

と、リオの腕をとって立ち上がらせた。よろめいたリオの肩は、ユリヤの大きな手に優しく受け止められた。乱暴な態度とは裏腹の、その仕草の優しさにドキリとする。

「リオ！　これを見ても、俺を選ばないって言える？」

そのとき、アランは立ち上がって声を張り上げた。いつの間にか秋の日は落ち、空は薄墨色に変わっていた。中庭を囲む建物のあちこちに、魔法の灯火でランタンが明るく灯る。

振り返ると、空高く掲げたアランの手に、一枚の書簡が握られていた。見覚えのある文字で「リオへ」と書かれているそれは、たしかにセヴェルの導師の字だった。

「導師様からの……返事！」

手紙を出したのは二日前だ。なぜもう返事が。そう思ったのを察したのか、アランは「鳥を使ったんだよ。アカトビなら一晩で行って帰ってこられる」と答えた。

「……それ、ちょ、ちょうだい」

思わず一歩踏み出したが、アランは意地の悪い笑みを浮かべて、「いやだね」と言う。

「読んだよ。お嬢ちゃん、自分の記憶を探ってるんだな？」

堂々と中を見たと言われて、驚いた。驚きのあとは、怒りが湧いてくる。

「か、勝手に読むなんて……っ」

「思い出そうとするのはいい。だがそれは俺の前だけでやってもらわないと困る」

「な、なんで……っ」

「約束しただろ。記憶を思い出したら俺に最初に教えるって」

アランはそう言うと、挑発するような視線を、ユリヤに送っている。ユリヤは石のように黙りこくって、顔をしかめていた。ユリヤがなにを思っているのかまで、リオは気にする余裕がない。

「て、手紙を読ませて……」

震える声で懇願した。だがアランは手の中で、導師からの手紙をくしゃくしゃに丸めてしまう……。見ていると、まるで自分そのものが丸め込まれ、ぐちゃぐちゃにされるような気持ちになる。体ではない、自分の心が。

「いや……いやだ！　アラン、手紙、返して！」

心が乱れて、思わず飛び出そうとした体を、ユリヤの腕に掴まれて止められる。

「俺を選んだら渡してやる」

アランはそう言ってせせら嗤った。

「ちゃんと優しくしてあげるよ。お姫様にするみたいにね。……俺を選ぶんだ。リオ」

じっと見つめられて、リオは言葉を失った。どうしてそこまでして……と思う。そうすると言うべきなのか。たった一通の手紙のために？　けれど、その一通はリオにとって命のように重たい。

体が震え、そうします。アランを選ぶ、と言おうとしたその瞬間、腰に腕を回され、体が宙に持ち上げられた。あっという間に、リオはユリヤの肩に担ぎ上げられていた。

「ユ、ユリヤ！」

「相手にするな。アラン、相変わらず小賢しいな。お前は性格が悪いが、国にはその悪さも必要だから許してやる」

淡々とした声音でユリヤは言い、アランへ振り向いた。リオがユリヤへ振り返ると、ユリヤは眼をすがめて、アランを見ている。

「だがな、そんなもので釣った心は――たやすく離れる。それだけは覚悟しておけ」

威圧の含まれた、低い声。

それは厳かで、言い知れぬ迫力があった。

言われたアランが愕然と眼を見開き、それから悔しそうに顔をしかめた。夕闇の中、手紙を持つ手が力なく落ちていくのを、リオは見ていた。

　歩き出したユリヤに担がれて、リオはその場を後にすることになった。途中でハッと我に返って、リオはユリヤの背を叩いた。

「下ろして！　下ろして……、導師様の手紙……セスのことも、書いてあるかも……っ」

　戻らねば、あの手紙は捨てられてしまうかもしれない。だがユリヤは意にも介さず、リオの言葉を無視して部屋まで連れ戻すと、リオをベッドに投げるように放り出した。

　リオの言葉などまるで聞いていない、ユリヤはこちらを見向きもせず、棚から酒壺（さけつぼ）を取り、自分の杯に注（つ）いでいる。

「……どうして、手紙を……」

　喘（あえ）ぐように問いかける声を、途中で止めた。おそらく、訊いても無駄だ。リオにとっては命と同じくらい大事なものでも、ユリヤにとっては必要のないもの、アランにとっては丸めて捨てても構わないようなものなのだと気づかされた。

　彼らは貴族で、リオよりずっと偉い立場にあり――一通の手紙の重みなど、意に介したりしない。

　分かり合えない。分かってもらえないと感じたその瞬間、悔しさが、怒りが、ふつふつと腹の内側から湧き上がってくる。踏みつけにされた小さな誇りが、痛みの声をあげている。リオは勢いよく寝台から下りると、脱兎のように部屋から飛び出した。今からでも、アランを探そうと思った。

だがすぐに、追いかけてきたユリヤに捕まり、ずるずると部屋へ引きずり込まれた。

「放せ！　放せよ！」

「バカが。どこに行くつもりだっ⁉」

怒鳴られて、うるさい、とリオは反抗した。

「アランのところだよ！　手紙を返してもらう。そのかわり、アランを選べっていうならそうしてもいい！」

「この阿呆、自分がなにを言ってるか分かってるのかっ⁉」

ユリヤの寝台に投げられても、リオは再び飛び出そうと跳ね起きた。だがすぐに、大きな体にのしかかられて、動きを封じ込まれる。リオは手足をばたつかせてもがいたが、両手首を握られ、下半身にユリヤの、重たい体をずしりと受け止めると、ほとんどなんの抵抗もできなかった。

「手紙などまた書けばいいだろう！　同じ返事がほしいなら、俺が手引きしてやる。アカトビに邪魔されないよう、俺の鳥に運ばせる」

「そんな問題じゃないんだよ……っ」

リオは金切り声をあげていた。引っ込んでいた涙が、その瞬間我慢しきれずに——どっと溢れていた。

涙は頬をしとどに濡らし、リオを染めていく。

赤い髪と、緑の眼の、遠い町の親友。セスのことを想う。

病気が治ったか、生きているのか知りたい。今生きている自分の命が、正しく役立っているか知りたい。今、たった今、セスが生きているか知りたい——。

明日手紙を書いて出し、また返事がリオの手元にやってくるその瞬間、遠いセヴェルでセスが生きている保証はどこにもない。

それなのにセスが生きていてくれる事実だけが……なにひとつ選べず、なにもできない無力なリオにとって、自分の行動の正しさを唯一感じられる証でもあった。

「……あんたたちには、分からない……っ」

リオは泣きながら叫んでいた。

「分からないよ……っ、俺に命令してばっかり、俺がいなきゃ困るはずなのに、いつもバカにして蔑んで……っ」

涙声で訴えるリオに、ユリヤは舌打ちし、「俺が？　いつ蔑んだ」と不快そうに顔を歪めた。

「頭を使え、自分で考えろと言っただけだ。そうだろう。お前はいつまで野良犬気分なんだ？　分からないのか、『鞘』として選ばれれば——お前は、権力を持つ。自分の力をなにに使うか、なんのために使うか、もっと考えろと言ってるんだ！」

　辺境のことなど忘れろ、とユリヤは吐き出した。

「国政に関わり、民の多くをより幸福にしようと考えるなら、お前の努力はやがてセヴェルにまで届く。だが小さなことに囚われていたら、次への階段はいつまでも上れない……」

　歯がゆそうに言うユリヤの顔が、涙に濡れた視界の中でにじんでいる。

　青い眼はいつになく揺れている。どうしてか、ユリヤは苦しそうに見える。だが、リオにはそのユリヤの変調に気づく余裕がなかった。

「小さなこと……？　セスの命が、小さいって言うの……」

　それが貴族の考え？

　それが上に立つために必要な考えなのかと、リオは呻いた。ユリヤは眉根を寄せ、「そうじゃない、だが……」と珍しく言いよどんだ。

「国政なんて知らない……！　俺は……っ、俺はそんなふうにセスを切り捨てなきゃいけないなら……っ、『鞘』なんてなりたくない！」

　苦しくて胸が破けそうだ。嗚咽して、リオは俺は、俺はと繰り返す。

「セヴェルにいたかった……っ、貧しくてよかった……っ、セスがいたもの……好きな人が……自分を好きでいてくれる人がいたもの、それだけで生きていられた……っ」

　明日のパンのことだけ考えて、生きていたかった。そのまま死んでもよかった。

生きることは辛かったが、セスのことだけ見ていればよかったから、幸せでもあった。

でも、と自分の中で声がする。

（でも、あの町を出なかったら、ユリウスとは出会えなかった……）

ふと脳裏に浮かぶのは、セヴェルを出立した日の、朝の風景だった。

街道を西に向かって進みながら振り返ると、広々としたぶどう畑の向こうに、セヴェルの城塞（じょうさい）が見えた。幌馬車（ほろばしゃ）から見ていたら、セヴェルはどんどん小さくなって、最後には小石よりもちっぽけになり、やがて視界の端から消えてしまった。

だだっ広い草原の中を走りながら、リオは思ったのだ。

なんて小さな町。

なんて、小さな世界が、自分のすべてだったのだろうかと——。

……世界はもっと広いこと、多くの人間や町があること、生き方があることを、リオはなにも知らないままだった。もしも、セヴェルでセスと二人、見つめ合って暮らしていたら。

……ベトジフとまだ一緒に旅をしていたとき、宿泊した街の領主は、国政のままならなさを愚痴り、人の行き交いのなさを嘆いていた。森の中で出くわした山賊は、隣国からの逃亡者で形成されており、近隣の村や町の人々を困らせていた。外の世界から切り離されたような、小さな農村。そこはセヴェルよりもよほど貧しそうだった。一方で、ストリヴロのように華やかな都市もあり、アランは平民嫌いだが、彼が治める都市ではその平民が幸せそうに暮らしていた……。

シシエのことを愚痴ったとき、エミルは言った。シシエ様だって、この国の貴族。フロシフランを健やかな国に戻したいと考えていると。

ゲオルクは、会ったこともない王のため、命じられれば命を賭すると迷いなく言い切り、ルースは使徒選定を滞りなく済ませるために、リオのことを十日もの間遠くから見ていたという。

リオの中には、今までになかった様々な考えが、思惑が、セヴェルを旅立ってわずかひと月ほどで、激しい波のように押し寄せて入ってきている——。

明日のパンのためだけに生きていたころには、想像もしていなかった。

この世界がこんなにも複雑で、こんなにもいろいろな生き方の人がいるのだということ。

「……ユリヤは、じゃあ俺になにを考えてほしいの？」

気がついたら、そう訊いていた。鼻をすすり、嗚咽しながらリオは問うた。

「初めて会ったときから、考えろって言ってるよね。どうして……？」

ユリヤの眼が揺らぐ。まるでなにか、迷っているかのように見える。

「俺がどんな人間でも、普通なら関係ないはず。だって俺は、選ばれても『鞘』だよ。王様と寝るだけの存在だ。……政治はできない。なのにどうして、なにをそんなに考えさせたいの」

俺は、と、ユリヤの唇が音を漏らした気がする。

ユリヤの青い眼が揺らいでいる。

……俺はただ、お前に。

と、そう続けたユリヤの声は、けれどすぐに低い呻き声に変わった。リオの手を押さえつけていた両手から、力が脱ける。ユリヤは顔を歪めて、もう一度呻いた。端整な顔が青ざめている。いや、青いというよりも土気色に近く、額には突然大量の汗が噴き出してきた。その異様な様子に、リオは息を止めた。

「……っ、ど、どうしたのっ？　具合、悪いのっ？」

言い争っていたことも手紙のことも忘れて、リオは上半身を起こした。

ユリヤは体を折り曲げ、リオの横に倒れ込むように横になった。だが、体の半分は寝台から出ている。荒く息をついているユリヤの体に触れて、リオはぎくりとした。ユリヤの体が、ひどく冷たい。まるで死人のようだ。

「……ユリヤ、お、お医者様、よ、呼んでくる、フェルナンに言えば、きっと」

動転しながら必死になって言うと、ユリヤはかすれた声で断った。

「いい、平気だ。俺のことは放って……それより食事がまだだろ、食堂へ」

ユリヤの言う意味が、リオには分からなかった。なぜこんなに具合が悪そうなときに、リオを追い出そうとするのか？　伸ばした腕をはたかれ、突き放される。けれどそのとたん、ユリヤは体勢を崩し、寝台から転げ落ちた。

ユリヤは起き上がれないようで、一言呻いたきり、そこに倒れたままだった。

「ユリヤ……！」

どう見ても尋常ではない様子のユリヤに、リオは慌てて寝台を滑り下り、そばにしゃがみこんだ。水がいるだろうか？　それとも暖かな毛布？　どちらにしろ、ユリヤをきちんと寝かさなければならない。

ユリヤの靴を脱がせ、自分の靴も脱ぐ。焦りながらもリオはユリヤの体を後ろから胸に抱き込んで、なんとか動かそうとした。けれど体格差があるので、少しずつしか動かせない。やっと寝台の上に乗り上げ、尻で後ずさりながら、中央にユリヤを寝かせようとする。ユリヤは少しも力が入らないのか、ぐったりとしていて、異様に重たかった。鋼鉄製の鎧(よろい)を一つ、運んでいるかのようだ。

「リオ……やめろ。もう、いいから……、頼む」

やめてくれ、と、ユリヤは懇願した。

その声は、息も絶え絶えで苦しそうだった。

「だめ、俺なら大丈夫だから、もっとこっちへ……」

深く抱き込み、ぐい、とユリヤを引っ張った瞬間だった。突然、視界が反転した。リオは寝台の上に倒れ、天蓋の裏を見ていた。ずしりと体にのしかかる重み。一瞬、なにが起きたか分からずに、眼をしばたたく。

睫毛(まつげ)に、ぽたりと水滴が垂れてきて、ひっかかる。

「……馬鹿だな。誰も信じるなと、言ったはずだぞ……」

いつもきついはずの、ユリヤの口調が弱々しい。リオはじっと、自分を組み敷く男を見あげた。ユリヤ・ルジは苦しそうに息をしながら、嗤った。

「お前の信用に足る振る舞いを、俺が、いつしたんだ？」

ひどかっただろう？

と、訊かれた。

なにが起きているのだろう。理解をするよりも先に、上衣を剝がされ、下穿きを脱がされていた。あっという間に裸にされて、リオは「あ！」と悲鳴をあげた。けれど同時に、唇を塞がれていた。ユリヤの唇で。

（なに？　どうして？　なにが……）

混乱する頭の隅で、口の中にぬらりとした、冷たいものが入ってくるのを感じた。それはユリヤの舌だ。まるで蛇のように中でくねり、リオの舌の上を這い、何度も口蓋を擦ってくる。背筋になにか、くすぐったい感触が走る。唾液が溢れ、それをユリヤがこくりと飲む音が聞こえた。

そのときようやくなにをされているのか理解して、全身がかっと熱くなった。冷たかったはずのユリヤの舌にも、ほのかに体温が戻ってきている。

「ふ、ん、んん……っ」

丹念に口の中をねぶってから、ユリヤが離れていく。大きな手が胸に置かれると、それはまだひやりと冷たい――けれど、リオの肌に触れたところから、ユリヤの手は、ゆっくりと温まっていくのが分かった。

「大丈夫だ、最後までは……しない」

お前が選べ、とユリヤはかすれた声で言う。

わけが分からず、リオはユリヤを見つめた。

びっくりしているけれど、どうしてか拒否感はなかった。ユリヤのことなど、好きなわけではない。なのになぜだろう。

ユリヤの瞳には、ランタンの明かりがうっすらと映っている。深い水底のような青の瞳。その中に閉じ込められた赤い焔。この眼、この声をどうしてか、ずっと前から知っているような気がした。

「なにもしなくて……いい。しばらく、こうするだけで……」

ユリヤは自分の上衣をはだけ、リオの肌をまさぐった。ぎゅっと抱きしめられると、ユリヤの体が、のしりと胸に乗ってくる。冷たい肌が、ひたりと体に寄り添いあった。

そのとき、ユリヤの背中にぼうっと黒い影が見えて、リオは眼を見開いた。

影の正体は、大蛇だった。

ユリヤの背から靄(もや)のように立ち上り、その体にとぐろを巻いて張り付いている。

「大丈夫、もう……消える……」

苦しげに息を吐くユリヤが、もう一度リオに口づけた。唇はさっきより温かくなっている。とぐろを巻いていた蛇の影は、空気の中に溶解するように消えていく。

リオは唇を離したユリヤの顔を、覗きこんだ。

（あの黒い大蛇……前にも見たことがある）

「ユリヤは、ユリウス……？」

そっと訊ねた瞬間、また唇を重ねられていた。

それは驚くほど優しい口づけだった。

静かで、丁寧で、温かな仕草だった。ユリヤはそっとリオの唇に己の口をつけて、それから柔らかく食む。やがて舌を差し出し、上唇と下唇を交互に舐めてから、リオの歯列をつつき、中に入ってきた。

分厚い舌で口の中をねぶられると、背筋にぞくぞくと愉悦が駆ける。裸の胸と胸がぴたりとくっつき、皮膚がこすれあう。それだけで、閨房学の授業でさえ感じたことのない性感が呼び覚まされて、リオは驚きに震えた。

初めての感覚が怖くなり、リオはぎゅっとユリヤにしがみついた。どうしてか、涙がこみあげてくる。

「優しいリオ……。俺もお前を……あの小さな町に、いさせてやりたかったよ」

……小さな町で、好きな人を見つけて、生きていてほしかった。

唇を離して囁くユリヤは、半分朦朧としているような表情だった。

思わず見つめると、ユリヤは眼を潤ませ、眼の端を赤く染めていた。

なぜ泣きそうな顔をするの？

リオは訊きたかったが、訊けなかった。ユリヤはもうなにも言わずに、強くリオを抱きしめてくる。触れあった肌と肌の境界で、自分とユリヤ、二つの心臓が鼓動しているのを感じた。

隙間風が吹いたのか、ランタンの明かりが揺らめいている。

窓の外を飛んでいくアカトビの影に、リオは気づいていなかった。

その赤い眼が、怒りに燃えていることさえ……知らなかった。

十一　魔女

白く柔らかな手にひかれ、ゆっくりと歩いている。

今よりわずかに低い目線で、自分の手をひく女を見る。

彼女は振り返って微笑(ほほえ)んだ。

――ようやく、お前の大事な人に会えるわ。

長い柱廊だった。美しい木々や花が、春の日差しに照らされている。

この人は、お母さん。と、頭の中で思う。たぶん、お母さん。

――ほら、行っておいで。上手くやるのよ。

と、母は囁く。

十月十日で死ぬ前に。あの男から大事なものをもらいなさい……。

手足を動かす方法は、まだよく分からない。母の手が離れていき、顔をあげると、柱廊の向こうで壁に凭たれてこちらを睨んでいる男がいた。

木漏れ日の中で、男の眼だけが青く光っている。魔女め、と男は唸(うな)った。怒りと軽蔑をこめて、男は影の中から、こちらを睨めつけている……。

眼を覚ますと、あたりは薄青い早朝の闇に閉ざされていた。

(……夢？　なにか……まるで過去の記憶みたいなものを、見た気がする……)

まだ半分、夢の中に意識を置いたままぼんやりと起き上がってから、リオはハッと我に返った。絹のガウンを着せられていたが、その中は裸だった。寝ているのは天蓋付きの寝台で、ユリヤの寝台だ。だが隣にユリヤ・ルジの姿はなく、そこは空っぽで触れると冷えていた。

「……っ、ユリヤ……！」

リオは転げるように寝台の外へ出ていた。内履きも引っかけずに部屋の中を見渡したが、ユリヤはいない。慌てて窓辺へ駆け寄った。朝まだきの薄闇の中に、かすかにだが人影が見えた。庭園へ出て、屋敷から離れていこうとしている。あれはおそらくユリヤだと、リオは直感で信じた。

(待って。訊きたいことがある)

薄いガウンの前を合わせると、靴だけ履いて、リオは部屋を飛び出した。廊下は暗く、誰も起きていないのだろう、屋内はシンと静まりかえっている。

昨夜突然、ユリヤ・ルジが体調を崩した。リオは彼と肌を合わせ、口づけをした。したのはただそれだけで、最後まで抱かれたわけではないけれど、ユリヤの背中から立ち上った大蛇の記憶もあるし、途中でそれが消えたのも見た。

(あれはユリウスの背からも出ていたのと同じ、大蛇だった……)

頭の中が、ぐらぐらと混乱しそうになるのを、リオは必死に理性で抑えていた。ユリヤは、ユリウスかもしれない？　あるいはユリウスとユリヤは、なにかとてつもない恐ろしい病――呪いに――冒されている？

(考えすぎ？　でも)

階段を駆け下りて、リオは屋敷の外へ出ようとした。南の正門は重たい錠前が下ろされていて開かないので、一度中庭に出る。中庭から外の演習場へ出れば、大回りしてユリヤを追いかけられるはず。

演習場へ続くアーチ状の門は閉じていたが、錠前は細い鎖だった。なにか壊せるものはないか探し、転がっていた大きな石をとって、強く叩いた。

「やめろ！」

そのときどこからか、声がした。誰か起きてきたのかと薄闇の向こうを振り返ったとき、リオの眼には真っ赤な双眸が映った。

――アカトビ！

リオに向かってものすごい速さで向かってきたのは、ユリウスが使役していたあのアカトビだった。

　真っ赤な瞳に、大きな翼。広げると成人男性ほどもある。そのトビが空から滑空してきて、大きな爪のある足を広げた。

　腕を掴まれると身構えたその瞬間。

　トビは赤く輝きながら弾けた。羽根が散り、光の中から現れたのはアランだった。

　アラン・ストリヴロだった。

　きらめく羽根がアランの見事な金髪にからまる。アランは髪をさっとかき上げて、その羽根をうるさそうに振り払った。

　赤い光は消えたが、じろりとリオを見据えたアランの眼には怒りの炎が灯っていた。

　驚きすぎて硬直しているリオは、アランに強く腕をとられ、引っ張られた。

　引きずられて、中庭まで連れ戻される。

「アラン……が、アカトビだったの……？」

　喘ぎながら言うと、アランはリオへ振り向き、

「俺は『王の翼』になるんだぞ。一夜で千里を駆ける者だ。気づかないほうがどうかしてる」

　そう吐き出した。

　リオは混乱しながら、それでは、ユリウスと旅をしていたときもアランはリオの前に姿を現していたのか――と思う。アカトビになって。

　とたんに、リオはユリヤのことを思い出した。

「……待って。アラン、放して！　ユリヤが……外に出て行ったのを見たんだ。俺を行かせて……あの人に訊きたいことがある！」

　アランがアカトビだったという驚きも困惑も一旦押しやり、今最も火急のことを口にする。けれどアランはリオの腕を放さず「いやだね」と断じた。

「どうしてっ？　いつもいつも……なんで俺に命令するの……っ」

　早くしなければ、ユリヤが遠くへ行ってしまう。昨晩抱かれた腕の強さも、息遣いも、まだ体に残っている。今のうちに確信したい。ユリヤはユリウスだと。それなら、自分はユリヤを儀式の相手に選べる——。

　その瞬間、頬を叩かれていた。

「お前、ユリヤと寝たの？」

　ひっぱたいたアランを、呆然と見つめる。頬にじんじんと痛みが広がっていく。手加減されたのは分かったが、それでも、突然叩かれたのはショックだった。

「……そんなはしたない格好で出てきたんだ。そうなんだろ？」

　舌打ちされて、自分の姿を顧みる。たしかに、裸にガウン一枚羽織っただけの姿はあまりにみっともなかった。リオは慌てて腰紐を強く縛り、前をきつく合わせた。

「……そうだとしても、アランに関係ある？　俺はもともと……もともと、こういうことするために連れてこられてる」

　羞恥に頬がじわじわと染まったが、それよりも悔しさのほうが勝っている。じっとアランを睨みつけた。自分は悪いことはしていない、と思う。

「ユリヤはユリウスだ。そうだろ？　だって似てるもの。なんで隠すの？　アランは俺に、過去のことを思い出してほしいんだよね？　ならせめて、隠してること全部教えて。それがだめなら、ユリヤの……ユリウスのところへ行かせて！」

　強く叫ぶと、アランの緋色（ひいろ）の瞳が揺らいだ。それは憎しみに歪み、殺気立つ。リオは一瞬その瞳に射殺された気がして、肝が冷えるのを感じた。それでも、今は退（ひ）けない。退いてはいけないと、ぐっと腹に力をこめる。

「だめだ。この敷地から出たいなら、使徒に選ばれろ」

　再び腕をとられ、強く引っ張られる。従えという無言の圧力。今までの自分なら、けっして逆らわなかっただろう力だった。だが――。

（……もういやだ）

　突然、そう思った。従うのはいやだ。なんでもかんでも、周りの人に決められて、ただ唯々諾々と流されるのは、わけも分からず従うのはいやだ。

「もう、もう、いやだ！　誰の言いなりにもならない……っ」

　リオは怒鳴っていた。体の奥から、怒りの感情が吹き上がってくる。箍（たが）が外れ、リオは足踏みした。

いやだ、いやだ、いやだ。

言い負かされ、従わされて、なにも自分の思いどおりにならない。自分の記憶や過去さえ、好きな人のことさえ、自分の思ったとおりには知ることができない。

「俺は人形じゃない！　俺は……自分で考えて、感じて……ちゃんと生きてる、どんなに野良犬みたいでも、どんなに……卑しく見えても、それでも生きてるんだ……っ！」

命の価値は、人によって違うだろうか？　生きている意味も、人によって違うかもしれない。

リオの命に価値はなく、生きることに意味はないかもしれない。

それでも、リオにとってはそうではない――そうじゃないと、ずっと信じたかった。

三年分詰まったその怒りの声が、激しく虚空に響いていた。思ってもみないことが起きたのは、その一瞬の感情の暴発の直後。

突然、体の中で大きな熱が風船のように膨(ふく)らみ、それが音をたてて破裂したのだ。あっと思ったとき、紫色の光の柱が、自分の体から空に向かって放出されていた。

「リオ！」

アランが眼を見開き、リオの手首を握りしめる。

(なに……っ？　えっ、これ……なに！)

自分が引き起こしたものなのだろうか。

光に包まれたリオは、足がゆらりと浮き上がるのを感じて眼を瞠った。まるで体重を失い、綿にでもなったかのように、リオはあっという間に足から空に向かって吸い上げられるように浮いていた。

「……っ、くそ！」

アランが、リオの放つ光の柱の中へ上半身を差し込み、リオの体をかき寄せるように抱く。リオもアランへ、しがみついた。だがそのとき、上空からゴロゴロと不吉な雷の音がした。

……やっと、やっと見つけた。

女の声が、頭上から聞こえてくる。リオは眼だけで上空を見た。

屋敷の上空に黒々とした雲が、渦巻いている。

その雲の中央から巨大な手が伸びてくる。

手は紫色の靄でできており、細くたおやかな指の形をしている。

女の手だ。ゆっくり、まっすぐリオのほうへ下りてくる。あたりは地鳴りがし、いつもの地震が起きた。館は揺れ、窓の奥で候補者たちが起きてくる音がする。

リオは恐怖に強ばっていた。本能的に分かった。

あの手は、自分を連れて行こうとしている――。

「魔女め……！」

アランはリオを抱く腕に力をこめたが、その全身は震え、顔には玉の汗が噴き出ている。リオを繋ぎ止めるのが精一杯の様子だ。リオの足首に、空から伸びてきた手の先が触れた。まるで死体のように、ぞっとする冷たさ。

連れて行かれる。

そう感じたとき、空に白い閃光が走った。女の叫び声がし、リオの体から溢れていた紫の光も、一瞬で弾けて消えた。リオは空を振り返った。白い竜が矢のように女の手の影を切り裂き、瞬く間に山並の向こうへと消えていった。

影は霧散し、雲は晴れ、地震はおさまっていた。

浮力を失ったリオの体は頭から下に落ちたが、痛みはなかった。素早く、アランがリオの体を抱きかかえてくれた。

アランは尻餅をつき、リオはその胸に顔を押しつけて、強く抱きしめられていた。

「……ルスト、あいつ」

小さな声でアランが呻く。相当力を使ったのか、アランは息を乱している。

そのとき、ウルカの神だ！　ウルカの神がいた！　と騒ぐ声が、屋敷の上階から聞こえてきた。

いつの間にか空は白み、眼を覚ました貴族たちが窓辺に集まっている。

空に神がいた、魔女を撃退したのだと叫んでいる声が聞こえてくる。

下を見られれば、倒れ込んで抱き合っているアランとリオの姿はすぐ見つかるだろう。

「くそ」

　アランはまた舌打ちすると、リオを横抱きに抱えたまま立ちあがり、走って屋内の、人気のない北の部屋に飛び込んだ。空き部屋らしき一室に連れられ、簡素な椅子に下ろされる。アランは見たことがないほどに、ぜいぜいと息をきらしていた。

「……アラン。俺を……助けてくれたの？」

　そうとしか思えなかった。それも、かなり危険な状況だったのかもしれない。

　見つけた、という女の声は、以前にも聞いたことがあった。

　初めてユリウスと会ったとき、ガラス玉を持った瞬間見た幻影の中で、そういう声を聞いていた。あれは、あのときの声と同じだった。

「……あの声、あの手の主……あれは、魔女？」

　そうだとしか思えずに訊いていた。体の芯に緊張が走る。リオはアランを見つめた。真実を一片も、見落とさないように。

「俺、魔女に探されてるの……？」

　アランはなにも言わなかった。疲れた顔で、じっとリオを見つめている。

「……俺の記憶の中、なにがあるの？」

　アランがほしがるようななにか。魔女に探されるような理由が、失われた記憶の中にあるのだと、リオは悟った。だからアランは、自分に辛く当たるのだと。

「アランは俺のせいで、苦しんでるの……？」

なぜかそう思った。もしそうならアランに申し訳ないと。

アランは黙っていた。乱れた息を整えるように深く息を吸うと、伸ばした手でリオの髪に触れてきた。

頭を引き寄せられ、眼の前に立っているアランの腹に、鼻先が埋まる。アランの体からは淡く香油の匂いがする。その奥にある、アランの体温を感じた。

「……お嬢ちゃんが連れていかれなくてよかった」

アランは聞こえるか聞こえないかのような小さな声で、呟いた。

呟いたあとに「くそ、俺は、バカだ」と、独りごちる。

リオはどうしていいか分からずに固まっていた。嫌われているとしか思っていなかったのに、リオを引き寄せているアランの指は優しかった。

しばらくして、アランはやっとリオの頭を放した。

「着替えをとってくる。ここにいろ。そんな格好で廊下を出歩いたらみっともない」

釘を刺してからアランは出て行く。結局質問には答えてもらえなかったが、アランはリオの言葉を否定もしなかった。

（……俺と魔女って、なにか関係があるの？）

なにも分からない。だが、失った記憶の中に、もしかしたらリオと魔女の繋がりがあるのかもしれなかった。だからアランは、リオに記憶を思い出せと迫るのだろうか――？

扉が閉まり、足音が遠ざかっていく間、リオは動けずに固まっていた。

推測はまだ推測にすぎず、真実は分からない。

（俺が俺のことを、自分で決めるためには……記憶を取り戻す必要があるのかな）

そう思うと、急に怖くなった。

虚空を割って現れた巨大な手。あれはなにかの魔法だ。

そしてフロシフラン王都の上空に、魔女があんなものを作り出す力をまだ残しているのなら。

（この国……本当はとても危うい状態なのかもしれない）

一度は敗れたはずの魔女が、たびたび王都を襲ってくるのだ。

（もしさっき俺が連れて行かれてたら……『王の鞘』がまたいなくなって、王の傷は癒やせなくなってたのかな）

そうなれば、国はどうなるだろう。フロシフランが滅びれば、それはセヴェルで暮らすセスや、寺院の子どもたちの生命にも関わってくる……。

ふと感じた可能性に、息が浅くなるほどの恐怖を覚えた。気がついたらリオは、アランを待たずに空き部屋を飛び出していた。

上空を振り返る。起床の鐘が鳴り、南の門が開かれる音がする。白い竜、ウルカの神が飛んでいった方角は、東。リオは開いたばかりの南の正門を駆け出て、庭園を東に向かって走った。

リオにはどうしてか、予感があった。どうしてかは分からない。けれどもしかするとこれが、自分の中にある秘密と関係しているのかもしれなかった。

走っているうちに、胸のあたりが温かくなり、わずかだが、確かな紫色の光が、胸元からこぼれているのを見た。立ち止まると、その光は一つの直線になって、庭園の向こうにある、小高い丘の上を指した。まるで方位磁石の針のように。

光の針が示す先には、大きな銀杏の木がある。そこはまだ館の敷地だったので、リオは誰かに見つかる前にと、生け垣を走り抜けて丘をあがった。

丘を駆ける途中で、針になった光は空気に溶けて消えていた。

長い距離を走り、息は乱れている。薄いガウン一枚だったが、体は少し汗ばんでいた。リオはゆっくりと、銀杏の枝の陰に入った。巨木の根元で、なにか白く光っているものがある。柔らかな土を踏みしめて近づくと、その光はゆっくりと消えていった。光の消えた場所には、うずくまって寝ている、ユリヤの姿があった。

「……ユリヤ」

声が震えた。リオは用心深く、そっとユリヤの横に跪いて腰を下ろした。ユリヤはコートを着ておらず、絹の上衣に下穿きだけだ。頬には小さな擦り傷がいくつもついていて、それは赤く血がにじんでいた。

ガウンの胸元を、ぎゅっと握る。ユリウスにもらったナイフの感触を確かめながら、リオはユリヤの頬の傷に、そっと口づけた。どうしてそうしたのかは分からない。ほとんど本能的な動きだった。

しかし顔を離すと、ユリヤについた小さな傷はゆっくりと癒え、消えていった。薄い瞼を震わせて、ユリヤが眼を開ける。その眼は一瞬緑にも見えたが、開けきったときには、もういつもの青だった。

「……ユリヤ。ユリヤは、ユリウス？　さっきの白い竜も、ユリヤだったの？」

そっと訊くリオに、ユリヤは答えず、ただ重たそうに体を起こした。くしゃくしゃになった髪から、銀杏の葉が落ちていく。

「ひどい格好で出てくるな。人目につく前に戻れ」

顎をしゃくって言われる。ユリヤはリオのほうを見ようとしなかった。不機嫌そうに、館のほうへ眼をやっている。きっとなにも話してはくれないと、リオにはもう、分かった。

「どうしたら、全部教えてくれるの？」

身を乗り出して訊いても、ユリヤは顔を背けたまま無言だった。リオは膝の上に置いた両手を、ぎゅっと拳（こぶし）にして握りしめた。

「……俺、記憶がないんだ」

ぽつりと呟く。もしかしたらユリヤはもう知っているかもしれないが、リオはそのことを「ユリウスには」伝えたことがあっても、「ユリヤには」話したことはない。

「アランは記憶を取り戻したら、一番に教えろって何度も言う。……でもユリウスは、思い出さなくていいって言ってた」

ユリヤはどう思う？　顔をあげて訊ねると、ようやくユリヤがリオを見た。

「俺がどう思うかは関係ない。自分の頭で決めることだ」

青い瞳をすがめ、ユリヤは小さく呟いた。

「お前が自分の頭で考えて……必要だと判断することをしろ。常にな」

ユリヤは立ち上がり、さっさと丘を下り始める。リオはしばらくその背を見送った。朝日に照らされる白い上衣からは、男らしい体格が透けて見える。

（ユリウスのところへ行かなきゃ）

そのとき、強くそう感じた。そうでなければ、自分がなぜここに連れてこられ、『鞘』として望まれたのかを、本当には知ることができない。なぜ魔女が自分を探していて――なぜアランがリオに、思い出したら初めに言えと迫るのかも分からない。

自分のことを知らないのに、自分の道を決めることができるはずがない。

言いなりになり、従うだけがもういやなら、自分についてもっと知らねばならないのだ。

確信はなかった。ただそんな気がすると、リオはぼんやりと思っていた。

礼拝の間にリオは部屋に戻って着替え、それから北側にある図書室へと駆け込んだ。

館は朝食の時間だ。リオはいつも一緒に食べているエミルに心の中でわびながら、一人書架の合間に分け入った。リオが暮らしていた寺院が、まるごと三つは入るだろうという広大な部屋に、図書がずらりと詰め込まれている。

歴史書の棚を探していると、書架の間にぼうっと輝く灯りを見つけた。

「……リオ・ヨナターン。ここでなにを？」

そこにいたのはフェルナンだった。彼はカンテラを小机に置き、立って書物を読んでいた。あまりに静かで、図書室の空気に紛れ込んでいたので、リオはフェルナンに気づかなかった。

「フェルナン、おはよう。あの……今日は礼拝に出ずごめんなさい」

謝ると、フェルナンは本を閉じ、「いや、構わないが。ただ、アランがずいぶんお前を探していた。あとで顔を見せたほうがいい」と言われた。そういえばここにいろ、と命じられたのを無視して、ユリヤを探しに出てしまったことを思い出し、リオは気まずい気持ちになった。あとで顔を合わせたら、間違いなく文句を言われそうだ。

「本を探しに来たのか？　内容を聞かせてくれるなら手伝えるが」

そのときフェルナンから親切な申し出を受けて、リオは眼を見開いてしばたたいた。

博識そうなフェルナンなら、すぐに目当てのものを見つけてくれるかもしれない。リオはしばし言葉を考えた。

「あの……三年前の戦いの記録を……魔女について書かれてるものがあるなら知りたくて」

フェルナンは眼をすがめて、「魔女？」と怪訝そうに呟いた。

……俺はその魔女と、なにか関わりがあるかもしれない。

その一言はまだほとんどなんの確信も、真実味もないので飲み込んで、窺うようにフェルナンを見つめる。

するとフェルナンは、「それならあのへんだろうな」とカンテラを持ち上げて歩き出した。

『王宮記録』という題目がつけられた、紙の束がどっさりと置かれた棚へ、フェルナンはリオを誘った。シンと冷えた図書室に、紙と埃の匂いが冷たく漂っている。

「これは公式の記録じゃない。王宮詰めの書記官が記した覚え書きのようなものだが……戦時中の公式記録はいまだ整理されていないからな。これが唯一といっていい記録だ」

奥の棚にたどり着くと、フェルナンはリオを手招いた。そうして、おもむろに紙束を取り出し、リオの手の上にどさどさと積み上げていく。

「紙をそこへ下ろせ。上から順にめくれ。五十八、七十二、百五だ」

リオは急いで言われたとおりにした。頭上にフェルナンがカンテラを掲げてくれたので、急いで指定されたページをめくると、そこには必ず「魔女」の文字がある。

「……すごい。暗記してるの⁉」

　驚きすぎて、声がひっくり返る。だがフェルナンは淡々としている。

「それが俺の役目だ。求めることは書いてあるか？」

　急いでその内容を見る。だが記録は、リオにはほとんど読めない古代語で書かれていた。国の歴史に関する文書は勝手に改ざんされないためにも、あえて難解な表記をすると、そういえば座学で習ったことを思い出す。

「……キアロディーニ……ツェウデ、ラ、パネク……魔女は……えっと」

　読み取りに苦戦していると、隣にフェルナンが屈み込んできた。見せてみろ、と言われて差し出す。フェルナンはカンテラを下に置き、紙をパラパラとめくって読んだ。ものすごい速さだが、果たして本当に読んでいるのだろうか？　けれどフェルナンの琥珀の瞳は、左右斜めにすいすいと動いている。

「魔女は古来、人形を作るものとして知られていた……。人形は錬金術の奥義である。王宮に潜む魔女もまた人形を作ったと噂されていた……と書かれているな」

「人形って？」

　リオが紙束を覗くと、そこには小さな、人型の絵が描かれていた。

「……詳しくは書いていない。錬金術の奥義なら、おそらく土人形に命を吹き込む禁呪のことだろう。昔からよく研究されてきた主題だ。だがフロシフランでは禁忌ともされている。それにここに書かれている魔女が三年前、我が国と戦った魔女と同じ魔女のことかは不明だ、記載が不明瞭で、詳しくない」

だがなぜこんなものを？　と、フェルナンに訊ねられ、リオは答えに窮した。自分と魔女は関係がありそうだと言ったところで、簡単に理解が得られるとは思えなかったし、大体リオだって疑っているところがある。

「……フェルナン。あなたは魔女を見たことがある？」

言葉に迷いながら、思い切ってそう訊いてみた。もしもフェルナンが、リオと魔女の容姿が似ていると気づいているなら、危険な質問かもしれない。けれど彼を、敵だとは思いたくない気持ちになり始めている。

いいや、本当はこの館の中に、敵などいないのではないか。胸の中で、そんな声がする。

（俺を嫌ってるアランだって……さっき……魔女の手から助けてくれた——）

「魔女というと……前王の王妃のことを言っているのか？　それなら、俺は戦時中は物見の賢者として『北の塔（セヴェルニ・エシュ）』にいたから、直接戦ってはいない。賢者連は戦いの予見に慎重で、当時、陛下がどの未来を選びとるかの物見に大変な人員が割かれていた……」

が、それとはべつに、とフェルナンは言葉を接（つ）いだ。

「前王が再婚される際、俺はまだ十五だったが……、貴族の一人として式に列席したからな。そのときに遠目には、王妃をお見かけしている」

さらりと答えられた言葉に、リオは眼を瞠った。

(待って。今……なんて？)

「……魔女って、前王の王妃？　だったの？」

「ああ。ご再婚された王妃だ。今から八年前のことだったな。現王の生母であられた最初の王妃は、陛下を産まれてすぐ亡くなられている」

「……あの、誰もそんなこと教えてくれなかったよ。……じゃあ、謀反を起こした第二王子って……誰にあたるの？」

リオは混乱しながら、それでもなんとか理解しようと訊く。

「魔女が王妃だったことは、国民にとっては思い出したくない過去だからな。なかったことになっていて、積極的に話す者はいない。葬られた歴史と言うべきか。第二王子のユリヤ様は、もともと王妃の連れ子だ。それも、知らなかったのか？」

「……」

言葉が出てこない。なぜそんな重要なことを、誰も、それこそユリウスさえもリオに教えてくれなかったのだろう。

(……いや、ユリウスやアランはともかく、エミルには他意はない。たぶん本当に王妃が魔女だったことは、この国の汚点なんだ)

だからもはや、なかった事実になっているのだろう。リオは記憶がなかったから知らなかった。だが普通の人にとっては、それは暗黙の了解であり、知ってはいるがあえて口にはしない出来事なのかもしれない。

その点、フェルナンは他の者とは一線を画している。国の汚点を冷静に話し、災厄をもたらした魔女のことを、未だ元王妃として、敬語すら使っている。なんという公平さなのか、と思う。自身の感情や感傷を、起きた事実に一片も交えていないのだと、リオは感じた。

「……フェルナンは、きっと『王の眼』になるね」

ぽつりと言うと、いつも無表情なフェルナンの顔に、うっすらと物思わしげな影が差した。なぜ、と問われた気がして、リオは小さく笑った。

「すごく公平だもん。……俺が王様なら、フェルナンをそばに置きたいって考えるよ」

正直な気持ちだった。だがそう話すと、フェルナンは不意を突かれたように眼を丸くして、見たことのない顔をしていた。いつも冷静なフェルナンが驚いているのが面白くて、小さく声をたてて笑うと、その間に、彼の表情はいつもどおりの静かなものに戻っていった。

けれどらしくないことに、フェルナンは長い指をふと伸ばし、リオの頭を撫でてくれた。その仕草があまりに優しいので、びっくりして顔をあげる。

「リオ・ヨナターン、慣れない場所に来て辛いか？　こんなものを調べるからには、なにか意図があるのだろう？　……悩みがあるなら聞くが」

静かな口調は、やはり少しだけユリウスを思わせた。体格や雰囲気、声はユリヤとユリウスが一番似ているが、物腰や態度は、むしろフェルナンとユリウスが似ている。だからなのか、ほんの少し優しくされただけで胸にしみるように感じる。リオは思わず、小さく息をこぼして笑っていた。

「フェルナンて優しいんだな。知らなかった」

「そうではない。これが俺の役目だ」

「うん。でも……公平さは優しさだよ」

リオはそれを最初、ユリウスから感じたのだ。

ただ公平に普通に接してくれることは、限りなく優しくされているのと同じことだと思う。そこにはリオを一人の人間として扱う、その人の気持ちが存在しているからだ。

「……俺、貧しいところで育って、不公平な扱いが普通だったから……フェルナンみたいな人が国の政治をしてくれるなら……俺の友だちも助かるのかなって、期待しちゃう」

それは掛け値なしに本音だ。リオに対しても、他の候補者に対しても、フェルナンはいつも態度を変えない。それでいて単に冷静なだけではなく、リオの気持ちを汲んでくれるような機微もあるのだ。

(……俺も、こうなるべきだ)

既成の価値観に囚われず、自分の頭で考え、行動できるように。

南の塔で鐘が鳴る。フェルナンはカンテラを持って立ち上がり、午前鍛錬だ、とリオに声をかけた。

「行けるか？」

「うん……。行く。行くよ」

自分の意志で。きちんと大地を踏みしめて歩く。そう思って視線をあげると、フェルナンが手を差し出してくれていた。片手を乗せると、触れた指先はじんわりと温かかった。

リオはありがとう、と呟いた。

「リオ、話がある」

演習場に行く前に一度部屋へ戻ると、扉の前にはアランがいた。

リオは驚き、思わず一歩後ずさった。他の候補者たちはもう演習場に集まっており、リオは今日ルースに馬術を教えてもらう予定だった。

「アラン、なに？　もう行かなきゃ遅刻になる」

部屋の中には入れたくない。迷いながら扉の前に立つと、アランは苦々しげに舌を打った。

「俺から逃げたろ。どこにも行くなと言ったのに、どこへ消えてた？」

扉に手をついてアランが迫ってくるので、リオは退路を封じられた。扉を背に「えっと……」と言いわけを考えた。アランは魔女の手から、リオを助けようとしてくれた。しかしそる。

のあとリオは白い竜を探して、ユリヤを見つけたのだ。それを話すことは賢明ではない気がす
（考えろ、リオ）

ここでなにを言うべきか、なにを伝えるべきか、考えろ、と自分に思った。

「……っ、前に、記憶を取り戻したら、一番にアランに話すよう言われたけど」

それは約束できない、とリオは言った。とたんに、アランが赤い瞳を剝き、信じられないものを見るような目つきになった。

「俺に逆らう気か？」

「そうじゃないよ。……アラン、俺はアランの気持ちがまだよく分からない。ただ、戻した記憶を誰に伝えて……どうするかは、俺が決める」

震える声で意志を告げた。

遠いセヴェルのことが、脳裏をよぎる。

どうしてかリオはそのとき、三年前のことを思い出した。眼が覚めたリオはわけも分からず泣いていて、導師とセスが、そんなリオを覗き込んでいた。名前を訊かれて、リオだと答えた。他にはなにも、覚えていないとも言った。

セスは優しく笑い、起き上がったリオの体を抱きしめて背をさすってくれた。

——大丈夫。……きみは生きてる。悲しみがあるのは、失った記憶の中で、誰かに愛されて

いたことがあるから。その証だよ。

きみは愛されてたんだよ、と、セスは言ったのだ。その言葉に、リオは救われた。

――……生きることに意味なんてないけれど。この世界には、生きる価値があるよ……。

あのときセスに言われた言葉を、リオは三年間、一度も忘れなかった。

もしかしたら何気ない言葉、セスの内側に常にある、事実のひとかけらだったかもしれない言葉は、リオに生きる力をくれた。

(俺はあの言葉を信じたから、ずっと、生きてこられた)

でも、自分からなにかを強く望んだり、こう生きたいと決めたことはない。自分を助けてくれた導師、セス、寺院にいる子どもたちのために、できることはやろうと思っていた。けれど、いつもそれはきつい制約の中で、あまり多くを考えず、多くを決めず、息を潜めるように日々をやり過ごす生き方だった。

セスがそうしろと言ったから。偉い人がそうしろと言ったから。

リオはいつも流されるように従い、常に受け身に生きてきた。自分で決めたことなどほとんどない。深く考えることもなかった。生きる意味がほしいと思いながら、どんな形でほしいのかすら考えてこなかった。ただ闇雲に、強い力に従ってきただけ。

(それじゃもう、だめだし……それじゃもう、いやなんだ)

『鞘』候補として、周りから期待されていることは既に決まっている。

使徒になれるなら、この先の道行きはある程度見えている。やるべきことをやって、候補者としての義務を負い、選ばれれば王宮にあがって魔女狩りに参加する。だがそれでも、ささやかなりとも自分で決めて動きたい。納得してその道に進みたい。

フェルナンの公平さを羨ましく思った。そこにあるのが、信念だと感じたからだ。エミルの親切や、ルースの思いやりや気配り、ゲオルクの直情も、リオにはまぶしく見える。まだよく知らないなりに、根底にあるのはみんな同じ。それぞれが、自分の役割に対して腹をくくっているからのように感じる。

その生き方の確かさが、リオには得がたく見える。リオの中には、そんなものがないからだ。おそらくアランも同じで、アランはアランの信念の元に、リオに辛く当たっている。

アランは偉い人。だが、その偉い人の言いなりにはもうならないとリオはやっと決めたのだ。

「……もし記憶を思い出して、最初に伝えるべき相手はアランがいいと思ったら、そうする。でも、違う人に言うかもしれない。そのとき正しいと思ったことをする」

アランは顔を歪めて、リオを見つめた。食いしばった歯の隙間から、絞り出すような声で、アランは「だめだ」と囁いた。

「だめだ。絶対に、ユリヤやユリウスには言うな」

「どうして？　なぜ、ユリヤとユリウスにこだわるの？」

リオは悔しさが、憤りが胸に満ちてくるのを感じた。思い出せと言われるだけで、アランはリオになに一つ教えてくれない。これでは不公平だと思う。

「俺は必要なら、一番最初にユリヤに話す」

口走った瞬間、激しい怒鳴り声がアランの口から、咆哮のように放たれた。

「そんなことをしたら、また同じことの繰り返しだ！」

アランは地団駄を踏み、リオの胸ぐらを掴んで揺さぶった。

「二度もあいつの気を狂わせるのか！　この……っ、男娼風情が……！」

アランの眼に怒りの炎が燃え上がるのを見て、リオは息を呑んだ。どこからか、耳鳴りが聞こえる。怒りのために、アランの美しい金髪がざわめく。

「死ねばいい……お前なんか……」

お前さえいなければ、とアランは喘いだ。赤い眼が泣き出しそうに赤らむのを見て、リオは言葉を失った。息が詰まるほどの衝撃を覚える。

「お前さえいなければ……ルストは完璧な王だったのに」

リオの胸ぐらを掴んでいたアランの指からは力が脱け、ゆるゆると離れていく。

「……あのとき死んでくれていれば、俺は悩まずに済んだんだ」

うつむいて呟くアランは、とても傷ついているようにリオには見えた。

金も権力も、栄誉も武力も持っているだろうアランが——リオという、ちっぽけで無力な存在を前に、なぜこうも弱々しい姿を見せるのか。

考えても分からない。

「……アラン」

思わず、名前を呼んでいた。アランの濡れた眼が、リオを捉える。どうしてだか胸が痛んだ。普段高慢な態度をとられているからなおさら、弱った姿に哀れを誘われるのか。ひどいことをたくさんされていると思うのに、アランを、かわいそうに感じてしまう。

「俺のせいで……アランは、苦しんだことがあったんだね……？」

失った記憶の中、アランは、リオのせいで苦しんでいるのだろうか。

アランは顔を歪め、「優しいね、お嬢ちゃんは……」と、呟いた。

赤い瞳には、己の無力を嘆いているようなうつろさがある。アランはもうなにも言わず、懐に手を入れ、コートの内側から丸めた紙を出すとリオの胸に押しつけた。そのまま足早に立ち去るアランの背を見送り、リオは手の中に残った丸まった紙を見下ろした。

くしゃくしゃになった紙。なんだろうと広げた瞬間、リオはハッとして、飛びつくようにそれを覗いていた。

顔をあげてアランを確認する。アランはもう、廊下の先に消えている。リオの手の中にあるのは、セヴェルの導師から届いた手紙だった。昨日、アランに奪われたものだ。

（返してくれた？　どうして……）

分からない。だが、すぐに気が変わるかもしれない。リオは急いで部屋に入り、内側から鍵をかけた。とにかく気の変わったアランが戻ってきて、やっぱり返せと言われないように――

言われても、先に中身だけでも読んでおこうと、午前鍛錬のことも忘れて、手紙を開ける。

その場で床に座り込み、くしゃくしゃになっている封筒を丁寧に手で伸ばしてから封を開けた。中にはみすぼらしい紙が入っている。

そっと取り出して開くと、見慣れた導師の筆跡がある。リオはホッとし、懐かしい気持ちになった。導師のことを身近に感じたくて、紙の匂いをすうっと吸い込んだ。紙は冷えていて、遠いセヴェルの、澄んだ空気を思い出した。

――愛するリオ。手紙をありがとう。

導師の手紙は、そんな一言から始まっていた。

『愛するリオ。手紙をありがとう。

お前を見つけたときのことを、詳しく知りたいとあって、驚いたよ。お前がそんな話を聞きたがったのは初めてだね。私の話で足りるかは分からないが、あの日のことはよく覚えている。

その日、私は信者の家に祈りに出かけて、帰るところだった。月のない晩だった。星がよく見えて美しかった。空を見ていると、西の彼方から一つ、流れ星が落ちた。ずいぶんよく見える流れ星だと思っていると、それはほんのすぐ近くに落ちたように見えて、私は驚いた。

もう消灯時間を過ぎていたので、町中を歩いている者は周りには誰もいなかった。私はふと胸騒ぎを覚えて、星が落ちたと思しき場所へ歩いていった。すると、寺院の裏の草むらが、わずかにきらめいている。本当に星が落ちてきたのかと思ってね、そうっと近寄ると、お前が寝そべっていた。

光はお前の胸のあたりから溢れていた。だが私が跪いてお前に触れると、不思議なその光はすうっと消えてしまったよ。

私はお前を連れて帰り、屋根裏に寝かせた。セスが自分の寝床を譲ってくれてね。私はあの子にだけ、お前を拾った経緯を話したんだ。するとセスは、それは秘密にしたほうがいいと言って、それからこうも言った。

……導師様、この子はたぶん、ウルカの神からの贈り物です。

私はセスのその言葉を、今では真実だったと思っている。あとのことは、お前も記憶にあることばかりだろう』

手紙にあるその不思議な一夜のことを、リオは想像した。

（俺は一人だった。そして不思議な光をまとって、寺院の裏に落ちてた……もしかして、星みたいに流れてきた……？）

自分の過去に魔女が関わっていて、魔法が関係しているのなら、ありえなくもないと思う。今までなら信じられなかっただろうが、朝方見た巨大な手の姿を脳裏に描くと、この世には自分の想像力を越えた力があるのだ、と思った。

どちらにしろ、優しい筆致の導師の手紙は胸にしみ、リオはため息をついた。

どう考えても怪しげな自分を拾い、大事にしてくれたことを思い出す。神さまからの贈り物だと言ってくれた、セスの言葉にも胸がいっぱいになった。

ただし、真実はなに一つ明らかになっていない。導師やセスは、実際にはリオが何者なのか、まるで知らないようだ。

（なんでアランが、これを隠したか分からない。たしかに奇妙な話だけど、これだけじゃなにも思い出せない……）

不思議に思っていたそのとき、低い地鳴りが階下から聞こえてきた。

（また地震……）

定期的に起こるそれには、もはやリオも慣れてきている。

魔女の仕業だと聞くが、王宮から届く光で地震はすぐに収まるのが常だ。

だがこの日、空に閃光は光らず、揺れは瞬く間に大きくなって、リオは振動で床に膝をついた。

「なに……っ？」

四つん這いで移動し、窓辺に寄った。

王宮の魔術師はなにをしているのか。いつ魔女をはねのける魔法が発動されるのかと、窓枠にかじりつく。そのとき不意に揺れがおさまり、廊下の向こうで細い叫び声がした。

「……っ⁉」

なにかの予感とも言うべき、奇妙な恐怖が胸にせり上がってくる。

リオは叫び声のした方角を振り返った。声はまだ続いている。思わず鍵をかけていた扉を開けて、廊下へ出る。叫び声は一層大きくなる。廊下の窓を覗きこみ、リオは眼を疑った。

眼下の中庭。

午前鍛錬のこの時間、候補者たちはその場に集まっていた。石敷の床の中央が、巨大な円形に窪んでいる――。

まるで大きな巣穴のように開いたその場所から、真っ黒な巨体が素早く飛び出てくるのを見た。

「……あれは、蜘蛛……っ」

リオは小さく叫んだ。

それは大人の男十人分はあろうかというほど大きな土蜘蛛だった。ごわついた黒い毛が全身を覆い、動きは信じられないほど素早い。土蜘蛛は剣をとり、あるいは槍を持って襲いかかってくる候補者たちを蹴散らし、突然ガラス玉のように光る八つの大きな眼で、たしかにリオを見た。

蜘蛛と眼が合った。

刹那、大蜘蛛は太い八本肢で館の壁を登ってくる。リオめがけて一直線に――。

「ひ……っ！」

恐怖に襲われて、リオは後じさった。

だがそのときにはもう、蜘蛛は三階のガラス窓にぴたりと張り付いていた。太い体の重みに耐えきれず、窓ガラスにびりびりとヒビが入る。リオは逃げようとあたりを見回した。蜘蛛の眼が、リオの顔をはっきりと捉えている——。

……見つけた。

頭の中に、女の声が響く。

——私のところに、戻っておいで……。

ガラスが割れる。大蜘蛛の巨体に負けて、壁が崩れる。リオは悲鳴をあげて逃げた。

大蜘蛛は廊下に飛び、リオの眼の前に立ちはだかった。

全身が冷たくなった。この化け物に殺される。

真っ黒な蜘蛛の瞳に、恐怖に歪んだ自分の顔が映っている……。

「リオ!」

そのとき、窓の向こうから眼にもとまらぬ速さで、火矢が打ち込まれた。矢は次々と蜘蛛の背に刺さる。

顔をあげると、アカトビの足に摑まったルースがいた。

一度に五本もの矢が飛んでくる。蜘蛛は打たれてうなり声をあげる。

崩れた窓からルースが飛び込んできて、リオを背中に庇(かば)った。

「ル、ルース……っ」

「怪我はないっ⁉」

　ぐっと後ろに押され、後ずさりながら頷く。崩れた窓からはアカトビも飛び込んできて、甲高い鳴き声をあげながら、蜘蛛の眼を襲った。

「リオ・ヨナターン！」

　反対側の廊下から、小ぶりの本を手にしたフェルナンと、斧を持ったゲオルクが駆け込んでくる。

「ゲオルク、眼を狙う！　そっちは背中から攻撃を！」

　ルースが叫び、ゲオルクが「うるせえ、分かってる！」と応じた。

　ルースは素早く矢を射た。あっと思った瞬間、矢は土蜘蛛の眼に向かって飛び、的確にその中央を撃つ。同時に飛び上がったゲオルクが、蜘蛛の背中に斧を振り下ろした。アカトビは羽根を散らして蜘蛛の周りを激しく飛び、撹乱する。フェルナンが長い詠唱を唱え、蜘蛛の足下の床が爆発する。蜘蛛は体勢を崩して床に倒れ込んだ――。

　だが次の瞬間、巨大な蜘蛛は地獄のようなうなり声をあげて、太く長い足を振り回した。足が当たってアカトビが吹き飛び、壁にぶつかる。落ちたトビはアランの姿になる。

　ぐったりと伸びたアランに、リオはアラン……！　と胸の内で叫んだ。だがその隙もなかった。振り落とされたゲオルクが蜘蛛に何度も踏みつけにされて、血反吐を吐く。

「リオ、逃げて……！」

リオを後ろへ突き飛ばした瞬間、ルースの体に太い糸が巻き付いた。蜘蛛が口から吐き出した糸だ。ルースは廊下の向こう側へ叩きつけられ、頭から血を流して落とされる。

「くそ……っ」

まだなにか詠唱していたフェルナンの頭上に、白い光の円陣が浮かび上がる。光の矢が無数に放たれて、蜘蛛の体を突き刺したが、蜘蛛は前肢を振り上げて叫んだものの、すぐさま向きを変えて、フェルナンに突進した。

「フェルナン！」

リオは叫んだが、フェルナンは避けきれずに蜘蛛に体当たりされ、廊下に倒れる。彼の片眼鏡が吹き飛んで、からからと音をたてて転がった。

「リオ……、逃げろ……」

呻いたのはアランだった。青ざめた顔で、アランは体を起こそうとしている。その足首があり得ない方向に曲がっている。骨が折れたのだ。リオは恐怖し、周りの音が聞こえなくなるほど、心臓が強く速く脈打つ。

「くそったれ……魔女の、手先めが……っ」

まだ血を吐きながら、ゲオルクも立ち上がろうとし、ルースも呻きながら、弓を持とうとしている――。倒れていたフェルナンも、本を懐に引き寄せている。

逃げろ、リオ。逃げろ！

四人がそれぞれに叫んだ。リオは足が凍り付いて動けない。このままでは、アランが、フェルナンが、ゲオルクがルースが死んでしまう……！

（誰か……っ！）

助けてと思ったそのとき、一筋の閃光が、窓から廊下に向かって放たれていた。光はユリヤだった。正しくは、ユリヤの持った長剣に、陽光が反射していたのだ。

飛び込んできたユリヤは長い足で蜘蛛の眼を踏みつけると、剣先をまっすぐ、頭部と胴部の接続部分に突き立てて貫いた。蜘蛛が叫んで暴れる。ユリヤはしかし振り落とされないよう、体を小さく屈めてうずくまり、剣柄を握りしめて魔法を紡いだ。

「ウルカの神の力よ、魔物を土に戻せ……っ」

短い言葉のあとに剣は白く発光した。

大蜘蛛は断末魔の声をあげ、土塊と砂塵（さじん）になって消えていく。ユリヤの手に握られていた剣は刃ごと割れて、蜘蛛と一緒に粉塵になった。

圧倒的な強さ。

ユリヤはたった一人で大蜘蛛を倒した。

「ルジ……くそ」

ゲオルクが悔しそうに呻く。しかしそれ以上悪態をつけずに、再び血の塊を吐いた。

「……っ！　……！」

リオは言葉が出なかった。ユリヤは無傷だったが、相当に消耗したのか、廊下に膝をついてぜいぜいと息を乱している。

血を吐くゲオルクに、足を折っているアラン、よろめいて上手く立てないでいるフェルナンと、立ち上がろうとしてくずおれるルース……あたりは血の臭いが漂い、あまりにも凄惨だ。

リオだけが無傷だった。みんな、リオを庇って傷ついている――。

どうして？　どうして、と思った。なぜ貴族の、位の高い彼らが、リオのような野良犬を庇ってこんなにも傷ついているのか。

助けられた。その事実に目眩がするほど混乱し、動揺している。リオは口元を覆った。そうしなければ嗚咽が飛び出てきそうだった。熱いものが目頭にこみあげてくる。ありがとうという言葉すら思いつかない。彼らの傷を見るのが苦しくて、リオは気がつくとその場に膝をついて泣きわめいていた。

「神様……っ、ウルカの神様！」

三年間、困ったことがあるときに、常にすがってきたその神の名前を、リオは必死になって呼んでいた。

「みんなを助けて……！」

（お願い、助けて！）

このままじゃ、誰かが死んでしまうかもしれない——。

涙が吹きこぼれた瞬間、胸に強い熱が宿るのを感じた。

突然紫色の光が胸から溢れ、一瞬にして膨らみ、弾けた。

光の雨が廊下に降る。

大蜘蛛の残した土塊と砂塵が消えていく。

同時に、傷ついていた五人の体に降り注いだ光は、彼らの体の中に吸い込まれていく。

「……なんだ、これは?」

アランが呆然としたように呟いた。

フェルナンが眼を瞠り、起き上がって自分の胸元を見つめている。ゲオルクはいきなり、ばっと顔をあげた。

「……っ、動けるぞっ!? 痛くねえ!」

「どういうこと、傷がなくなってる……」

ルースは自分の体を確かめるように見回し、アランは信じられないものを見るように、さっきまで変な方向に曲がっていた足首を確かめ——その足首はもう正常な形に戻っていた——それから、ものすごい速さでリオを振り向いた。

泣きながら立ち尽くしていたリオは、全員が生きて動いている、ということにまだ気持ちが追いついていなかった。

まだ泣きじゃくっていたが、だんだん呼吸が落ち着いてくる。するとその場に降り注いでいた紫の光はゆっくりと収まり、やがてリオの胸の中にすうっと吸い込まれて消えていった。

（……みんな、無事？　ウルカの神様が、お願いを聞いて……くれた？）

立ち上がったアラン、ゲオルク、ルース、フェルナン。四人がリオを見ている。ユリヤだけが眼を逸らし、ため息をついた。

「リオ！」

突然声をあげて、飛びついてきたのはルースだった。

彼は顔を上気させ、興奮したようにリオの体をぎゅうっと抱きしめた。

「すごいよ！　これがきみの力⁉　全身バラバラに折れてるみたいだったのに！　一瞬で治ったよ、あの光が僕の体に触れた一瞬でね！」

「……え」

リオはまだ混乱している。フェルナンはいつもと違って呆然としており、独り言のように呟いた。

「儀式もせずにこれほど癒やせるとは……」

「お前がいりゃあ、一日に何回でも戦争できるな」

ゲオルクが興奮したようにぐっと拳を握って見せ、アランは舌打ちした。

（……俺の力？　俺が癒やしたの？）

よく分からずに、リオはただ呆気にとられていた。だがみんな傷が治っているのはたしかだ。

ルースは上機嫌で、リオのこめかみに軽く口づけてきた。

「あっ、ルースお前！　そういうことはやるもんじゃねえ！」

ゲオルクが真っ赤になって地団駄を踏んだ。ルースは「だって嬉しいから」と悪びれず、もう一度リオの体を、その大きな胸に強く抱き込んだ。

ルースを引き剝がしたのはアランだ。

アランはけれど、リオをちらりと見やっただけで、なにも言わずに立ち去ってしまう。なんだお前、礼も言わないで、とゲオルクがその背中に突っかかったが、リオはそこでやっと我に返った。

「あの、た、助けてくれてありがとう……」

「結局ユリヤにいいところを持ってかれたけどね」

頭を下げるとルースが言い、ゲオルクは悔しそうにむっと眉根を寄せる。

ユリヤは床から柄だけになった剣を拾い上げ、

「いや……お前たちが足止めしてくれていなければ、間に合わなかった」

と呟いた。

ユリヤは一度だけリオを振り返ったが、それだけで、アランと同じように階下へと下りていく。

「フェルナン、下で他の者たちが騒いでいる。収拾をつけてくれ。俺は王宮に戻って、報告する。魔女がここまで深くこの館に入ってきたのは初めてだ」

下りる前にそれだけ言い置いていくユリヤに、フェルナンが眼をしばたたき、「そうだな、そうせねば」と呟く。リオは急いで廊下に落ちたフェルナンの片眼鏡をとると、差し出した。

「ありがとう、あの、フェルナン、助けてくれて……」

「……いや」

館の世話役は片眼鏡を受け取りながら、まだどこかぼんやりした様子でリオを見下ろしている。階段の手前で待っているらしい、ユリヤのことも眼に入らないのか、フェルナンはリオを見たまま固まっていたが、やがて、「リオ・ヨナターン……」と、息をこぼすような声を出した。

「……お前こそが『鞘』になるべきだろう。もしも相手が決まらないなら、俺を選んでくれ。お前の才能の受け皿になれるのなら、俺は尽くしてもいい」

(……え)

リオは思わず眼を見開き、まばたきした。一瞬、なにを言われたのか分からない。

いつでも冷静なはずのフェルナンが、自分を閨ごとの相手にしてもいいと言ったのだと、すぐには理解ができなかった。

フェルナンはリオがなにか言う前に、もう階段を下りていく。

彼の態度に驚いたのは、その場にいた他の者も同じらしい。ユリヤは呆気にとられた顔をして、「フェルナン……お前」と喘ぐように言ったかと思うと、舌打ちし、大きく足音をたててフェルナンのあとを追いかけた。

ゲオルクは真っ赤な顔で、「なに言ってんだ、あいつ」と呟いている。

ルースはおかしそうに笑っていたが、ゲオルクの腕を引っ張り、「僕らも下のみんなを落ち着かせにいこう」と言った。

しかしリオの横を通るときには腰を屈めて、

「僕も候補に入れてね。リオ。——一応、本気だよ」

と耳打ちしてから、去っていった。ルースはどこか、楽しげな様子でさえある。

「……なんだったの」

一人残されたリオは、急に疲労が体に押し寄せてくるのを感じた。

誰もいなくなった廊下を見渡すと、土塊と砂塵は消えていたが、窓のところは壊れて冷たい風が入ってきている。それに、トビの羽根がたくさん落ちていた。

(アランの羽根……)

なんとなくかわいそうで、羽根を拾って歩く。そうしているうちに階下では、フェルナンが中心になって負傷者を運んだり、事態の説明が始まったりしていた。なぜあの大蜘蛛は、あの平民を襲ったんだ？　誰かが訊いている声がして、リオは腹の奥がすうっと冷たくなる気がした。自分がこの災厄を招いたような罪悪感に襲われる。

部屋に引っ込み、扉を閉め、鍵をかけた。もう誰も入ってこられないと思ってからやっと、深く息をつく。

そうすると、足が震えていることに気づく。

今さらのように、ぞっと恐怖が背を駆けていった。

（……あの蜘蛛は、魔女が俺を捕らえようとして……遣わせたもの、だった？）

まさか。そんなわけがない、と思うのと同時に、いやどう考えてもそうだとも感じる。

大蜘蛛は他の相手など見向きもせず、はっきりとリオを狙っていた。

（俺、魔女とどういう関係が……）

ぎゅっと心臓が痛くなる。あまり深く考えたくない。

そのとき、床の上に導師からもらった手紙が落ちているのに気がついた。大蜘蛛に襲われた騒ぎで、つい床に放り出してしまっていたらしい。

大切な手紙なので、なくしてはいけないと駆け寄り、持ち上げてからふと、手紙に二枚目があることに気がついた。

（あれ……続きがあったのか）

なにげなく二枚目を取り出したリオは、そこに書いてある文字を見て、固まった。

『リオ。遠い街にいるお前にこのことを知らせていいか悩んだ。だが、言うべきだろう。セスは、医者の治療の甲斐（かい）なく、十の月の十日めにこの世を去り、ウルカの神のもとへ召された。

最期の晩、セスはこう言った。

いずれリオは、この国の光になるだろう。それを神さまのそばで、見守ることができて幸福だと……』

「……え?」

口から、息のような声が漏れる。

導師の手紙は続いている。セスは幸福だったこと、医者は間違いなく万全を尽くしてくれたこと、最期は痛みが少なかった、すべてはリオのおかげだということ……。

けれどそのどれも、なにひとつ、頭に入ってこない。

息が乱れる。体が震える。手のひらから力が抜け、手紙が落ちる。

嘘だ。

信じられずに言う。

違う。本当だ。こんなことで導師が嘘をつくはずはない。セスは——死んだのだ。

セスは死んだ。

たった十六歳で、国境の町セヴェルで、貧しいまま、世界のことを、なにひとつ知ることなく……。

「……嘘だ」

声が漏れる。混乱で、眼の前が真っ暗になる。

「嘘……嘘だ」

いやだ、いやだいやだいやだ……。

リオは口を押さえ、震えながらその場にしゃがみこんだ。

こんなことあるはずがない。あるはずがない、あるはずがない。あってはいけない。

（だって、俺……俺が生きてるのは）

——セスを生かすためなのに？

吐き気がする。その瞬間、体の奥底から獣のような慟哭が迸っていた。

「うっ、うあ、うあああ……っ」

リオは床に身を投げ出した。硬い石の床を叩き、嗚咽した。この世のすべてを壊したい。そう思った。

「返して！」

無意識に、泣き叫んでいた。

「神様！　セスを返して！　返して！　返してよ……っ！　返してよー……っ」

何度も何度も床に拳を打ち付け、皮膚が切れて血が溢れた。痛いはずだが痛みすら分からない。脳裏にはセスの笑顔が、まだ健やかだったときのはつらつとした声が、あるいは臥せってからの賢そうな瞳が、走馬灯のように駆け巡った。

「返して！　返してよ、返して……っ、まだ……十六歳なんだよ……！」

寺院にある本を、すべて読んでいたセス。賢く、優しく、強かったセス。

生きることに意味なんてないけれど、とセスは言っていたが、そんなことはない。セスには生きる意味があるはずだとリオは信じてきた。

なにも知らない自分より、セスに、この館の図書室を見せてあげたかった。あの貧しい町から飛び出して、王都へ旅してほしかった。

セスはきっと道中で、リオの何倍も確かな知識を身につけ、その力で幸せを手にするだろう。

「なんで？　なんでなの、なんでなの神様……っ」

涙で眼の前が曇り、もうなにも見えない。悔しさが胸に満ち、リオは叫んだ。

赤ん坊のころ、寺院に捨てられていたというセス。貧しさに耐え、小さな子どもたちの面倒をよく見た。それなのにたった十六で病に冒され、寺院の屋根裏で世を去った。

わずかな見識と、わずかな贅沢と、わずかな幸福しか知らずに。

生まれてから死ぬまで、柔らかなパンの味を知らなかったセス。自由に好きな本を読むこともできず、最後には歩くことも叶わず、それでも生きた意味はどこにあったのだろう。

「嘘、嘘、嘘だよ……っ」

リオはかぶりを振って、違う、違う違うと繰り返した。

三年の間、リオは何度も夢想したことがあった。

セスは本当は貴族の落とし胤で、いつかもっと大きな都へ行ってお金持ちになるはずだ。誰かがセスを見いだして、連れていってくれるだろうと……。

その価値がセスにはあった。あると信じていた。それなのに実際には、セスはうらぶれた町の隅で死に、かわりにリオが、その夢想を負うように王都にいる。

こんなひどい話があるかと思った。こんなむごたらしいことがどうして起きるのだと思った。

「……ひどいよ。ひどい……ひどい……」

床に突っ伏して、リオは号泣した。体中、干からびるかというほど泣いた。泣いても泣いても涙が止まらない。自分の中にある、たった一つのよりどころ、生きるために支えにしてきたものが、壊れてしまった。

もう生きている意味なんてない……。

心も壊れる。心も一緒に壊れてしまうと、リオは感じた。

実際、自分の心が粉々に砕けて、立ち上がることさえできなくなるのを――リオははっきりと感じていたのだった。

十二　真実のありか

——なぜセヴェルを発つとき、もう一度寺院に戻らなかったのだろう?

リオは何度も何度も自分に問いただして、深い後悔に襲われた。

自分はバカだ。すぐに帰れると思っていた。王都に連れて行かれることも、使徒選定のことも深く考えず、セスを置いてきてしまった。

……もう記憶を思い出すことも、『鞘』になることもどうでもいい。今死んでしまいたい。セスのそばに行きたい……。

何度もそう感じた。死にたかった。生きているのが苦しい。セスに申し訳ない。

(もっと早く……医者にかかっていれば……金がなかったから無理?　本当に……?　いや、俺が男娼をやってればよかったんだ……)

どうせ王都でも男娼をやるのだから、先にやっていてもよかった。そうすればセスを医者に診せられた。

後悔はいくらしても尽きない。いつまでもいつまでも泣いて過ごし、時折泣き疲れて眠る。

夜が来て朝になり、また夜が来ても、リオは部屋を出なかった。

エミルがやって来て、リオ、開けて。どうしたの、と声をかけてくれても、返事すらできなかった。床に丸まり体が冷えていっても、身動きしなかった。

どのくらいの時間、自分がそうしていたか分からない。エミルの他に、フェルナンやゲオルク、ルースまで、扉を叩きにやって来た。心配だとか、食事だけでも、と言われたが、リオは返事をしなかった。

やがて強引に扉の鍵が壊され、のろのろと顔をあげると、

「俺を閉め出す気か？　俺の部屋でもあるんだぞ」

と言って、ユリヤが立っていた。扉の鍵は破壊され、もやもやと煙が立ち上っている。魔法か、あるいは砲弾ででも壊したのだろうと思ったが、特に驚くこともなく、リオはのろのろとその場に突っ伏した。

「……アランがお前に隠していた手紙の内容について白状した」

小さな声で、ユリヤが言った。舌打ちまじりに「エミルや……ルースやゲオルク、フェルナンも事情を知ってる……心配してるぞ」と続けられたが、リオは聞こえているような聞こえていないような心地でじっとしていた。

「食事をとれ。寝るのなら寝台へ」

怒ったように言ったユリヤが、リオの腕をとり持ち上げる。リオの膝から、セスの死につい

て書かれた手紙が落ちていった。ユリヤは跪いて手紙を拾うと、小さくため息をつきリオのかたわらに座った。

「……本当に死んでしまうぞ。俺にできることがあるならする。リオ、顔をあげてこっちを見てくれ」

耳元で言われても、リオは答えられなかった。

——どうして？

ただ心の中だけで、リオは問いかけた。なんのために、ユリヤはそうしてくれるの。

（『鞘』の候補が必要だから……？）

べつに俺じゃなくてもいいでしょう、とリオは言いたかった。魔力の高い人間なんて、他にもいる気がする。だからもう、放っておいて。

（……俺自身には、意味なんてないよ）

いつしかリオは抱き上げられて、寝台に横にされていた。唇に、冷たい感触があった。ユリヤが水を口に含んでは、口づけて、リオに飲ませている。熱い舌で歯列をこじ開けて、そこへゆっくりと、水を流しているのだった。水が喉を通るたび、リオはこくんと飲み下した。何度かその行為を繰り返したあと、ユリヤはリオの額に額を合わせ、鼻先を擦りあわせた。

「……俺じゃ足りないのか？」

ユリヤはどうしてか、泣きそうな眼をしていた。傷ついたような顔。どうしてユリヤがそんな顔をするのか、リオには分からない。

「お前はいつもそうだ。……いつも、俺だけがお前を見てる」

お前はいつも、俺以外の誰かのために存在している……。

ユリヤが苦しそうに呻いている。

少しだけかわいそうな気がするのに、感情が上手く動かない。

リオはぼんやりとユリヤを見つめながら、セヴェルに戻りたいと思った。

できることならセスが病気になる前の時間に。そうしたら迷わず娼家に行って、体を売って金を作り、セスを医者に連れていく。セスが生きるべきだった。

自分は死んだってよかったのだと、リオはただそればかり考えていた。


気がつけばあたりは真っ暗で、深い闇の中、リオはユリウス、と呼んだ気がする。

涙で腫れた視界に緑の双眸が映ったのは、それからどれくらい後のことだったか――よく、分からない。翡翠のように輝く瞳に、リオの泣き濡れた顔が映り込んでいた。

「……ユリウス？」

かすれた声で、名前を呼んだ。あたりはあまりに深い闇だった。ユリウスの姿形はおろか、自分の手足すら見えない。ただ、気配だけがあった。体の上にのしかかる重みと、温かな体温は、覚えのあるものだった。長い衣の、衣擦れの音がした。懐かしい音だ。耳が覚えていて、リオは驚いた。一緒にいたときは、意識すらしなかった音だった。

緑の双眸は半分に細められ、リオの唇に、温かく、柔らかなものが触れた。

ユリウスに口づけられている……と、ぼんやり思い、これは夢かもしれない……とも思った。

体はふわふわとしていて、感覚がはっきりしない。ユリウスに会いたいと思っていたから、ウルカの神が最期に、こんな夢を見せてくれたのではないだろうか？

「……ユリウス。俺、死んじゃいたい……」

生きているのが、辛い。そう吐露した。涙が溢れる。ユリウスはじっと、リオを見つめている。緑の瞳は悲しみにか、それとも別の感情にか、揺れて見える。

「俺、生きてる意味、ないよね？　俺が死んだら……思い出せない記憶のことも、解決できないかな……？」

お前さえいなければと、死ねばいいとアランは言っていた。だからそうなのではないかと思う。

ねえ、セスが死んじゃった、と、リオは嗚咽しながら言った。

「セスに生きる意味がなかったんだよ。……なら、俺にもあるわけがない――」

刹那、強い腕に抱きしめられた。大きな体と厚い胸、温かな体温がリオの体に寄り添ってくる。

「セスが、生きた意味はあったはずだ」

そのとき耳元で低く、優しい声がした。静かなその声音は、たしかにユリウスのものだった。

ユリヤとそっくりな、けれど音の響きがまるで違うユリウスの声。

「どうして……？　なにもできずに死んだんだよ」

「……だがお前は、生きてこられた」

違うか？　と、訊ねられて、リオの眼から、止めどなく涙がこぼれた。

気がつくとリオは腕を回し、ユリウスの首にしがみつき、慟哭していた。そうして抱いてほしい、とねだっていた。お願いだから、ユリウスに抱いてほしい。

こんなことをねだるのははしたなく、みっともないだろうか？

そう思ったが、これも短い夢なら、そうしてほしかった。

「かわいそうなリオ……それはできない」

ユリウスは苦しそうに言い、リオの頬を撫で、涙を拭い、頭を撫でた。

「できない。だが、俺は王宮にいる。お前が使徒になれたなら……必ずまた会える」

優しい口づけが額に落ちてくる。リオは暗闇の中で眼を開けて、ユリウスの瞳を探した。緑の瞳はすうっと闇にまぎれて消えていき、リオの間近にあったはずのユリウスの体温も、体の重みも、いつの間にか消えていた。

……セスが、生きた意味はあったはず。

それはリオが、生きてこられたから。

ユリウスの言葉が胸に刺さる。

——リオ。

語りかけてくるセスの声が、耳の奥に聞こえる気がする。

……生きることに意味なんてないけれど……。この世界には、生きる価値があるよ。

優しく教えてくれた言葉を、リオは反芻する。

(セス……きみは俺に、愛を教えてくれたよね……)

誰かを好きになること。愛すること。

生きるために必要な最初のことを、セスは教えてくれた。なにも覚えていないと泣くリオに、それは愛されてきた証の涙だと、セスは笑って抱きしめてくれた。

セスがいたから、生きてこられた。生きる価値のある世界だと信じて、生きる意味を探せた。

セスがいたから……ユリウスに出会えた。そうして初めて、自分とは違う世界に生きている人のことを好きになった。

どんなに自分と違う人でも、信じることはできるのだと知った……。

(誰かにとってや、世界にとってじゃなくて……)

……俺にとって、セス。きみの命は、なによりも意味があった……。

それはリオしか知らないことだった。本当はもっと多くの人に、セスを知ってほしかった。

より多くの知識、より多くの世界と、セスを引き合わせたかった。

そう考えるのは傲慢かもしれないが——だが、そうだ、もしも使徒になればと、リオは思った。

（たとえそれがどんな役目でも、俺が……きちんと役目をこなせるなら）

国境の片隅、セヴェルの町の、貧しい寺院の屋根裏にも、光を届けることができるかもしれなかった。路地の裏の裏、陰に潜んで今日も死にゆく子どもの一人を、救い出すことができるかもしれなかった。

そうすれば、屋根裏で死んだ貧しい子ども、セスが生かした一つの命にも、意味があったと思えるだろう……。そしてセスが生かしたリオの命が、他の誰かを生かせるのなら。

（セスが生きたことに意味はあった。そう、証明できる……）

リオはただ泣きながら、眠りについた。

眼を開けると、朝だった。

朝まだきの薄ら白い光が、ぼんやりと部屋の中に満ちている。リオは清潔なガウンを着て、温かな布団の中で寝ていた。

「……ユリウス」

起き上がり、そっと呼んだが答えはなく、昨夜見たのはやはり幻だろうかと思う。

けれど室内には甘いハーブの香りが満ち、見ると、寝台の横のテーブルに、淹れたてのお茶と、スープの入った小鍋が置いてあった。

　そろりと床に降り立つと、リオは少しふらつく足取りで、窓にかかったカーテンを開けた。格子ガラスの留め具をはずし、そっと押し開く。冷たい朝の空気が、頬を撫でる。ほの白い空の下に、庭園が見える。そこには誰の姿もなかったが、リオは王宮へと眼を移した。

　高い尖塔や、聖堂の丸い屋根。物々しい建物の連なり。

　あそこに行けば、きっと真実が分かる。

　過去の記憶も、自分の命の意味も分かる。そんな気がした。

　なによりきっとまた、ユリウスに会える。

　――使徒になり、王宮へ行こう。

　リオはそのとき、驚くほどすっきりと覚悟を決めていた。

　自分の命は、自分で使う。自分の足で歩き、頭で考え、心で感じる。

　誰かを愛し、世界の役に立ち、幸福を見つけるために生きよう。卑屈にはなるまいと思った。

　リオの命の中にセスの命があるのなら、セスができなかったことを成し遂げよう。

　西の山嶺に、あえかに光るウルカの神の光に、リオは誓った。

「……さよならセス。ありがとう。俺は……使徒になるよ」

　使徒になって、この国の暗い路地裏や、貧しい屋根裏に、光を運べるように努めようと思った。

それが一番最初にできる、おそらくもっとも正しい命の使い方だった。

よどんでいた部屋の空気が消え、窓を閉めると、リオは部屋の入り口へ向かった。扉をゆっくりと開くと、そこにはエミルが立っていた。

たった今、来てくれたのかもしれない。まだ寝間着の姿で、エミルは手に温かそうなパンと湯気を立てるポットの入った、かごを抱いている。

エミルは扉が開いたことに驚いたような顔で、リオを見つめている。

「……エミル。心配かけて、ごめん」

そっと言うと、エミルの眼に、みるみると涙が盛り上がる。顎を震わせ、エミルが初めて、

「リオのバカ……」

と、リオを罵った。リオは自分も、涙がこみ上げてくるのを感じた。同時に、まだ知り合ったばかりの身分違いのこの友人への愛しさも、熱くこみあげてくる。

突っ立ったまま泣き出したエミルの体を抱きしめて、リオも少し泣いた。

「朝から騒がしいなあ、おい！」

「リオ、よかった。やっと姿を見せてくれたんだね」

廊下に出てきたのは、隣の部屋のゲオルクとルースだった。リオは二人にも謝罪した。

「……気の毒だったね。かける言葉がないよ」

ルースは優しく言ってくれた。リオはユリヤが、アランから聞いたセスの死についてエミルやルース、ゲオルクやフェルナンに話したと言っていたことを、今さらのように思い出した。

「まだ体がふらついてるね。無理しないで座って」

部屋に三人を招き入れると、ルースはリオの体に毛布を巻いて、椅子に座らせてくれた。スープを飲むと、エミルが安堵した表情になる。

「……あの、何日くらい、俺、授業をサボってた？　今日からまた、教えてほしいんだけど……」

おそるおそる言うと、ゲオルクに「バカ言うな」と怖い声を出されたので、リオはもう、さすがに呆れて教えてくれないかと覚悟した。

けれどゲオルクはため息をついて、「まずは体力を戻してからだ」と言った。

「そうだね。とにかく一度、フェルナンに体を診てもらって」

ルースが言うと、「呼んだか？」と、フェルナンが部屋に入ってくる。

リオは驚いたが、フェルナンは手際よくリオの脈をはかり、体を診てくれた。

「……病気にはなってない。さすが『鞘』の候補と言ったところだな。だが体力は落ちているだろう。今日一日はよく休んで、軽い運動を」

「それならリオ、あとで散歩しよう。僕と」

エミルが言う。ルースがすかさず、「お供するよ。馬を連れて行こう。引いて歩くだけでも、勘を取り戻せるだろうから」と提案してくれた。

「おい、医者。こいつはいつから鍛錬に戻れる？」

ゲオルクがフェルナンに訊き、フェルナンは「とりあえずしばらくは休ませたい。だがおそらく三日もあれば戻れるだろう」と答える。

「リオ。三日後からだ。武具の手入れはしておけよ」

どうやら、個別授業は続けてくれるらしい。ゲオルクとルースの、そしてフェルナンの、エミルの、それぞれの親切が、それがたとえリオを使徒にしたいからというだけであっても、心にしみてくる。

立っていられる。生きていける。命尽きるその日まで。そう、思う。

今こうして優しくしてもらえることが、リオの生きている意味に繋がる。同時に、相手が生きていてくれることの意味を、その価値を、リオは感じた。

意図がどんなものでも構わない。優しくしてくれて嬉しい。

「……ありがとう」

そっと言った。ちゃんと伝えたかったのに、口にしただけで涙が溢れて、頬を落ちた。リオは頭を垂れて、もう一度「ありがとう」と、伝えた。

「きっと選ばれて、選定を終わらせる。……俺はもっと強くなって、みんなの……この国の役に立つ。だから、それまでよろしくお願いします……」

四人は顔を見合わせ、そして笑ったようだ。

「おう、その言葉忘れるな。こんなしゃらくさい選定、俺だってさっさと終わらせたい」

「なんでも力になるからね。一人でため込まないで。一緒に王宮にあがろうね」

ゲオルクとルースが励ましてくれ、

「遅れたぶんの座学の授業は、俺が見よう」

とフェルナンに言われて、リオは顔をあげた。

「リオ……」

最後にエミルが、名前を呼んでくれた。柔らかな白い手で、手をとられる。振り向けば、赤い髪に茶色の瞳の、美しい少年が、じっとリオを見つめて悲しそうに微笑(ほほえ)んでいた。

「僕は……きみが亡くした親友のかわりにはなれない。だけど、これから生きるきみの支えに、僕も入れてくれないかな」

リオはうん、と頷(うなず)いた。そして胸いっぱいに、淋(さび)しさと悲しみが突き上げてくるのを感じた。

リオはたえきれず、エミルに不意に抱きついていた。そして嗚咽をこぼした。

「エミル、セスが死んで悲しい……！」

子どものように叫んでいた。

エミルがリオの体を、抱き返してくれる。

悲しみは果てしなく、セスを思うと苦しくて仕方がない。けれど、二度と死にたいと思わないと決めた。自分の悲しみを受け止めてくれる友人がいる。そのことがとても得がたいことだと感じる。

たとえリオが野良犬でも、命がある。生きている。それなら、生きる意味はある。

セスの命に、意味があったように。

東の空から太陽が昇ってきて、部屋の中に陽が差し込んでくる。暖かな光を感じながら、リオは四人に見守られて、喪った親友のために最後の涙を流した。

ひとしきり泣いたあと、リオはエミルの胸から顔をあげて、フェルナンに向き直った。そうして今朝眼が覚めてからずっと、決めていたことを口にした。

「フェルナン。儀式の方法を教えて。俺は『鞘』として体を変えるよ」

フェルナンが眼をしばたたき、エミルが眼を瞠った。

ルースとゲオルクが顔を見合わせる。フェルナンは分かったと頷き、立ち上がった。

「相手は？　誰を指名する？」

緊張したようにゲオルクが息を呑み、ルースがじっとリオを見つめている。フェルナンは静かな面持ちだったが、リオの言葉を待っている。エミルがリオの手を、ぎゅっと握った。

リオは心の中に浮かび上がってくる、一つの像を確かめた。

傷ついたような顔をしたアラン。

それから、俺じゃ足りないか？　と、囁いていたユリヤ。

「……ユリヤ・ルジ」

相手は、ユリヤを指名する。

そう言い切ったあと、数拍の沈黙があった。それからフェルナンが厳かに頷き、ではユリヤを呼ぼうと続けた。リオは小さく微笑んだ。

選定の最終日まで、残り十日のことだった。

十三　最後の日々

「……なぜ、俺なんだ?」

夜更けだった。

薄明かりの中、リオは薄手のガウン一枚で寝台に乗り、ユリヤと向かい合わせに座っていた。ユリヤも同じようにガウンだけだ。

寝台の上には特殊な魔法の陣が描かれ、それは淡く光っていた。

この陣の中で性交渉を行うこと。それだけが、儀式の条件だった。

「……なんでかな。でも、ユリウスにできないって言われたから」

そう答えると、ユリヤは少し気分を害したように、眉根を寄せた。

「それならユリヤにしようと思ったの。俺、王宮に行ったら王様に抱かれるんだろ? ユリウスとはどうせできないんだから……でも、ユリヤとは、口づけしたことがあるし」

「消去法か。名誉なことだ」

舌打ちしてそっぽを向くと、ユリヤは独り言のように「嬉しくない」と呟いた。

子どもみたいな言い方だった。

「なら今からアランに替えたほうがいい？」

思わず訊くと、ユリヤは勢いよく振り向き、「バカ言うな。俺でいいなら俺にしろ」と言う。

反応の素直さがなぜだか可愛く思えて、リオは小さく笑った。

「……変なの。どうして？　俺は野良犬なのに……アランはなにか思惑があるから、指名しろって言ってたろうけど。ユリヤは俺に選ばれても、嬉しくないだろ？」

くすくす声をたてて笑うと、ユリヤは驚いたようにじっとリオを見つめる。その様子に、リオは思わず首を傾げた。

「なに？」

「いや……そんな笑い方をするのか。初めて見た」

あどけない言い方に聞こえた。二十五歳で、九歳も年上なのに、ユリヤがどこか幼く見えて、リオは眼を細めた。ユリヤにだって、こんな一面があることを、リオは知らなかった。初めて見たと思う。いや、おそらく今までの自分は、知ろうともしなかったのだと、ふと気づいた。

（これから、知っていけるのかな）

知ってみたい。ユリヤだけではなく、この世界で生きている人々のことを、もっと心を開いて、きちんと見つめたい。そう思う。生きられなかったセスのかわりに、すべての経験を、出会いを、ひとしずくの天の恩恵のように、大事にしたい気持ちがあった。

そのうえでつく傷など、いずれすべて癒える傷。たいしたことではないようにすら、思えた。

腹が決まると、こんなにも楽なのかと思う。

体を変えることは、使徒になるために必要なことだ。ここに愛や恋はないけれど……きっともっとべつの意味があると、そう思える。

「……初めてなので、優しくしてくれると、嬉しい」

そっと言うと、複雑そうな表情で、ユリヤは分かってる、と答える。

ユリヤがそっと、近づいてくる。心臓がドキドキと昂ぶり、大きな手が肩に乗ると、思わず震えてしまった。それを察したように、ユリヤが一瞬退く気配を見せたので、リオは「待って」と声をかけて、肩に乗ったユリヤの手を、上から押さえて握った。

「大丈夫。……あの、エミルに聞いたんだ。選定が終わるまでの間、一度じゃなく何度も……したほうがいいって」

そのほうがより、『鞘』としての力は強まる。王に抱かれるとき、王の傷を深く癒やせると。

「……短い間だけど、ユリヤがいいなら……今夜だけじゃなく、選定の終わりまで……毎日抱いてもらえる？」

最初の一回以降は、指名された者にも断る権利がある。

だがそれでも、大勢の男を渡り歩くより、できればユリヤ一人がよかった。どうしてフェルナンや、ルースやゲオルクではなく、アランでもなく、ユリヤがいいのか、自分でも本当はよく分からない。

口づけたことがあり、抵抗がないと知っているからかもしれないし、ユリヤの声や体がユリウスと似ていて、もしかしたらユリウスではないかと……そう、思っている節があるせいかもしれない。

だが、それだけではないような気もした。

なんとなく以外の言葉で説明はつかなかったが、候補者から一人選んで抱かれるなら、ユリヤがよかったのだ。リオは自分の心で感じたことに、正直になろうと決めていた。

ユリヤは困ったように顔をしかめ、数秒、黙り込んでいる。

「やっぱり、いやかな」

あまりお互い、折り合いが良かったとは言えない関係だ。思わず確認したとき、ぐっとユリヤが身を寄せてきた。近づいてきた体にのしかかられて、寝台の上に倒れる。

そのあとすぐさま熱い唇に、口を塞がれていた。

「リオ……さっき、訊いたな」

——お前に選ばれても、俺は嬉しくないだろうと。

口づけの合間に、ユリヤは上擦った声で答えてくれた。

「嬉しいさ……お前は野良犬じゃない。……俺は、お前が」

可愛いと思うときがある、と、ユリヤが囁き、リオはどきりと心臓が跳ねるのを感じた。

薄いガウンは擦れあうとすぐにはだけた。リオの太ももには、硬くなったユリヤの性器が当たっていた。

（ユリヤ……もうこんなに反応してる……）

自分相手にユリヤが興奮してくれるのかと思うと、同室のこの男が愛しいような気がするから不思議だった。ユリヤはいつもこんなふうに相手を抱くのかもしれないけれど、それでも、可愛いと言われて心が躍るのを感じた。

初めてのその行為は、リオが想像していたよりもずっと、甘く優しいものだった。

ガウンをはだけられ、口づけられながら乳首をつままれて、丁寧に愛撫(あいぶ)された。ユリヤの指先からは、なぜか温かな香油が溢れてくる。ぬるぬると乳首を撫でられると、体の奥がぞくぞくと震えた。

「なに……それ……っ、ん、んん……」

ユリヤの指から溢れてくるものについて問うと、「魔法だ」と答えられた。

「瓶(びん)の中にあるものを、瞬時に指へ移しているだけだ」

どうしてそんなことができるのだろう。それともこれは、簡単な魔法だろうか。考えている間もなく、ユリヤの指はリオの下腹部より下、尻(しり)の狭間(はざま)に滑り込んだ。

「中で、感じたことはまだないか？」

問われて、震えた。体温ほどの香油が、とぷとぷとそこを濡らす感触があった。長い指がぬるりと中へ入ってくる。リオは固まっていたが、秘所はユリヤを拒まなかった。

「……あ、あ、ん」

シシエに触られるときに感じる違和感がない。ユリヤの指が二本になり、中をゆるりと擦ると、温かな湯に腹部が満たされ、締め付けられるような、切ない快感が走った。下半身がゆっくりとほどけて、溶けていく感覚。

「あっ、うそ、あっ、ああ……っ」

尻が揺れる。中を擦られると気持ちがよかった。甘い快感に、後ろがきゅうっと締まる。

「可愛いな……」

可愛い、とまた囁かれ、耳たぶに口づけられた。

「リオ、可愛い……、どうして、可愛いんだ」

お前が可愛くなければ、せめて俺は……と、ユリヤが囁いた気がしたが、与えられる快感にその意味を反芻できない。

甘やかに、丁寧にリオを愛撫するユリヤの仕草は優しく、大事に扱われている錯覚を覚えた。するとどうしてか目尻にじわじわと涙が浮かんだ。ユリヤの体が、のしりと胸に乗ってくる。温かく大きい体軀だ。

体がびくん、と揺れた。三本の指で、中をかき混ぜられていた。中を指で押されるだけで、絶え間ない愉悦に下半身が蕩けていく。

「あ、あ、あっ、あっ」

　乳首も性器も、触られていないのに勃ちあがり、下腹部には性感が高まっていく。ひとりでに腰が揺れてユリヤの指を締め付けてしまう。己の大きな性器を取り出したユリヤが、苦しそうに息をついた。

「入れていいか……？」

　性器をリオの後ろにあてて、囁くユリヤの眼と、眼があった。

　リオ、とユリヤが囁いた。

「お前が他の誰かを選ばなくて、よかった……」

　切実なその声音に、リオは手を伸ばし、ユリヤの首へしがみついていた。押し当てられたユリヤの性が、リオの内側にゆっくりと侵入してくる。屹立し、硬くなっているユリヤのそれこそが、ユリヤの言葉を真実だと、裏打ちしているように感じられる。

（ユリヤ……俺を抱くこと、嫌じゃないの……）

　そう思うと、どうしてか果てしなく嬉しい。

「あっ、あ、あー……っ」

　中を貫かれると、全身が溶けるような悦楽が走った。リオは深い快感に全身を震わせた。つま先がじんと痺れる。屹立した前の性器が震え、射精感が高まる。気がつけば達していて、腹に白濁がとぷとぷとこぼれた。後ろがぎゅっと締まり、体の奥深いところに、熱が灯る。

……半分が、一つになった。

そのときごく自然に、そう思った。

足りないものが満たされていく全能感。

温かいものに全身を包まれ、体や心に空いていた隙間という隙間に、なぜか温かなものが流れ込んでいく。

絶え間ない多幸感。眼を閉じると、どうしてか涙がこみあげてきたが、その感情をたった一言で表すならこうだった。

(やっと、見つけた……)

自分の半身。ずっと探していたなにかを。

「気持ちいいな……リオ」

悦楽に溶けた声で、ユリヤが囁く。腰を動かされ、突かれるたびに意識は愉悦の渦の中へ引きずり込まれる。

肌と肌のぶつかる、淫靡(いんび)な音が部屋中に響く。

快感が背筋を駆けて、思考が奪われていく。

リオは喘(あえ)ぎながら泣いていた。しゃくりあげ、自分を抱く男の名前を、呼ぼうとした。

ユリヤ。ユリウス。いや、違う。もっと別の名前があったはずだと思う。だが分からない。

思い出せなかった。

見上げた寝台の天蓋には、二つの揺らめく影が映っていた。それらはときに一つになって交わり、するとリオは、深い満足と、相反するような切なさに襲われた。

（ああ……俺たち二人、最初から一つの人間だったら——よかった）

飢えにも似た渇望。一色に混ざり合いたいという、気持ち。

どうしてこんなことを考えるのか分からない。けれど、ユリヤと混ざり合い、一つになりたいとそのときリオは強烈に感じていた。

「あ、あ……あ……」

深い場所を刺激されるたび甘やかな快感が全身をさらう。

ユリヤの精が中に放たれると、その衝撃でリオはまた、達していた。深い快楽に体が溶けていく。終わった瞬間、額に微かな熱が灯り、体の内側から紫色の淡い光が溢れて、肌が発光した。腹の中に、どうしてか温かな泉が溢れるような錯覚を覚える。温かく、柔らかな水がとめどなく溢れてくる。

「リオ……今お前は、『鞘』の体になった」

ユリヤは小さく息をもらし、リオの前髪をかき分けた。リオの額には、『鞘』の印が浮き出ているらしい。ユリヤの青い瞳に、輝く紋が反射して映り込んでいた。

「……間違いなく、お前は選ばれる……」

安堵するように息をつき、そう言ったあとで、ユリヤはリオに額を寄せて、口づけてくれた。

それは儀式とは関係のない、義務ではない、ただの優しい口づけだった。

「……ユリヤ」

思わず名前を呼び、リオはユリヤの首に腕を回していた。

「……口づけ、気持ちいい」

そっと言うと、甘く深い口づけは、長い間続いた。

「俺も、気持ち良かった……」

あるかなきかの声で、ユリヤが言う。その言葉がなぜか無性に嬉しい。

（どうして、ユリヤに抱かれて嬉しいのかな）

分からない。ここにある気持ちはきっと、恋ではなく、愛でもない。だが、不思議な情と、友愛ともつかないなにか優しい感情が、ユリヤに対して芽生えるのをリオは感じていた。

素肌を合わせて密着し、互いに夢中で口づけ合っている。

今この瞬間だけは、リオは世界の誰よりも――きっと、ユリウスよりも、ユリヤ・ルジをこそ、一番間近に感じていた。

選定が終わる日まで、この男と抱き合うのだ。

残りの十日を、ユリヤと口づけて過ごせる。

そう思いながら、リオはユリヤの背に手を回した。厚みのある大きな体を、もう、魔術師と比べることはしなかった。

これはユリヤ・ルジの体。

自分を愛しむように抱いてくれ、これからの道行きに、未来の光をもたらしてくれた男の体だった。

全身に優しい力が溢れて、今ならウルカの神の力を、魂で受け取れそうな気持ちになる。

「……ユリヤ、ありがとう」

離れていく唇に向かって、リオはそう囁いた。自分で思うよりずっと、優しく強い声だった。

リオは儀式を終えて、『鞘』候補として完璧になった。

そして九日後の選定最終日——リオは『王の鞘』に選ばれた。

『王の七使徒』選定は、冬が近づく晩秋のその日、ついに終了したのだった。

あとがき

初めましてのかたは初めまして。お久しぶりのかたはお久しぶりです。樋口美沙緒(ひぐちみさお)です。

ファンタジー小説、それも長めのお話を書きたいなとずっと思ってました。

実は、私が異世界ファンタジーを書くのはデビュー作以来なのです。ずっと好きだったのに、自分でも意外でしたが、久しぶりに書くファンタジー。いやー、もうほぼ初心者のようにどう書けばいいか分からず、右往左往する日々で、想像を絶する難しさでした。でもとりあえず一巻が出た！　よかった！

最初の初稿を読まれた担当さんが、「思った以上に古典的なファンタジーだった」とおっしゃってて、そう……私、そういうのが好きなんです。という。

今回は、脇役がたくさんいる、という点も私にとっては初の挑戦でした。アマチュア時代、趣味であれこれファンタジーを書いていたころと違い、一冊の本にきちんとまとめていくとなるとこんなにも難しいのかと、小説って奥深い……奥深すぎる……難しい！　と思って、投稿時代に愛読していた指南書を開くこともしばしば。

ちょっとでも読者さんが楽しんでくださったら、報われます。よかったら感想教えてくださいね。

記憶のない子、を書くのは二度目なのですが、リオはとにかくほぼ記憶がないのでそういうところに苦労しました。でも同時に、どうにでもなっていけるという可能性も秘めていて、だんだん人間らしくなっていくのが書いていて可愛かったです。ユリウス、ユリヤ、アラン、フェルナンゲオルクルース……などなど、どの攻めルートがみなさんのお好みですか？（なに言ってんだろうこの人……）どれもいいなあと思いながら書きました。次巻もぜひ読んでいただけたら嬉しいです。

イラストをご担当くださった麻々原絵里依先生。昔から先生の作品に親しんでいて、長編のイラストなどもずっと拝見してきて、その先生が私の本の！　絵を描く！　ということにびっくりしてしまいました。嬉しいです。いただいたラフが好きすぎて、辛いときは開いて眺めてました。ありがとうございます！　次巻もよろしくお願いいたします。

担当さん。何回も面白いですか？　って訊いてしまったのに毎回面白いです！　と言ってくださってありがとうございます。おかげでなんとか一冊目を出せます。

この本に関わってくださったデザイナー様、校閲様、出版社、書店の皆様にも感謝です。ありがとうございます。そして読者のみなさん。いつも支えてくださってありがとうございます。あなたがいなかったら私は書き続けていられません。また会えますように。

樋口　美沙緒

この本を読んでのご意見、ご感想を編集部までお寄せください。

《あて先》〒141-8202　東京都品川区上大崎3-1-1　徳間書店　キャラ編集部気付
「王を統べる運命の子①」係

【読者アンケートフォーム】
QRコードより作品の感想・アンケートをお送り頂けます。
Chara公式サイト http://www.chara-info.net/

■初出一覧

王を統べる運命の子①……書き下ろし

Chara

王を統べる運命の子①……【キャラ文庫】

2020年2月29日 初刷
2020年6月20日 2刷

著者 樋口美沙緒
発行者 松下俊也
発行所 株式会社徳間書店
〒141-8202 東京都品川区上大崎3-1-1
電話 049-293-5521（販売部）
03-5403-4348（編集部）
振替 00140-0-44392

印刷・製本 図書印刷株式会社
カバー・口絵 近代美術株式会社
デザイン カナイデザイン室

ISBN978-4-19-900982-2